TROIS SUCETTES À LA MENTHE

Robert Sabatier est né en 1923 à Paris et a vu une partie de son enfance se dérouler dans ce Montmartre qu'on retrouve dans la célèbre saga des Allumettes suédoises, *dans* Alain et le Nègre *ou dans* Boulevard, *et encore dans* La Mort du figuier, Canard au sang *ou* Dessin sur un trottoir. *Orphelin de bonne heure, Robert Sabatier écrit depuis sa plus tendre enfance. A vingt ans, il entre dans la Résistance au maquis de Saugues, le village heureux de ses* Noisettes sauvages. *Il exerce divers métiers en province, fonde une revue publiant les meilleurs poètes, Eluard par exemple. A Paris, il se consacre à l'édition (Presses Universitaires puis Albin Michel) et se partage entre le journalisme littéraire et la littérature, préparant sa monumentale* Histoire de la poésie française. *Tout d'abord remarqué comme poète (Prix Guillaume Apollinaire pour* Les Fêtes solaires, *Grand Prix de poésie de l'Académie française), ses romans le font connaître d'un large public. Ils sont souvent portés à l'écran et sont traduits dans une quinzaine de langues. Vivant une partie de l'année en Provence, c'est là qu'il a écrit* Les Enfants de l'été, *puis* Les Fillettes chantantes, *enfin* Les Années secrètes de la vie d'un homme, *sans oublier de nouveaux livres de poésie.*
Membre de l'Académie Goncourt, il se consacre à l'histoire littéraire, au roman et à la poésie, participant activement à la vie littéraire.

Olivier, le petit garçon des *Allumettes suédoises*, va se trouver éloigné de sa rue, dans un nouveau quartier de Paris, dans un autre univers : celui d'un appartement bourgeois, « cossu » comme il entend dire, et où il découvre des manières de vivre et de se conduire qui le déconcertent. Il pense toujours à la mercerie de la rue Labat, à Bougras, à Mado, à l'Araignée, à la Mère Haque, à Jean et Elodie, aux copains, et une question le rejoint, simple comme la complainte du trouvère : *Que sont mes amis devenus ?*
Mais ainsi va la vie, et bientôt il s'apercevra que dans son nouveau milieu, la curiosité est sans cesse mise en éveil. Qui est vraiment l'oncle Henri ? Un industriel, certes, mais plus encore un ancien acteur qui regrette sa vocation manquée. Et la tante Victoria, belle, élégante, distinguée, mais tellement impénétrable, n'est-elle que cela ? Il y a aussi les cousins

(Suite au verso.)

d'Olivier : Jami le petit et Marceau l'aîné, adolescent tourmenté, tour à tour ange ou démon, fraternel ou autoritaire, Blanche et Marguerite les deux bonnes, et, comme on reçoit beaucoup, toute une foule de personnages cocasses, grandioses ou ridicules, vivant dans ce monde des années 30 qui envahit chaque page du roman.

Et puis, et surtout, les rues de Paris encore Ville Lumière, la Gare de l'Est, les Buttes-Chaumont, le Canal Saint-Martin, les faubourgs, les étonnants Grands Boulevards, leurs passages mystérieux, leurs théâtres, leurs cinémas, leurs music-halls comme le Petit Casino, dernier caf'conc' où Olivier est ébloui — tout un monde déjà lointain et qui revit magnifiquement sous les yeux d'un enfant émerveillé.

Pour Robert Sabatier, *Trois Sucettes à la menthe,* suite sensible des *Allumettes,* a été l'occasion d'accompagner Olivier dans sa nouvelle existence, mais aussi de ressusciter une manière de vivre, mille événements, mille faits oubliés souvent même par ceux qui les ont vécus, et des souvenirs, des évocations, toute une fête de la vie qui apparaît, de page en page, dans un univers de vérité et de poésie.

ŒUVRES DE ROBERT SABATIER

Dans Le Livre de Poche :

ROBERT SABATIER

de l'Académie Goncourt

Trois sucettes à la menthe

ROMAN

ALBIN MICHEL

Si lointaine était ma *rue.*

Quand vint l'automne, ses ors et sa mélancolie, je vivais déjà dans un autre univers. Enfant feuille morte, à tous les vents j'étais soumis. Passaient les jours, les semaines, les mois. Enfermé dans mes draps de solitude, je vous appelais, Bougras, Mado, L'Araignée, tous les autres. Vous ne me répondiez pas, vous aviez quitté ma vie, et toujours une question me rejoignait, simple comme la complainte du trouvère : Que sont mes amis devenus ?

A la lumière éblouissante de ma rue succédaient des zones d'ombre et il fallait bien des petits soleils pour les éclairer. Et parce qu'ainsi va la vie, Olivier rencontrait d'autres êtres, plus secrets, plus difficiles à comprendre, et parmi lesquels il devait vivre et grandir. Il est entré dans ce nouveau monde, craintif, intimidé, mais avec sa gaieté, son frais sourire, sa gouaille de Poulbot pour le protéger.

« Je me souviens... », dit l'homme dans son âge mûr, puis il sourit, tire sur sa pipe, regarde voler un oiseau. Une chansonnette exprime toutes les pensées de tous les philosophes de tous les temps : Rien ne rempla-aceu, Le temps qui pa-asseu.

« *En ce temps-là...* », commence-t-il pourtant, et on se rassemble, on l'entoure, on allume un feu de bois, le bon vieux feu des conteurs d'histoires. *Les regards interrogent, les oreilles se tendent.* L'enfant, dit-il, s'était réfugié près de la baie vitrée...

Un

L'ENFANT s'était réfugié près de la baie vitrée, derrière un pan de l'épaisse tenture de velours gris-vert. Là, sous le dais formé par les feuilles cirées de deux philodendrons, le front contre la verrière, il trouvait la protection illusoire d'un lieu en retrait du grand appartement.

Cinq étages plus bas, les magasins paraissaient minuscules. En se penchant, il put lire : *Loiseau-Rousseau* et pensa vaguement à une poule rouge. Et non loin : *Comestibles*, puis *Charcuterie italienne*, *Cuirs et Crépins*, *Librairie du Faubourg*. Quand la buée de son souffle lui boucha la vue, il se déplaça, écartant le voilage à bouillonnés. Entre les feuillages déjà roussis des marronniers, près de la civette d'un débit de tabac, il distingua la plaque bleue de la rue et tenta vainement de déchiffrer trois lignes de lettres blanches.

Où se trouvait-il ? Au départ de la rue Labat, l'oncle avait précisé au chauffeur :

« *Au faubourg*. Et après, *au canal*. »

Que cachaient ces mots mystérieux ? Olivier poussa un profond soupir. Par habitude, il dessina une tête de bonhomme sur la buée, se retourna et se tint adossé contre la crémaillère, les pieds en dedans, les mains croisées sur son ventre, dans une attitude penaude.

Quand le carillon *Westminster* fit entendre la musique de sept heures, il sursauta, écouta le tintement des notes, imagina un clocher d'église et se perdit dans la contemplation des franges bien peignées du tapis de Chine.

Jamais auparavant il ne s'était trouvé dans un lieu aussi richement décoré. Le brillant des meubles et des marbres, la chaleur des tapisseries, l'éclat des tableaux, l'étincellement des cristaux et des argents l'intimidaient. Dans la pénombre grandissante, les objets prenaient une telle intensité qu'ils contraignaient l'enfant comme des regards.

En se mordant la lèvre d'appréhension, il avança dans la pièce vers un tableau représentant une dame d'autrefois, au visage et aux bras roses. Une plume d'oie à la main, elle cherchait l'inspiration dans le lointain. Sa bouche en fraise jetait une tache de couleur sous un long nez. Ses yeux charbonneux répandaient leur sévérité sur tous ses traits. Aussi Olivier pensa-t-il que ce devait être une institutrice, peut-être même une directrice d'école. Sur un corsage bleu se croisait un fichu de dentelle si finement peint qu'il tendit les doigts pour le toucher. Au bas du cadre doré, une plaquette de cuivre indiquait : *François Boucher, 1703-1770.*

Il détourna le regard vers les vitrines où des services de table en porcelaine, des services à thé et à café confondaient leurs éclats. Un vase de Chine portait trois tournesols et deux glaces les multipliaient à l'infini. Les meubles, de style 1930, présentaient des lignes équilibrées que coupaient de biais des décorations florales stylisées. L'ensemble donnait une impression de luxe puissamment installé et sûr de lui. « Cela fait *cossu* ! » dirait un jour devant Olivier cet invité admiratif, et l'enfant retiendrait ce mot sorti d'une bouche molle comme un œuf d'une poule.

Il se demanda pourquoi il y avait trois buffets

pour une seule table. Plus tard, on lui expliquerait ce qu'est une desserte, une console ou un argentier. Pourquoi aussi tant de hauts dossiers dressés comme des convives autour de cette table interminable ? Il leva les yeux vers les stucs du plafond et rencontra la suspension, vaste comme un navire, et dont les bras tendus présentaient des ampoules dans une infinité de coupes de verre doré.

Entre chien et loup, la lumière prenait des tons ardoise. Olivier s'enhardit à fouler le tapis moelleux. La glace de l'argentier lui renvoya une image bouffonne dans laquelle il dut bien se reconnaître. Il se dit qu'il avait l'air d'un Gugusse et haussa les épaules.

Après ce bain tellement humiliant, la demoiselle au tablier blanc avait emporté ses vêtements en les tenant entre le pouce et l'index :

« Madame a bien raison : un clochard n'en voudrait pas... »

Il avait enfilé un maillot de corps trop grand pour lui, une veste d'appartement d'adulte à brandebourgs dorés qui, entravant sa marche, le ramenait aux beaux jours de la rue Labat quand on jouait à la course en sac. Pour comble, il traînait des mules féminines en satin jaune avec des pompons porte-bonheur de béret de matelot. La bonne avait ajouté une petite tape sur le derrière en affirmant :

« Tu es mignon, tiens... »

En somme, elle avait joué à la poupée avec lui. En d'autres temps, il aurait roulé des épaules et montré qui il était. Mais là, ahuri par tant d'événements, il ne lui avait même pas tiré la langue.

Il s'assit sur une des chaises garnies de cuir brun et fit glisser son index sur les têtes arrondies des clous dorés, s'attardant sur l'un d'eux qui bougeait. Il plissa le nez car il « sentait drôle », ayant été aspergé après le bain d'une eau de toilette subtile, différente de ce solide sent-bon qu'il réclamait le dimanche à sa mère.

Tassé sur lui-même, enfoui dans son vêtement improvisé, il se sentit minuscule. Les odeurs puissantes de la rue Labat : gros savon, eau de Javel, cuisines grasses, lessives bouillonnantes, avaient disparu. Pourquoi ce calme ? Pas de cris, de disputes, de T.S.F. bruyantes. Fini cette musique discordante : tintamarres du travail artisanal, bassines d'eau jetées à la volée dans les rigoles, bavardages des commères, piaillements des enfants fessés, scènes de ménage, accordéons des musiciens errants. Comme si le monde s'était arrêté de vivre !

Un instant, il ressentit cette peur qui le visitait dans ses cauchemars après la mort de sa mère. Puis un lointain klaxon déchira le silence et ce fut comme un trou dans lequel d'autres sons venaient se glisser. Olivier tendit l'oreille mais le silence se referma bien vite. Alors, il songea à se précipiter vers la grande porte de l'appartement, à fuir n'importe où, droit devant lui, mais il se sentait enfermé dans un sac, et aussi, une curiosité secrète le retenait.

Il se tordit les doigts jusqu'à se faire mal, puis il porta la main gauche à sa bouche pour sentir la chevalière offerte par Bougras. Il ferma les yeux et se revit quelques heures plut tôt. Longue et noire, l'automobile glissait sans bruit. Il serrait son cartable contre sa poitrine. Au-dessus de sa tête, dans un filet tendu comme un hamac, il voyait des cartes et des guides touristiques. Devant lui, la nuque du chauffeur était quadrillée de rides. Parfois, l'homme déplaçait sa casquette dont la trace formait une ondulation sur la plaque noire des cheveux gominés.

« *Au faubourg.* Et après, *au canal.* »

L'oncle regardait droit devant lui. Il apparaissait énigmatique, presque menaçant, comme si toutes les terreurs de l'enfant se résumaient en lui. Cet « homme noir » paraissait pourtant bien tranquille avec ses longues mains posées sur ses genoux, l'une tenant des gants, l'autre montrant un doigt cerné d'une large alliance en or. Sa haute taille, son visage fier, sa tenue soignée faisaient penser à des acteurs qu'Olivier avait vus dans des films représentant « le grand monde » et il n'était pas loin de l'assimiler à Harry Baur ou à Victor Francen.

Tassé sur sa chaise, il revit des images imprécises : le repas d'adieu chez Jean et Elodie, Bougras courant après l'automobile, la bague... Il crut poursuivre encore son morne voyage, ce trait noir entre sa vie d'hier et l'inconnu. L'auto roulait encore, le berçait. Elle glissait, glissait... et, se croyant toujours en voyage, Olivier s'endormit, tassé dans ses vêtements de fortune, sur sa chaise de cuir, un doigt posé sur le clou doré qui bougeait.

*

Ce soir-là, l'oncle Henri et la tante Victoria ne rentraient pas dîner : le mardi était le jour du Français, le vendredi celui de l'Opéra. Les deux bonnes, Marguerite et Blanche, en avaient profité pour se préparer une bonne omelette au lard et pour parler de leur Limousin natal, quitté depuis l'âge de seize ans quand elles s'étaient placées à Paris. Depuis, elles avaient coiffé Sainte-Catherine et espéraient toujours, au hasard des amourettes, trouver un bon mari, fonctionnaire de préférence, à cause de la retraite.

Blanche, en fait, se prénommait Marie-Rose, mais la *Marie-Rose* s'affirmant *la mort parfumée des poux,* Madame avait renversé en Rose-Marie. Or, ce fut le titre de l'opérette du Châtelet. Agacée d'être sans cesse rebaptisée, la jeune fille choisit Blanche en souvenir d'un certain Blanc, son « pays », dont elle avait repoussé la demande en mariage.

Son joli buste était monté sur une taille trop

basse, aussi ne la trouvait-on jolie qu'assise. Ses cheveux roux noués en chignon sur la nuque, sa peau laiteuse, ses yeux vert-de-mer composaient un paysage agréable, et, autour d'un nez à la retroussette s'étendait une constellation de taches de rousseur, ce qui permettait aux garçons spirituels avec lesquels elle dansait au *Bal Bouscat* de lui demander si elle avait regardé le soleil à travers une passoire.

Marguerite, longue fille brune, était son contraire. Grand nez busqué, large bouche sensuelle, dents éblouissantes derrière une bouche carminée, front haut orné d'accroche-cœurs (que Madame trouvait « mauvais genre »), elle se tenait très droite et d'insolents petits seins haut perchés trouaient son corsage. Une gaine inutile lui donnait une démarche raide et précieuse. Ayant rejoint Blanche à Paris, elle l'avait aidée bénévolement dans son travail, et, après qu'elle se fut distinguée en préparant un gratin de langoustines qui avait enthousiasmé l'oncle Henri, il fut décidé de la garder et, peu à peu, sa suprématie domestique s'était affirmée. Elles couchaient toutes les deux au sixième dans une chambrette où leurs lits-cages tenaient tout juste.

Après s'être promenée en mâchant un morceau de saint-nectaire, Blanche dit :

« *Il* s'est endormi à la salle à manger.

– Je lui ai gardé du potage et du jambon. On pourra lui faire cuire un œuf à la coque, ajouta Marguerite.

– Il ne manquait plus que celui-là !

– On le réveille ?

– On a bien le temps. »

C'était l'heure où les fatigues de la journée leur pesaient aux épaules, où de légères douleurs cheminaient des cuisses aux reins. Habituellement, le « jour du Français », elles allaient au cinéma, au *Varlin-Palace* ou au *Saint-Martin*. Mais la veille, elles s'étaient attardées à La Chope de l'Est en compagnie de deux pompiers qui leur avaient offert de la bière et des cacahuètes.

Et le matin, il fallait prendre le travail à sept heures car la tante Victoria ne plaisantait pas sur les horaires. Le soir, elles emportaient le réveille-matin dont les bras de Mickey Mouse formaient les aiguilles et le plaçaient sur une assiette chargée de petite monnaie, ce qui amplifiait le bruit de la sonnerie. Travaillant dur à l'appartement, elles faisaient également le ménage des bureaux. Aussi, dès qu'elles pouvaient sortir et s'amuser, elles y mettaient une folle ardeur, se vengeant ainsi d'une journée harassante. Elles avaient toujours une petite mine et des yeux cernés qu'on attribuait, avec des sous-entendus, à leurs seuls débordements nocturnes.

Elles se rendirent à la salle à manger dont elles allumèrent le lustre. Blanche s'approcha d'Olivier, mais Marguerite lui dit :

« Laisse-le dormir, va... »

Elles regardèrent ces cheveux blonds dépassant de la veste d'appartement. Puis Marguerite souleva le couvercle d'un coffret laqué pour chiper deux cigarettes plates à bout doré qu'elles allumèrent à un gros briquet à essence avec des gestes étudiés. Elles tirèrent deux chaises, s'assirent, fumèrent en faisant les dames tout en ne quittant pas du regard ce curieux petit bonhomme venu d'on ne sait où.

*

Quand la Nervasport s'était arrêtée, Olivier avait légèrement repris espoir. Habitué à cette appellation de l'« oncle du Nord », il se demandait si le but du voyage ne serait pas une de ces villes qu'il connaissait par cœur pour avoir appris ses départements : *Nord, chef-lieu Lille, Pas-de-Calais, chef-lieu Arras, Somme, chef-lieu Amiens...* Mais non, l'oncle habitait bien Paris.

Et si tout cela n'était qu'un mauvais rêve, si on l'avait ramené à son point de départ ? Hélas ! il ne reconnaissait pas les lieux. Entre les *Vins Nicolas* et la *Boulangerie Viennoise* s'ouvrait la bouche d'un bel immeuble en pierre de taille portant le numéro 208 *bis.* Il sortit maladroitement de l'auto en retenant son cartable lourd de livres. Le trottoir était large. Son oncle le poussa vers la porte cernée de pierres noires. Il jeta des regards éperdus à gauche et à droite, mais l'oncle donna des ordres au chauffeur qui suivait en portant le carton de *La Belle Jardinière :*

« Accompagnez l'enfant. Vous le remettrez à Madame. Moi, je vais à pied au *Canal.* Ce soir, nous allons chez Molière. »

Il effleura l'épaule d'Olivier, parut sur le point de lui dire quelque chose, mais finalement se détourna, toussota et s'éloigna d'un pas rapide.

« Allez, zou ! » dit le chauffeur.

En entendant son accent du Midi, Olivier pensa à Loulou quand il racontait ses histoires de Marius et d'Olive.

Deux portes vitrées donnaient sur un couloir aux murs ornés de marbre, l'une à panneaux de verre épais, l'autre couverte de vitrauphanie et portant l'indication *Service* sur une plaque d'émail. Le chauffeur venait d'opter pour le grand escalier quand une concierge aboya :

« L'escalier de service, c'est pour les chiens ?

— Ma belle, je suis avec ce monsieur qui est le neveu du patron...

— Ah ? c'est le fameux neveu, dit la femme avec l'air entendu de quelqu'un qui sait tout. Alors allez-y. »

Olivier ne pouvait penser que sa mince présence permît ce choix du hall fleuri de plantes vertes et de l'ascenseur Eydoux-Samain qu'on attendit en s'asseyant sur un banc canné. A l'arrivée de la cabine, le

chauffeur poussa l'enfant en répétant « Zou ! Zou ! »
et il tira la corde.

« Voilà le jeune homme, madame.

– C'est bien », dit simplement la tante.

Elle fit signe aux deux bonnes en tablier blanc de
prendre le bagage. Se penchant, elle donna un baiser
dans le vide au-dessus du front d'Olivier et dit, avec
un rien d'emphase :

« Entre, Olivier. Tu es un de mes enfants,
maintenant. »

Puis, son temps étant précieux, elle le poussa vers
Marguerite :

« Vous lui donnerez le bain. Attention : ongles,
cheveux, dents. Je m'occuperai des vêtements. Ce
qu'il a est sans doute bon à jeter. Nous soupons en
ville. Au revoir. Ne vous couchez pas trop tard.
Vous le mettrez dans la chambre aux armoires. Bonsoir, Olivier. Je te verrai demain.

– Au revoir..., madame.

– Dis : *ma tante*.

– Au revoir, ma tante. »

Et c'est ainsi qu'il se retrouva nu dans une baignoire bleue sur l'eau de laquelle flottait un thermomètre de bain. Les manches retroussées, Marguerite
lui savonna vigoureusement le corps au gant de crin.
Il eut droit à un shampooing en poudre qu'on fit
dissoudre dans l'eau tiède et Marguerite dit :

« Tu n'as pas de bestioles, au moins ? »

Il ne répondit pas. Il pensait au baigneur en celluloïd de son amie la petite Italienne. Il serrait les
dents et se répétait : « J'suis pas sale, j'suis pas
sale... »

La toilette terminée, il se dressa dans le bain, les
mains en feuilles de vigne, ce qui fit rire Marguerite.
Elle le sécha et le frictionna. Puis elle tenta de coiffer les cheveux humides en disant dédaigneusement :

« Tu as des épis partout.

– J'en ai qu'un ! » protesta Olivier.

En inspectant les ongles, elle ordonna :

« Retire donc cette vilaine bague.

– Non, dit farouchement Olivier en plaçant sa main derrière son dos, elle est coincée. On ne pourra jamais la retirer, jamais ! »

Elle n'insista pas. Dans cette salle de bain azurée, Olivier imaginait la mer. Il se disait : « Qu'est-ce que c'est chouette ! » mais, en même temps, il prenait l'air de quelqu'un qui ne se laisse pas impressionner.

« Tu sais te laver les dents ?

– Et comment ! »

Elle lui tendit une brosse préalablement savonnée et saupoudrée de craie menthée, puis fit couler de l'eau de Botot dans un verre d'eau.

Quand elle l'eut vêtu avec les moyens du bord, elle le fit pivoter vers un miroir et dit à Blanche :

« Regarde-le donc !

– Ça fait un joli mannequin ! dit la petite rousse.

– Tu es mignon, tiens ! » ajouta Marguerite avec la vexante petite tape.

La chambre aux armoires était en fait un vaste débarras encombré de hautes armoires de campagne et de bahuts rustiques où l'on rangeait provisions, conserves et linge de table. Sur des claies reposaient des pommes rouges et vertes, bien espacées, pour éviter les tachures. Cela sentait le poivre, la cannelle, le pain d'épice, les fruits. Aux murs, un papier peint représentant des choux et des carottes grimpait jusqu'à une bande gondolée sous le plafond à caissons peint en bistre. Un rideau en macramé protégeait la fenêtre. Une lampe à tulipe pendait au-dessus d'un étroit lit de cuivre. Sur le sol recouvert de linoléum brun s'étendait une descente de lit en jacquard dans laquelle on se prenait les pieds.

Marguerite fit jouer le verrou d'un placard :

« C'est ici que tu rangeras toutes tes affaires. »

Olivier désigna un rayon :

« Là, je pourrai mettre mes livres ?

– Tout ce que tu voudras. »

Quand il fut seul, il prit son cartable et s'assit au bord d'un fauteuil Voltaire lie-de-vin monté sur roulettes. Après réflexion, il se leva et commença à ranger ses livres : le prix de consolation intitulé *La Vie de Savorgnan de Brazza* et ceux de son ami L'Araignée. Il recula pour juger de l'effet produit. Ses livres ! Il ignorait encore que c'était là le début d'une aventure qui embellirait toute sa vie. Soudain, il ressentit une vague crainte et les replaça bien vite dans son cartable qu'il cacha sous un gros édredon rouge.

Marguerite vint ranger une pile de torchons qui sentaient bon le linge propre et chaud. Comme il regardait les pommes, elle lui dit :

« Tu peux en manger une. Y'en a tant et plus... »

Il choisit un fruit pas trop gros, planta ses dents en pleine chair et avala tout rond un morceau qui le fit tousser. Ensuite, il mâcha lentement chaque *gnac*, ressentant le plaisir de recevoir dans la bouche ce jus vert qui serrait la langue et dont l'amertume faisait frissonner. Il regarda la trace de ses dents, le trognon avec ses pépins. Quand la partie comestible de la pomme eut disparu, il garda les déchets en main et, ne sachant qu'en faire, il finit par les manger.

Haut sur pattes, le lit lui parut très beau. Il caressa les arêtes des barreaux. Mme Haque affirmait que se coucher dans un lit de cuivre donnait des cauchemars, et aussi que pour les éviter il suffisait de dormir les bras en croix. Mais il ne parvenait pas à croire qu'il se coucherait là. Il alla se pencher à la fenêtre.

De l'autre côté de la cour, il aperçut le *Bâtiment B*, le « pas chic ». A une croisée, un tapis pendait. Sur les tablettes des fenêtres de cuisine étaient accrochés des garde-manger en grillage, des bassines, des boîtes à lait, des poêles à frire, parfois un pot de fleur. Une vieille dame cousait, lorgnons sur le nez, près d'une fenêtre dont elle avait écarté le rideau.

Dans la cour, près des poubelles alignées se côtoyaient une remise de vitrier, une fontaine de bronze à dôme rond, un triporteur jaune avec l'indication *Juéry-location.* Sur la droite, un lierre montait à l'assaut d'un mur recouvert de tessons de bouteilles. Un chat de gouttière renifla une serpillière, bâilla et se laissa tomber sur le côté pour lécher sa cuisse.

Quand Olivier levait et baissait rapidement la tête, six étages de fenêtres passaient et repassaient devant ses yeux et l'immeuble devenait un damier. Une échelle rouillée fixée à une cheminée lui fit penser à Judex courant sur les toits au cinéma *Le Stephenson.* Il se pencha dans l'espoir d'apercevoir le Sacré-Cœur : il le croyait visible de tous les endroits de Paris.

*

En se réveillant, il tressaillit car deux regards méditatifs étaient posés sur lui. Blanche fit « Ah ! là ! là ! » et Marguerite le prit par la main pour l'entraîner à l'office. Comme il s'empêtrait dans ses vêtements, elle le rassura :

« C'est provisoire. Madame a dit qu'on mettrait à ta taille des vieux de M. Marceau. »

Olivier ne connaissait guère ses deux cousins : Marceau, l'aîné, celui qui allait rentrer du sana, et Jami, le petit, dont les vacances n'étaient pas terminées. Il ne comprit pas tout de suite qui était « monsieur Marceau », ne supposant pas qu'on pût appeler « monsieur » un enfant seulement un peu plus âgé que lui.

« Dépêchez un peu ! »

Avec Olivier, les bonnes se croyaient tenues d'adopter un ton rude, se réservant d'observer les

18

relations de leur patronne avec le nouveau venu pour modeler leur attitude sur la sienne.

Il fut installé sur un tabouret en bois blanc devant une table recouverte de métal à losanges rouges et bleus. Blanche lui noua autour du cou un bavoir de bébé qui forma un plastron ridicule. Marguerite lui servit un bol de soupe à l'oseille dans laquelle elle fit couler du lait :

« Tu aimes la peau ? »

Il secoua la tête négativement et elle lui fit remarquer qu'il avait une langue pour répondre. Après un timide merci, il saisit le bol à deux mains, mais Marguerite fit « Tttt... Tttt... » et lui tendit une cuillère. Il remua le potage en tournant comme s'il contenait du sucre à faire fondre. Le liquide forma un petit maelström, déborda et il n'osa lever la tête de crainte de rencontrer des regards désapprobateurs. Il commença à manger. La soupe fumait et il ignorait s'il était autorisé à souffler. Alors, il pensa que le mieux serait de faire comme si de rien n'était. Tant pis s'il se brûlait un peu la langue.

Cette office ressemblait aux cuisines d'un restaurant de la rue Caulaincourt où il était allé parfois à la quête aux restes pour les animaux de Bougras. Tantôt, il voyait les losanges rouges sur fond bleu, tantôt bleus sur fond rouge. Sur l'immense fourneau tout noir, les ronds s'emboîtaient comme les cercles d'une cible. Parfois, Marguerite visait dans le mille avec son pique-feu et attisait les boulets. Elle saisit une cafetière en émail à lisérés bleus, écaillée sous le bec, et vida le marc de café dans une casserole d'eau qui bouillait. Comme Olivier avait fini sa soupe, elle lui dit :

« Tiens, tu pourrais moudre le café. »

Olivier prit cela comme une faveur. Elle emplit le haut du moulin par petites poignées en inclinant l'instrument, cala la demi-sphère du couvercle et le lui tendit. Il serra la boîte cubique entre ses cuisses, le tiroir contre l'une d'elles. Il tourna la manivelle en accélérant la cadence. Quand elle marcha à vide, il rendit le moulin à Marguerite et frotta l'intérieur de ses cuisses, là où le bouton s'était imprimé.

« C'est très bien ! » dit Marguerite en tassant la poudre dans la partie haute de la cafetière. Elle ajouta des grains de chicorée et, au moyen d'une louche à bec pointu, commença à faire couler l'eau teintée du marc de la veille. On entendait tomber les gouttes. Olivier revit sa mère effectuant les mêmes gestes.

« Tu veux un œuf à la coque ? » demanda Blanche.

Olivier répondit « Non, merci » : il craignait de mal s'y prendre pour casser la coquille. Pourtant, il réfléchit, faillit dire « Oh ! pis, si ! » mais déjà Marguerite faisait glisser une tranche de jambon d'York dans une assiette. Il prit soin de couper des carrés parfaits et mangea lentement.

La chaudière du chauffage central formait une masse noire. Avec sa chaînette, son thermomètre de verre dans un support de cuivre, elle faisait penser aux objets des leçons de sciences à l'école de la rue de Clignancourt. Au plafond, un séchoir à linge en bois, actionné par un système de sangles, devenait un piège prêt à vous tomber sur la tête.

A côté de la pierre à évier, la grosse bouteille de *Javel La Croix* lui parut bonasse et rassurante. D'autres produits lui étaient familiers : la boîte avec le slogan *Persil blanchit par l'oxygène*, un sachet de teinture *Idéal-Boule*, la poudre *Vim*, le *Nab*, la *Saponite*, les cristaux de soude. Sur une tablette, le compteur à gaz rouge évoquait une grosse poule en train de couver. L'armoire de métal vibrait quand on l'ouvrait. Aux vitres étaient fixés des systèmes de ventilation. Le cuivre des casseroles d'apparat rangées par tailles étincelait. Et dans un coin, toute blanche, reposait une glacière électrique.

Tandis qu'il finissait une assiette de compote de pommes, Blanche bâilla, s'étira, et chacun ressentit la contagion du sommeil.

« Allez, au lit ! » dit Marguerite en remontant son réveil.

Olivier, brisé par cette journée d'émotions successives et de changement, rêvassait, assimilait Marguerite au tisonnier tout noir, se sentait étranger à tout.

« Ecoute, dit Marguerite, tu vas dire : « Bonne « nuit Blanche, bonne nuit Marguerite ! »

Il répéta fidèlement ces paroles tout en ayant l'impression que la fille se moquait de lui.

Quand il se fut couché dans le lit de cuivre, revêtu d'une longue chemise de nuit à broderies rouges, ses pensées se bousculèrent, il mêla les images de la rue Labat à celles de l'appartement. Mado la Princesse et la tante Victoria se confondaient pour devenir la dame du tableau de François Boucher, Bougras lui remettait une alliance et c'est l'oncle Henri qui ne parvenait pas à enfiler la chevalière faite avec une pièce de vingt sous à son doigt.

La porte palière de la cuisine se refermant brusquement l'arracha aux rêveries d'avant le sommeil. Il restait seul dans cet appartement plein de pièces, de placards, de recoins inconnus. De l'autre côté de la cloison, le parquet craqua. Un robinet gargouilla. Une persienne se mit à battre. Terrorisé, il se glissa au fond des draps. Il appela des présences de tout son être : Bougras, Mado, Jean, Elodie... Il chuchotait leurs noms comme les mots d'une prière et cela ne suffisait pas à l'apaiser. Puis, tout en lui s'amollit, se résolut en sanglots qui soulevaient sa poitrine en laissant ses yeux secs. La sueur froide de la peur perlait sur son front. Jamais il ne s'était senti à ce point abandonné.

Cependant, au plus fort de son mal, la fatigue étendit sur lui un apaisement inattendu : il était dans l'arrière-boutique de la mercerie. Sa mère, la belle

Virginie, écartait son drap, le repliait soigneusement sous son menton, tapotait l'oreiller, lui caressait les cheveux, faisait : « Là, là, il faut dormir, maintenant... »

Apaisé, un sourire se dessina sur ses lèvres et il s'endormit ainsi, léger, léger, flottant sur un nuage.

Marguerite, prise de remords, était redescendue à l'appartement pour le border. Et pourtant, elle ne lui avait pas manifesté une sympathie particulière. Il ne l'avait pas reconnue. Sans le savoir, elle était devenue Virginie, la petite mercière de la rue Labat.

Deux

DANS la cour, un violon ne cessait pas de pleurer en
attendant la bienfaisante manne de sous troués enve-
loppés dans du papier journal. Après cet hommage,
ou ce tribut destiné à le faire taire, il jouerait encore
un air pour remercier les bonnes âmes. Ce crin-crin
fut bientôt recouvert par le ronronnement d'un balai
électrique. Quelque part, un roquet aboya à petits
coups brefs comme une toux, puis, au loin, un tramway joua sur rails sa grinçante symphonie.

« Allons, debout, Olivier ! »

Il ouvrit les yeux à la lumière mauve, regarda les
caissons bruns du plafond, un coin de l'édredon et
la mémoire du lieu lui revint.

Sa tante était dans la chambre et sa présence l'emplissait tout entière. Sa longue robe de chambre bleu
acier à ramages argentés jetait des reflets et sa chevelure noire, déployée, semblait très lourde sur sa tête.
Elle ouvrait des armoires, sortait du linge, redressait
des pots de confitures, et les pans de son vêtement
tournaient autour de ses longues jambes.

Olivier resta un instant immobile. Sa tante était
éblouissante. Il ne l'avait vue qu'en deuil, à l'enterrement de sa mère, et voilà qu'elle lui apparaissait
tellement jeune ! Sa démarche décidée, son air de
domination, ses immenses yeux noisette cernés d'or,
sa bouche rouge et bien dessinée s'ouvrant sur des

perles, sa peau mate sans le moindre défaut, tout cela formait un ensemble qui lui coupait le souffle. Quand son regard croisa le sien, il dit un peu vite :

« Bonjour, ma tante.

– Bonjour, Olivier. As-tu bien dormi ?

– Oh ! oui, ma tante. »

Elle releva la tête et il eut l'impression que, brusquement, elle lui jetait du froid.

« Marguerite, Marguerite ! »

Le bruit du balai électrique cessa et Marguerite apparut en tablier bleu de cuisine, un foulard noué sur sa tête comme une Antillaise.

« Marguerite, mon petit, vous prendrez la table de rotin dans la chambre verte. Vous la placerez devant la fenêtre, un peu sur le côté, comme cela. Ce sera sa table de travail. »

Elle se tourna vers Olivier qui tentait de dépêtrer ses pieds de la chemise de nuit.

« Tu feras ta toilette à la cuisine. Blanche te donnera ce qu'il faut. Et aussi ton petit déjeuner. A midi, exceptionnellement, tu déjeuneras avec nous, à la grande table.

– Oui, ma tante. Merci, ma tante. »

Il mettait tant de bonne volonté à répéter ses *ma tante* qu'elle réprima un sourire, mais comme elle ne devait jamais le dissuader de ce zèle, ce *ma tante*, accompagné de *mon oncle*, devaient devenir les antiennes de sa nouvelle vie.

La petite Blanche avait lavé le carreau rouge de l'office et disposé des pages du journal *Le Matin* pour marquer un passage. Olivier fut installé devant un café au lait et des rôties. La délicieuse odeur de beurre noisette le mit en appétit et il mangea en contemplant les yeux dorés à la surface du liquide. Blanche poussa un cri et retourna une baguette de pain de gruau posée à l'envers. Elle dit :

« Il ne faut jamais mettre le pain à l'envers. Ça fait pleurer la Sainte Vierge.

« – Oh ! c'est pas moi. »

Tout en mangeant, il se répétait : « Elle est marrante ! » Elle lui apporta un gant de toilette bleu sur lequel se dessinait un lapin blanc, une serviette nid-d'abeilles chiffrée, un peigne, une brosse à dents et une boîte en verre contenant de la craie menthée.

Quand il se fut lavé, il renfila sa chemise de nuit et revint vers sa chambre. Sur son lit, il trouva bien étalés une chemisette *Lacoste* blanche avec le crocodile vert, une culotte de velours noir, un slip *Petit-Bateau*, un maillot de corps, des sandales à semelles de crêpe, un blouson en suédine qu'un tissu élastique faisait bouffer à la taille et aux manches.

Marguerite lui précisa :

« Cela vient de ton cousin, M. Marceau. Il est plus grand que toi... »

En effet, les vêtements flottaient sur son corps maigre, mais en serrant bien la ceinture, cela n'allait pas si mal. Habillé, il se sentait moins vulnérable. Il grimpa sur la chaise pour se regarder dans la glace au-dessus de la cheminée. Elle lui renvoya l'image d'un petit garçon triste. Alors, il pensa à Mac, le boxeur. Se redressant, il gonfla sa poitrine, avança le menton, fit saillir ses biceps.

Son cartable était sur la table mais il n'osait toujours pas sortir ses livres, ses cahiers, son plumier, sa règle, tous ses trésors d'écolier, pour les ranger dans le placard ou sur la table. Au contraire, il referma une des brides de cuir.

Plus tard, il parcourut les couloirs jusqu'à cette pièce appelée antichambre sur laquelle s'ouvrait la grande porte d'entrée chargée de verrous et d'autres, vitrées, donnant sur une demi-douzaine de pièces. Il regarda le tapis à damiers, un portemanteau de bronze, avec une multitude de miroirs biscornus encastrés, et au bas duquel se pressait une forêt de cannes. Sur un secrétaire, au coin, à gauche, se dressait une statue antique. Sur une commode, s'étirait une lionne de marbre vert percée de flèches. Il fut subjugué par les panneaux de laque argentée d'un ensemble mobilier en macassar qui occupait tout le fond de la pièce encastrant un vaste canapé de cuir fauve : un tigre avançait parmi de hautes herbes en relief, des éléphants s'appuyaient contre des troncs d'arbres tropicaux à la cime desquels s'envolaient des échassiers tandis que le dieu Pan jouait de la flûte.

« Comme dans Tarzan ! » murmura Olivier.

Une vitrine murale protégeait des objets précieux dont il s'apercevrait plus tard qu'ils s'apparentaient tous au théâtre : jumelles nacrées, faces-à-main en ivoire, partitions, programmes anciens, éventails déployés, baguette de chef d'orchestre, pots de fard, masques, loup vénitien, affiche à demi roulée, métronome en bois ciselé, et aussi de minuscules reliures en veau avec des noms en lettres dorées : *Regnard, Guyot de Merville, Poinsinet, Molière...*

Jamais Olivier n'aurait imaginé une réunion d'aussi jolies choses et il n'était pas loin de se croire dans le Versailles de Louis XIV raconté par son instituteur. Les mains derrière le dos, gravement, il restait là comme un visiteur, tout à sa contemplation, quand il sentit une présence dans son dos. L'oncle Henri consultait hâtivement sa grosse montre, enfilait un demi-saison et se coiffait d'un chapeau à bords relevés. Olivier bredouilla si bas que son oncle ne put l'entendre :

« B'jour, m'n'oncle. »

L'oncle Henri se dirigea vers la vitrine dont il fit glisser un panneau de verre pour redresser un éventail. Il poussa un léger soupir, haussa les épaules et choisit une canne à pommeau d'argent recourbé. Au moment de sortir, il s'avisa de la présence de l'enfant.

« Ah ! tu es là, toi...

– Oui, mon oncle, dit Olivier prêt à rentrer dans le mur.

– Bien, bien... Ta tante va te voir... Eh bien, à tout à l'heure. »

Il toussota et sortit avant d'avoir entendu l'*au revoir mon oncle* d'Olivier. Alors, l'enfant s'assit sur le bord du joli canapé dans le fond sombre de la pièce. Les mains posées sur ses genoux, il attendit, dans la pose du patient attendant le bon vouloir du médecin. Sur une tablette, des revues s'étalaient dont il lut les titres : *Revue du Siècle, La Rampe, Les Trois Coups.* Dans la pièce voisine, après des crépitements parasitaires, Radio L.L. donna des informations. Des fenêtres avaient été ouvertes et de l'air frais passait sous les portes.

« Courant d'air ! Courant d'air ! cria Blanche, et on entendit des bruits de portes.

– Eh bien, ferme ! » jeta Marguerite.

Et puis, une porte s'ouvrit et Olivier entendit une voix chaude :

« Viens, Olivier, je veux te parler.

– Oui, ma tante. »

La tante Victoria était vêtue maintenant et ses cheveux serrés dans une résille paraissaient courts sous un béret gris ramené en avant comme une casquette. Un tailleur de Paquin sombre et garni de renard argenté, des chaussures à semelles plates lui donnaient une allure garçonnière. Elle jeta sur l'enfant un œil critique, remonta le blouson de suédine, le fit bouffer sur les hanches et descendit la fermeture Eclair de quelques centimètres. Du bout des doigts, elle arrangea les cheveux blonds toujours rétifs.

« Je vais te montrer l'appartement. »

Elle le guida de pièce en pièce. Il n'avait pas le temps de tout voir. Elle ouvrait une porte, lui donnait de rapides indications, la refermait.

« Ici, c'est le salon. On n'y entre pas sans permission. »

Et Olivier apercevait un piano noir, un lustre de Venise, des tableaux, une harpe dorée, des coussins...

« La salle à manger. Tu la connais déjà sans doute. Le petit cabinet. Et voici ma chambre... »

De rapides visions de meubles modernes dans des bois dont il apprendrait les noms : amarante, loupe d'amboine, okoumé. Des tableaux, des colonnes, des miroirs, des vases.

« Et la chambre voisine de la tienne. Celle de ton cousin Marceau. Il rentrera bientôt de Suisse. Enfin guéri. Le pauvre enfant. Tu as de la chance, toi ! »

Et les portes continuaient à s'ouvrir, à se refermer, sa tante laissant un sillage parfumé.

« La chambre de Jami, mon tout-petit. Marceau l'occupait quand il était enfant. Il a plus de seize ans maintenant ! Des chambres d'amis : la verte, la Louis XIV à cause des parquets, celle de tante Emilie... Viens, je vais te montrer le cabinet de travail de ton oncle ! »

Ils pénétrèrent dans une pièce hexagonale. Les murs étaient recouverts de rayonnages chargés de livres. Il y avait un bureau rognon et un semainier dissimulant un coffre-fort. Elle s'assit derrière le bureau, alluma une Muratti avec une allumette-tison qui jeta un bref feu d'artifice.

Olivier, debout, écouta un speech où il était question des circonstances de son adoption. Il ne fallait pas se fier au luxe de l'appartement. Rien n'avait été facile pour l'oncle Henri comme pour elle-même. Tout avait été conquis à la force du poignet.

« Nous avons commencé petit... »

Elle ajouta avec humour : « Nous sommes des riches nouveaux », et lui narra une ascension qui partait, pour elle, de Saugues, fille d'artisans ruraux éclairés lui ayant permis de solides études, pour l'oncle Henri, de bonne famille mais déclassée, d'obscurs apprentissages à de petits métiers. Elle parla de travail, d'opiniâtreté, mais aussi mentionna la Chance qui avait bien voulu être présente au rendez-vous en leur permettant de relever une affaire en déclin.

De la tête, Olivier faisait de légers signes d'attention et de compréhension.

« Ton oncle n'est pas mauvais homme, mais tu n'es son neveu que par alliance. Avais-je le droit ? Nous avons deux enfants, l'un de santé fragile, l'autre tout petit. Nous gardons deux bonnes, une presque par philanthropie... Et une crise commerciale s'amorce... »

Elle l'entretint encore de la vie en communauté, d'organisation, de discipline, de répartition des tâches.

« La vie t'a placé dans une condition particulière. Dans ton malheur, tu trouves une chance unique : nous. Mais il faut travailler pour vivre. Si tu réussis à l'école, nous t'y maintiendrons. Sinon, tu travailleras aux Entrepôts. Au pire, tu iras garder les vaches à Saugues. »

Elle fit un retour sur la vie passée de l'enfant et en traça un tableau qui le laissa stupéfait :

« Je sais comment tu vivais rue Labat. Avec des voyous et des clochards. Traîner, chaparder, boire du vin, se battre, dire des grossièretés, il va falloir oublier tout cela. Ce sera difficile car un tel monde laisse des empreintes qui ne s'effacent pas.

– Mais... Non, ma tante. Euh... oui, ma tante. »

Quand on prononçait des mots comme *voyou, grossièreté*, quand il entendait *rue Labat* sur un ton méprisant, quelque chose en lui se révoltait, mais ne parviendrait-on pas à le persuader de son indignité et toute sa vie n'essaierait-il pas de se justifier de fautes dont nul ne l'accuserait ?

Cependant, la tante Victoria continuait son discours de réception sur un ton saccadé, en tapotant sa cigarette d'un geste nerveux alors que la cendre était déjà tombée. Parfois, la ligne pure de son visage disparaissait derrière sa dureté, sa manière impérative de mettre toutes choses au point.

« Je ne sais quelles seront tes relations avec mon fils aîné. Il a, comme moi, son caractère. Ou plutôt, il a du caractère. Aussi... »

Au fur et à mesure que le temps s'écoulait, Olivier ne saisissait plus le sens des mots, des phrases et le dit de la tante Victoria se transformait en une musique monocorde, ininterrompue. Des discours tels que les grandes personnes aiment à en prononcer comme si elles ne parlaient que pour elles-mêmes. Il ne put retenir un ou deux soupirs.

Il finit par oublier où il se trouvait, par se détacher de lui-même, et ses grands yeux étonnés s'ouvrirent non sur ce qu'on lui démontrait mais sur une rêverie intérieure où des enfants couraient sur un trottoir. Il s'en détacha au moment où sa tante faisait une pause pour allumer une seconde cigarette à la première. Alors, il dit :

« Oh ! c'est si beau...

– Quoi donc ? » fit la tante en sursautant.

Et Olivier balaya du regard les rayonnages avec leurs livres reliés de toutes les couleurs, les bibelots, les rangées de pipes, les marionnettes espagnoles. Les murs vivaient comme des corps chargés de pensées inestimables. Il parla encore :

« Dans mon cartable, j'ai sept livres. Pas des illustrés, des vrais livres.

– As-tu écouté ce que je t'ai dit ? »

Pourquoi ce brusque agacement sur le visage de sa tante ? Elle avait un tic nerveux au coin de la bouche et ses yeux viraient du doré au sombre.

« Imagine-toi, Olivier, que je n'aime guère une certaine forme d'insolence. Aussi, pour te prévenir que la punition suit la faute, je t'ordonne de retourner à ta chambre et d'écrire cinquante fois : *Un* enfant bien élevé doit respecter son oncle et sa tante. Cela t'occupera ! »

Elle dévissa le capuchon d'un porte-plume réservoir et écrivit la phrase sur une feuille de papier à en-tête, d'une écriture vive et nerveuse.

« Eh bien, va !

– Oui, ma tante. »

Encore quelque chose qu'il ne comprenait pas. Il revint vers sa chambre, ouvrit son cartable, détacha soigneusement une double page du milieu de son cahier de brouillon, sortit son porte-plume en os, celui avec un petit rond de verre dans lequel en clignant de l'œil on pouvait voir quatre monuments de Paris, dont le Sacré-Cœur. Il s'aperçut qu'il n'avait pas d'encre et alla en demander à Marguerite qui lui trouva un flacon carré avec un fond d'encre violette qu'elle allongea en ajoutant quelques gouttes de vinaigre de vin.

Olivier choisit une plume sergent-major toute neuve et la suça avant de la tremper. Il prit le papier que lui avait remis sa tante. En haut, à gauche, on lisait, gravé en caractères bleus :

PAPETERIES HENRI DESROUSSEAUX
192 BIS, QUAI DE JEMMAPES
PARIS (10ᵉ)

et suivait un numéro de téléphone avec l'indication « et la suite ». Il se souvint avoir entendu dire l'« oncle Desrousseaux » quand on ne disait pas l'« oncle du Nord ».

Il pencha sa feuille et commença à écrire sa phrase en respectant bien les pleins et les déliés. Au fond, cela lui plaisait d'écrire. Il repassa même sur les mots car l'encre était pâle. Puis il se souvint d'un truc de l'école pour gagner du temps. Il écrivit jusqu'au bas de la page : *Un, Un, Un, Un, Un...*, puis *enfant, enfant, enfant, enfant, enfant...* et ainsi de suite pour bénéficier du travail à la chaîne.

Il avait presque terminé ses premières vingt-quatre lignes, ce que contenait la page, quand la tante, d'une voix adoucie, lui dit par-dessus son épaule :

« Cela suffira. Mais maintenant, quand je te parlerai, tu te dispenseras de prendre des airs !

– Oui, ma tante, dit Olivier.

– Ce sont tes livres, ça ? »

Elle feuilleta le Schopenhauer, le reposa et dit :

« Tu ne lis tout de même pas cela à ton âge ?

– Non, ma tante. C'est pour quand je serai grand.

– Tiens ! Marie Bashkirtseff... Comme c'est inattendu ! »

Au revers de son tailleur gris, une broche en émail noir retenait une boule de jade. Elle vit qu'Olivier l'admirait et cela ne lui déplut pas. Elle rangea elle-même les livres dans le placard, puis, lui indiquant le tiroir de la table, elle lui montra comment disposer ses affaires. Avant de partir, elle le tint par les épaules et lui dit sur un ton persuasif :

« Tu comprends : je dois être sévère.

– Oui, ma tante », dit Olivier en étudiant son intonation.

Elle serra son col de renard sur son cou et lui jeta un regard interrogateur. Il se troubla et elle murmura : « Quel curieux enfant ! » Après une hésitation, elle se retourna avec brusquerie et sortit en refermant la porte.

*

A l'office, le fer à repasser de Marguerite glissait sur une belle chemise blanche de l'oncle Henri. L'instrument, au bout de son fil électrique, devenait un animal magique semblant plus volontiers guider la main que la main ne le guidait. Tout près, les cols bien amidonnés chevauchaient la jeannette.

Blanche coupait en fines rondelles des carottes assorties à son teint au-dessus d'un fait-tout en terre cuite. De temps en temps, elle mangeait un morceau du légume et cela faisait crac-crac entre ses dents.

C'était un moment d'accalmie où les bonnes parlaient de tout et de rien, jetant des phrases à sous-entendus sans qu'il y eût une conversation suivie.

« Hier soir, il pleurait comme une Madeleine... Ça se comprend vois-tu... Mets de l'eau dans le coquemar... Tu manges des carottes comme un lapin, ça rend aimable... Dis donc, toi ! »

Il y eut une allusion à un mal de dent qui devenait un mal d'amour. Blanche dit qu'elle allait avoir *sa* migraine puis elle pleura en épluchant des oignons. Ensuite, elles parlèrent du fichu caractère de la concierge qui râlait sur tout. Puis Marguerite chanta un air sentimental qui disait les malheurs du *Petit Pierre*.

Assis devant sa table, Olivier coupait les pages de la *Vie de Savorgnan de Brazza* au moyen d'un double décimètre jaune. Le papier bouffant s'ornait sur les bords de fibres blanches et cela plaisait à l'enfant. Il avait écarté le rideau et il lui sembla qu'en face la vieille couturière lui adressait un signe, mais non, elle levait seulement les doigts dans la lumière pour enfiler une aiguille. Il se demanda si elle y parviendrait, puis il la vit casser le fil avec ses dents.

A voix chuchotée, il lut lentement la première page de son livre, en marquant un temps d'arrêt aux virgules et points et virgules et en respirant après chaque point. Mais en tournant la page, il s'aperçut qu'il avait murmuré mots et phrases sans rien avoir compris de leur signification. Il relut en faisant un effort de compréhension mais sans parvenir à être intéressé.

Une récitation affleura à sa mémoire. C'était une poésie de Théophile Gautier apprise en classe :

Tandis qu'à leurs œuvres perverses,
Les hommes courent, haletants,
Mars qui rit malgré les averses
Prépare en secret le printemps.

Il savait qu'il était ensuite question de pâquerettes, de collerettes et de boutons-d'or, mais l'ordonnance des mots lui échappait. Bien qu'il ne sût pas très bien définir « les œuvres perverses », il trouvait cela très joli et il se demanda pourquoi l'auteur du livre qui se trouvait devant lui n'avait pas écrit son histoire comme une chanson.

Sans le savoir, il était à l'orée d'un monde enchanté mais qui se refusait encore à lui. Il remua des idées confuses et se sentit tellement ignorant, tellement « rien du tout » que la tristesse le gagna. Alors, il prit son porte-plume, dévissa le couvercle de l'encrier, ouvrit le cahier de quatre pages sur lequel il avait tracé les lignes de la punition infligée par sa tante et rêvassa.

A l'école de la rue de Clignancourt, le père Gambier, dit Bibiche, donnait à tout propos des lignes :

« Elève Chateauneuf, pour vous apprendre à faire le singe, vous me ferez vingt-cinq (ou cinquante, ou cent) lignes pour lundi ! »

Il en tenait toute une comptabilité avec une délectation d'avare. Ces lignes devaient être copiées sur le cahier de lecture et les écoliers choisissaient des passages avec beaucoup de dialogues pour gagner des mots. Capdeverre s'était même fait une spécialité d'en écrire d'avance et il les monnayait pour des billes ou des tablettes de chocolat prélevées sur les quatre-heures.

Olivier trempa sa plume et recommença à écrire la phrase : *Un enfant bien élevé doit respecter...* Cette fois, ce n'était plus une punition. Il y prenait plaisir et tirait la langue d'application. La plume était docile et il aimait voir les deux parties du bec s'écarter et se rapprocher selon les mouvements de l'écriture. Il couvrit ainsi les trois pages restantes en appliquant soigneusement le buvard rose marqué *bon buvard* sur son œuvre.

Une lointaine T.S.F. lui apporta la voix de Robert Jysor qui chantait *C'est moi, c'est moi, Saltarello*. Que faisait en ce moment son ami Lucien, le sans-filiste ? Le coup de sifflet d'un enfant le fit tressaillir. Il rêva. C'était la récré. Le premier coup du sifflet d'étain du maître de préau pétrifiait les écoliers sur place. Au deuxième, il fallait se mettre en rangs, deux par deux, classe par classe, en marquant le pas et en tendant les bras à hauteur des épaules du camarade de devant pour prendre la bonne distance. Ensuite, des coups de sifflet cadencés guidaient la marche à l'intérieur du bâtiment scolaire.

Et si, à la rentrée, on le faisait retourner à l'école de la rue de Clignancourt ! Un délicieux frisson d'espoir le parcourut. Loulou, Jack Schlack et les autres organisaient déjà des parties de billes le long du mur. Il rangea son livre dans le placard. En bas, un balai *O'Cédar* délaissé évoquait une tête de chien griffon. Un calendrier des P.T.T. oublié depuis 1928 reposait sur un rayon. Des portemanteaux de bois portant une réclame de teinturier pendaient sur la tringle et il s'amusa à les faire danser.

Le loquet de faïence de la porte de communication voisine l'attira. Il le tourna lentement et avança. Le quadrillage de chêne du parquet craqua comme du pain trop cuit. C'était la chambre blanche, celle de son cousin Marceau. Un lit bateau, un bureau, une armoire en noyer verni se détachaient. Sur cette dernière, s'empilaient des boîtes sur lesquelles on lisait *Meccano n° 3, Assemblo, Trix*, et, tout près, une grue composée de pièces de métal rouges et vertes était toute montée, avec un fil, une manivelle et un crochet au bout duquel pendait une bobine. Sur le bureau, des soldats de plomb en uniformes d'Empire se préparaient à l'assaut. Il y en avait d'autres, en bleu horizon, à plat ventre devant des armes à feu.

Olivier respira profondément, comme si cela devait l'aider à mieux emplir son regard puis, ayant le sentiment de commettre une faute, il revint précipitamment vers sa chambre se demandant comment était ce Marceau à qui appartenaient ces merveilles.

« Olivier, monsieur Olivier, Olivier ! »

Il remonta la fermeture Eclair de son blouson et entra à l'office où Blanche lui désigna une boîte en bois blanc et des paires de chaussures alignées.

« Votre tante a dit que tous les jours vous feriez les chaussures. Là-dedans, il y a du cirage et des brosses. Et faut que ça brille ! Pas trop de cirage et beaucoup d'huile de coude...

– Heu... oui, mademoiselle.

– Vous... tu peux m'appeler Blanche. Ce sera ton... votre travail. Tous les matins avant la toilette. »

Comme les bottines fauves de l'oncle Henri étaient grandes ! Il y enfonçait sa main jusqu'au-dessus du poignet. Il avait déjà ciré des chaussures et voulait montrer qu'il s'y entendait. Avant d'étaler finement la crème-cire *Ric et Rac*, il crut bon de cracher sur les parties tachées en affirmant contre la critique de Blanche que c'était « un truc épatant ». Il nettoya jusqu'aux semelles et aux talons. Il sifflotait *Les Gars de la marine* et, sous la brosse à reluire, le grain du chevreau brillait, brillait ! Il lissa avec un chiffon vert. Les fines chaussures de la tante Victoria paraissaient minuscules, fragiles, mais avec ces hauts talons, ces ornements de métal, ce daim rapporté, le travail était plus compliqué. Il frottait, frottait...

« Tu vas les user ! dit Marguerite en disposant du chasselas dans une coupe.

– Elles brillent comme... un raisin ! » dit Olivier.

Il se sentait plus à l'aise avec Marguerite qu'avec Blanche, peut-être parce qu'elle le tutoyait franchement et ne lui donnait pas une fois sur trois du « monsieur ». Blanche lui faisait penser à une grosse poupée à cheveux rouges bourrée de son. Il la regarda passer son tablier blanc, se nouer un ruban dans les cheveux. Une vraie soubrette de comédie. Elle prit une minaudière de métal poli et se poudra en rentrant les lèvres.

« Tu vas encore faire la belle devant Desrousseaux, lui dit Marguerite. Ah ! il se fiche bien de toi, le patron. Il est toujours dans la lune. »

Olivier pensa qu'en effet la tête de l'oncle Henri flottait vers les nuages. Il avait toujours l'air absent. Mais où était-il ?

« Eh ! va donc ! jeta Blanche en levant le coude à hauteur du menton.

– N'empêche que..., dit Marguerite.

– T'occupe pas du chapeau de la gamine ! »

Olivier rangea soigneusement les couples de chaussures dans le placard aux rayons couverts de congoléum, près de l'entrée, à l'endroit où l'on se chaussait et se déchaussait. Là, se trouvait toute une rangée de pantoufles, de charentaises et de mules.

Il retourna à sa chambre, lécha le noir qui restait sur son poignet et le frotta contre sa cuisse. Assis sur le Voltaire, il se perdit dans la contemplation de ses genoux. Il y restait des croûtes, souvenirs de glissades manquées sur le trottoir de la rue Labat. Il ne se sentait pas trop mal, fier en tout cas d'avoir écrit toutes ces lignes et d'avoir fait briller tant de chaussures. Il se disait : « Le boulot, y'a qu'ça ! »

Il entendit une sonnerie. Puis la voix criarde de Blanche : « Téléphone, téléphone... » Déjà Marguerite décrochait l'appareil d'ébonite et parlait exagérément fort :

« Oui, madame. Bien, madame. A tout de suite, madame. »

Et elle glapissait :

« Blanche, mets sur le feu. Ils arrivent. »

Branle-bas à l'office. Heurts de vaisselle. Bruits de midi qui chaque jour se répéteraient invariablement.

Olivier essayait d'arracher une épingle égarée dans la rainure du plancher quand il fut invité par les bonnes à venir à la salle à manger, à voir comment dresser le couvert, disposer verres (trois par personne), couverts, serviettes, et aussi tout cela qu'il ignorait : porte-couteaux, salières et poivrières individuelles, soucoupes pour le beurre, décors de table en argent, dessous de bouteille, chauffe-plats...

Tout prenait vie. Tout brillait, étincelait. Il observait, faisait oui-oui de la tête, se trouvait toujours dans les pas d'une des filles qui le rabrouait.

« Tes mains sont propres ?... Allez, va vite les laver... Tu veux un coussin sur la chaise ?... Non, bon, mais tu te tiendras droit. »

Il se lava les mains à l'office avec application, faisant mousser le gros savon *Le Chat* qui lui échappait des mains et roulait dans la pierre à évier, arrondissait le pouce et l'index pour souffler une énorme bulle qui glissait le long du poignet. Il se rinça et se lava de nouveau.

Une clef chatouillait la serrure de la grande porte. Vite il s'essuya les mains avec un torchon à verres et s'avança à pas mesurés. Il apercevait dans l'anti-chambre, au bout du couloir, des envols de vête-ments. La voix de sa tante donnait déjà des ordres en disant « mes filles » à ses deux servantes empres-sées. Puis :

« Entre, ma Julienne, entre ! »

Qui était cette Julienne ? C'est pour cela qu'il y avait quatre couverts. Il s'adossa contre le mur du couloir, les mains croisées devant lui en feignant de s'intéresser à un dessin de la corniche. De temps en temps, il se déplaçait imperceptiblement en direction de l'antichambre. De l'office venaient de bonnes odeurs de nourriture. Blanche retirait une tarte du fourneau. La pâte, enduite de jaune d'œuf, avait une belle couleur dorée. Cela sentait la pomme et la cannelle.

« Qu'est-ce que tu fais là, toi ? »

Les bonnes passaient et repassaient devant lui avec des mouvements solennels et saccadés. Elles se tenaient droites, cérémonieuses, s'efforçant de conduire leurs gestes à la perfection.

On entendit une sonnerie prolongée.

« Ouvrez, Blanche. Monsieur a encore oublié ses clefs. »

Et l'oncle Henri ôtait son chapeau, son demi-saison, ses gants, rangeait sa canne, se dirigeait vers la salle de bain, revenait à la salle à manger dont la porte vitrée se refermait sur lui. Un murmure de conversations. Un silence. Blanche, seule à l'office, qui mettait la dernière main aux hors-d'œuvre. Puis le ding-ding d'une sonnette.

Marguerite tira son tablier sur ses cuisses, ouvrit la porte et annonça comme dans une comédie :

« Madame est servie ! »

Olivier se demanda pourquoi elle disait cela. La tante le voyait bien que c'était servi. Il entendit :

« Et le petit ? Où est le petit ? »

Une timidité paralysante l'envahit. Il aurait voulu disparaître, se cacher dans un placard. Ses doigts se crispèrent, son visage se ferma, buté et boudeur. Ses yeux qui, habituellement, dévoraient son visage, étaient cachés par ses paupières baissées.

La tante Victoria vint elle-même le chercher. Il était devenu une si pauvre chose qu'elle comprit la nécessité de l'apprivoiser. Ses jolies lèvres rouges dessinèrent un sourire, mais sa beauté ne faisait qu'intimider davantage. Elle le conduisit jusqu'à la table. Près de la fenêtre se tenaient l'oncle Henri et une jeune fille maigre qui lui parlait avec d'incessantes inclinaisons de tête comme si elle s'apprêtait à faire une révérence entre chaque phrase.

« Julienne, voici Olivier. »

Olivier saisit le bout des doigts d'une longue main froide qui se refusait. Décontenancé par un regard qui semblait fixer quelque chose au-dessus de sa tête, il se retourna et rencontra le visage de la dame du tableau de Boucher. Il dit à cette Julienne si distante le premier mot qui lui vint à l'esprit :

« Salut ! »

Devant ce manque de manières, la jeune fille lui tourna le dos. Elle paraissait grise et plate, ce qu'on appelait rue Labat « une planche à pain ».

La tante les invita à prendre place à cette grande table qui créait trop de distance entre chacun.

« Julienne est un peu ta cousine, dit-elle. C'est la fille du frère de ton oncle. Celui qui était officier, et qui, malheureusement...

– Oh ! c'est un cousinage bien éloigné... », précisa Julienne.

Tordue comme un cep, les épaules rentrées, elle paraissait sans grâce, mais dès qu'elle s'animait un peu, tant d'expressions passaient sur son visage qu'on oubliait les yeux globuleux, le nez pointu et les lèvres minces. « Une laideur intéressante ! » dirait plus tard le cousin Marceau.

« Olivier va vivre avec nous, dit la tante. Il est orphelin. Nous l'avons adopté. Son oncle est son tuteur. »

Elle adressa un sourire à l'enfant et ajouta sur un ton supérieur pour marquer la différence :

« Julienne est à la Maison de la Légion d'honneur d'Ecouen. Son oncle maternel s'occupe d'elle. »

L'image du vieux Gastounet astiquant ses décorations traversa Olivier. Mais quel pouvait être le rapport avec cette jeune personne si étrangement vêtue ?

Ses longues nattes flottaient sur une robe en gros tissu bleu. Elle portait un long tablier noir avec une ceinture violette qui pendait comme une queue, un col blanc amidonné et une chaîne en or avec une croix.

Blanche servit du melon au porto. Olivier observa les gestes de chacun. Les serviettes blanches étaient si rigides qu'il n'osait déplier la sienne. Hanté par la peur de tacher la nappe ou de casser un verre, il se sentit bien maladroit. Et cette demi-sphère du melon qui glissait sur l'assiette... Sa tante dut lui dire :

« Regarde comment je fais. Et pose ta serviette sur tes genoux. »

Heureusement, Julienne détournait l'attention et cela masquait les fautes qu'il pouvait commettre. Elle conversait avec distinction et il se sentait bien inférieur. Peut-être aurait-il dû parler, lui aussi, pour ne pas passer pour un petit sauvage, mais les mots ne venaient pas. Impossible de poser des questions, de discuter comme avec son ami Bougras. Il se rappela une parole de Jean : « Eux, c'est des bourgeois ! » Il finit par se dire qu'il fallait faire un effort pour ne pas paraître « cloche ». Il décida de se tenir bien droit comme les autres, mais en se redressant, il fit un faux mouvement et fit jaillir du jus de melon sur la nappe. Il déplaça son verre pour cacher la tache.

Le repas s'animait. « Vos assiettes ! » disait la tante en servant de fines tranches de jambon rose. L'oncle passait du bordeaux à la badoit. Entre deux services, on agitait une sonnette que les bonnes n'entendaient pas toujours. Olivier aurait bien voulu faire ding-ding. A défaut de cela, il suivait les aiguilles du carillon en attendant le tintement des quarts d'heure.

La tante Victoria parla de Marceau en disant « le pauvre enfant » et ajoutait qu'il n'aurait pas eu une jeunesse comme tout le monde. Julienne disait :

« Mais, puisqu'il rentre guéri... »

L'oncle Henri parla du cadet, Jami, qu'il appelait « mon petit gros ». Lui, il avait de la santé à en revendre. On raconta ses tours, ses mots d'enfant. Il fut question du lieu où il se trouvait, à Montrichard, en Loir-et-Cher, à la maison de campagne où une gouvernante qu'on appelait « la Dame Cornu » s'occupait de lui.

« Tous les après-midi, il va à la plage nouvellement aménagée sur les bords du Cher, dit la tante. C'est un endroit charmant... »

Elle évoqua poétiquement la douceur de la Touraine et l'oncle parla des fillettes de vin rosé, des caves Monmousseau qu'il avait visitées, des châteaux de la Loire. La tante Victoria ne gardait qu'un regret : cette propriété l'accaparait, elle ne pouvait pas se rendre à Saugues aussi souvent qu'elle l'aurait voulu. Et on fit des comparaisons entre la Touraine et la Haute-Loire.

L'oncle Henri passait parfois sa main au-dessus de son oreille droite, effleurant la ligne de ses cheveux dorés. Il se tenait à table avec componction et délicatesse. Il était gourmand et on lisait dans ses yeux, dans ses mouvements de sourcils qu'il appréciait ce qu'il mangeait. Quand il reprenait d'un plat, la tante Victoria faisait : « Henri, la ligne... » et il écartait les pans de sa veste pour montrer qu'il n'avait rien à craindre de ce côté-là.

Son physique, sa taille, son côté « bien né » lui facilitaient les introductions. Dès qu'il était quelque part, on ne voyait que lui. On le disait « bel homme » et c'était vrai. Cela l'amenait à jouer les grands seigneurs, à s'habiller avec recherche en choisissant de beaux lainages anglais, de riches soieries, des cravates renouvelées. Son visage aux traits nets faisait penser à certains dessins de Dürer, mais une sorte de rêverie continuelle ajoutait de la douceur à son expression.

Parfois, il était franchement absent. Dans ces cas-là, il se livrait à des gestes machinaux. Ainsi, il se mit à suivre de l'index les dessins brodés de la nappe d'un mouvement régulier qui apportait une fascination. Tous les regards accompagnaient ce doigt voyageur quand la tante Victoria dit sur un ton de reproche :

« Henri, Henri... »

Il leva la tête et sourit avec un air de se moquer de lui-même. La tante reprit :

« Henri, avez-vous pensé à ce rendez-vous à la S.T.C.R.P. ? J'ai répondu à l'appel d'offres du Cabinet Roux. Attendons. Et la rue de Richelieu ? D'autre part, il faudra inviter l'intendance Farman... »

L'oncle secouait la tête pour faire croire qu'il était pénétré de l'importance de tout cela. Olivier apprendrait par les bonnes que sa tante « menait la barque », qu'elle était une remarquable femme d'affaires, qu'elle savait commander, diriger, prévoir. Ainsi, chaque repas serait habité par des conversations sur la marche de l'établissement, les clients, les employés.

« Ne soyez pas avare de votre bordeaux, Henri. En veux-tu deux doigts, Julienne ? Dis-moi, la discipline n'est pas trop dure ?

— Elle l'est assez, ma tante, mais aucune d'entre nous ne s'en plaint. Nous savons quel est le but... »

Olivier regardait par-dessus son assiette la bouche et le menton volontaires. Il découvrait une autre race. Comme cette jeune fille semblait mûre, à l'aise derrière son attitude réservée. D'une voix aux intonations dosées, en s'accompagnant de gestes légers de la main, elle évoqua sa vie de pensionnaire.

« La couleur de la ceinture change selon les classes : verte, aurore, violette comme la mienne. C'est un attribut. La plus humiliante des punitions est d'être privée de la porter. On éprouve si grande honte !

– Cela te serait-il arrivé ? demanda l'oncle Henri avec une pointe de malice.

– Oh ! grand Dieu, non ! »

Elle frémissait devant une telle perspective. La tante questionna à son tour :

« Et les récompenses ?

– Il n'y en a qu'une : la permission de planter un arbuste dans le parc. Cela m'est arrivé. Mon arbre ! j'étais si heureuse ! »

Chez Olivier, la gouaille montmartroise reprenait le dessus. Une voix lui glissait à l'oreille : « Tu parles d'une pomme ! » et sans doute cette pensée modela-t-elle son visage car Julienne le toisa et tendit le menton en semblant prendre ses hôtes à témoin de l'incorrection de l'enfant.

« C'est bath, un arbre, dit-il pour atténuer.

– On ne dit pas « c'est bath » ni « c'est chouette », observa la tante Victoria. On dit : c'est beau.

– C'est beau, ma tante. »

De temps en temps, son oncle se penchait vers lui pour chuchoter un conseil : couper sa viande au fur et à mesure qu'on la mange, ne pas boire la bouche pleine, ne pas tenir son couteau dressé. Olivier avait saisi sa part de tarte aux pommes pour la mordre à belles dents, mais l'oncle lui avait désigné le couvert doré.

Avait-on remarqué la blancheur de ses mains ? Il l'espérait vaguement. Il revit les ongles du cousin Jean que l'encre d'imprimerie maintenait en deuil. Ceux de la tante Victoria, passés au *Diamant liquide*, jetaient un éclat pourpre. Il admirait ces dix bijoux qui dansaient au bout des doigts. Il s'absorba dans la contemplation des mains : celles longues et fortes de l'oncle Henri, avec une mousse de poils blonds sur le dessus du poignet, celles très menues de Julienne. Il regarda successivement tous les mentons, tous les nez, toutes les oreilles, et, chaque fois, son tour d'horizon terminé, il touchait son menton, son nez ou ses oreilles, en caressait la forme et faisait des comparaisons.

Il était tout entier à son manège quand les conversations s'interrompirent. Tous les yeux étaient posés sur lui. Alors, pour ne pas faire cesser trop brusquement ses gestes, il les poursuivit en les atténuant peu à peu. Allait-on lui dire comme Elodie : « Ne fais pas le Jacques » ? Non. Sa tante fixa sa main gauche, celle qui portait la chevalière de Bougras. Elle dit :

« Cette bague, tu peux la garder, mais ne la porte pas.

– Oui, ma tante. »

Il fit glisser la bague dans la poche de son blouson. Il ne la porterait plus qu'en secret, la nuit pour dormir.

Marguerite fit diversion en ouvrant les deux portes du salon et ils pénétrèrent dans ce lieu préservé. La lumière du jour frappait l'ovale du portrait en pied d'une belle dame : la tante Victoria en robe 1925, toute pailletée d'éclats colorés, de fulgurances métalliques nés d'une infinité de sequins, de lamés or et argent jouant sur des plumes, des soieries, des fourrures écartées sur un buste jetant les feux d'un collier baroque.

« Un peu de musique ? »

Elle souleva le couvercle du quart-de-queue. Pour fixer une partition, il fallut écarter les chandeliers. Après avoir dévêtu les touches d'une bande de soie damassée et réglé le niveau du tabouret tournant, elle commença à jouer. Olivier n'avait rien connu de plus beau que ces ongles carminés glissant sur ces minces tablettes noires et blanches. On aurait cru que c'est du mariage de ces couleurs que naissaient les sons.

L'oncle Henri avait allumé un long havane et une légère fumée ambrée se répandait. Julienne, accoudée au piano, tournait les pages de la partition et dodelinait de la tête. Olivier, embarrassé de lui-même, se tenait près de la porte de communication. Le piano racontait des choses tristes, à peine exprimées, et il se sentit tout remué. Il avait beau tenter de s'arracher à cette emprise en regardant les larmes de verre du lustre de Venise, la musique appelait des images floues. Dans une brume, il revoyait la mercerie et c'était comme si sa mère l'appelait à travers la musique. Puis l'eau bleue de la piscine des Amiraux miroita et des corps blancs glissèrent lentement. Les notes limpides l'oppressaient et le délivraient en même temps. Sans qu'il s'en aperçût, une larme glissait sur sa joue.

Quand la musique s'arrêta, Julienne fit mine d'applaudir et la tante Victoria lui caressa la joue. Olivier sentit du salé sur sa bouche et passa rapidement la main sur son visage. Il crut bon de prendre un air aimable qu'il copia sur celui de Julienne. Pourquoi son oncle le regarda-t-il avec étonnement ? Sa tante lui dit : « Mais, ce n'est pas triste la musique ! » et il répondit : « Oh ! non, ma tante ! »

Et Marguerite entra, portant un plateau d'argent : « Le café, madame. »

Elle servit des verres encastrés dans une monture à la russe et surmontés de filtres. Olivier qui n'avait pas droit au café reçut un bonbon *Pierrot Gourmand.* Il observa Julienne et se demanda si ses cousins Marceau et Jami lui ressemblaient. Soudain, il alla chercher le feuillet double sur lequel il avait écrit des « lignes » bénévoles :

« Regardez, ma tante. »

La tante Victoria suivit la fine écriture penchée, tremblée par endroits à force d'application. Ne sachant si cette initiative ne comportait quelque provocation, elle regarda l'enfant droit dans les yeux, sévèrement, mais une telle ingénuité habitait le visage d'Olivier qu'elle se contenta d'approuver d'un mouvement de tête. Elle dit à Marguerite :

« Vous emmènerez l'enfant faire une promenade. En même temps que vos courses. Tenez-lui bien la main.

– Oui, madame. »

L'oncle Henri entrouvrit la fenêtre mais l'air frais ne parvint pas à chasser les odeurs de cigare, de café, de ce cognac dont l'oncle s'était servi si généreusement dans un verre à dégustation. Déjà, on quittait le salon. Dans l'antichambre, chacun se préparait à sortir. Olivier dit :

« Au revoir, ma tante. Au revoir, mon oncle... »

A l'intention de Julienne qui se coiffait d'un chapeau à ruban, il ajouta rapidement :

« ... Au revoir, made... mamedoi... mademoi... selle. »

Ayant fait du mot une bouillie, il piqua un fard et se retira bien vite sans attendre la réponse.

*

Après avoir aidé à essuyer la vaisselle, il alla de pièce en pièce, observant, flairant comme un chat reconnaissant un nouveau gîte. Après ce repas animé, le silence, l'immobilité surprenaient. Il finit par chantonner, la bouche fermée, comme on le fait les dimanches d'ennui où la pluie dégouline le long des vitres.

Bientôt, il prit conscience de sa mélancolie et se dit : « C'est pas marrant tout ça... » Il éprouvait l'envie de se moquer de lui-même, de se moquer de tout. A un moment, il pensa qu'il revivait l'après-midi de la veille et cela lui parut odieux. Pourquoi chaque jour ressemblait-il à celui qui le précédait ? Pourquoi manger, parler, dormir ? Pourquoi vivre en cage ? Il tira la langue à la dame du tableau de

François Boucher, fit glisser ses ongles sur l'échine de la lionne verte en faisant : « grrrr grrrr. »

Sur ces tapis moelleux, ces moquettes, on ne s'entendait pas marcher. Le pavé dur de la rue lui manquait. Il voulut commettre un méfait, sciemment. Il finit par trouver : il chipa dans le cendrier une cigarette à bout doré dont sa tante n'avait tiré que deux bouffées, alla chercher dans son cartable sa boîte d'allumettes suédoises et se réfugia au petit endroit pour fumer, debout sur la lunette, près de la lucarne par laquelle s'envolait la fumée. Il s'exerça à imiter les gestes de sa tante, tenant la cigarette entre deux doigts, à hauteur de l'épaule en prenant un air distant, puis il descendit de son perchoir et fit pipi en regardant l'eau mousser au fond de la cuvette.

Une voix lui murmurait : « Mon pote, il faut réagir. Sans ça, tous ces mecs-là... » Il était seul, seul contre tous, mais ils allaient voir. Ils allaient voir il ne savait trop quoi. Il pensa à ses livres et revint vite vers sa chambre pour les protéger ou pour qu'ils le protègent.

Mais déjà Marguerite l'appelait. Elle était juchée sur de hauts talons, parée d'un manteau rosâtre orné de fourrure bon marché, d'un chapeau-cloche hérité de sa patronne dans lequel elle avait piqué une épingle terminée par une grosse boule imitation perle.

« Tiens, mets ce béret. »

Il était marron, trop grand, mais cela permettait de le faire bouffer comme un béret basque. Olivier fut chargé de porter le cabas en moleskine noire et ils descendirent par l'escalier de service. Il était séparé du grand escalier par une multitude de carreaux de verre irrégulier avec des bulles dans l'épaisseur. La cage de l'ascenseur apparaissait par transparence avec tout son système de cordages. Mais quelle différence entre ces deux escaliers ! Si près d'une décoration ordonnée, on se trouvait dans l'univers du parquet souillé, des escabeaux oubliés, des linoléums pourris, des serpillières sales et des balais. Le trop-plein des poubelles s'y déversait et Marguerite écartait du pied la spirale d'une épluchure ou un papier froissé. Ils échappèrent bien vite à ces odeurs de lessive et d'insecte mort.

Dehors, Marguerite ne lui prit pas la main mais lui demanda de marcher à côté d'elle. Un soleil pâle perçait entre les nuages. Olivier emplit sa poitrine d'air frais. C'était comme une sortie de prison. Marguerite avait envie de parler et cela tombait bien. A son accent chantant de terroir se mêlait un rien de parigot traînard glané au hasard des rencontres.

« Alors, tu as vu ta cousine Julienne ?

— Ouais. C'est une grande bringue.

— Sois poli, s'il te plaît, demanda-t-elle, mais elle ajouta un ton plus bas : C'est vrai, moi je ne l'aime pas cette gamine. »

Ils marchèrent jusqu'au coin de la rue et enfin Olivier put lire l'inscription de la plaque : *Rue du Faubourg-Saint-Martin.* Il demanda :

« C'est le nom de la rue ?

— Tu le vois bien.

— C'est un quartier chic ?

— Mais non. L'immeuble, lui, est bien. Mais ce quartier... Enfin, c'est pratique pour eux. C'est près des Entrepôts.

— Où c'est les Entrepôts ?

— Tout près. Sur le canal Saint-Martin. »

Ainsi, les deux mots mystérieux : *faubourg, canal,* s'expliquaient. Il demanda ce que voulait dire *Entrepôts.* Il y avait là des stocks de papier que l'oncle vendait en gros ou façonné. Papier, cela voulait dire livres et cahiers. Il hocha gravement la tête et demanda si Montmartre c'était loin. « Comme ça... », répondit Marguerite.

Ils arrivèrent à la station de métro *Château-Landon,* devant l'enfilade des barreaux de métal enfermant les voies du chemin de fer de l'Est. Là, Marguerite répondit à la question d'un militaire qui cherchait une rue. Caporal de tirailleurs, le jeune homme portait une chéchia rouge et une ceinture de flanelle surmontée d'un ceinturon. Ses jambes étaient momifiées par les bandes molletières. La conversation s'engagea :

« Alors, vous êtes ma payse ?

– L'Auvergne c'est quand même pas le Limousin. »

Olivier alla jusqu'aux barreaux et regarda en contrebas les trains alignés comme des jouets. Ils représentaient l'évasion et pourtant ils paraissaient en cage. La gare de l'Est et ses trains : pour la première fois, il en ressentait la fascination. C'est là que plus tard, adolescent, il verrait partir pour la guerre des hommes kaki dont la plupart ne reviendraient que des années plus tard avec les mêmes uniformes en loques et portant la marque *K.G.* dans le dos.

La conversation tournant à la galanterie, il s'adossa au métal et plissa les paupières. Tout était gris. En face, un marchand de chaussures en blouse verte se tenait devant son étalage en attendant le client. On voyait des grappes de galoches noires au long d'une tige de bois, des chapelets d'espadrilles, des chaussures montantes attachées par les lacets à des tringles, des sandales en caoutchouc moulé. Sur le calicot, on lisait : *Spécialité de Charentaises.*

Plus bas, vers la gare de l'Est, on entendait le ferraillement du tramway. D'un chargement de bestiaux destiné à la Villette s'échappaient des bêlements plaintifs. Un tandem conduit par un seul cycliste passa et Olivier voyant le deuxième pédalier tourner tout seul pensa à *L'Homme invisible* qu'il avait vu au cinéma. Une mère de famille poussait un landau aérodynamique à la mode tandis que le mari suivait, un enfant juché sur ses épaules.

Olivier aurait pu voir les mêmes spectacles rue Ramey ou rue Caulaincourt mais ici les lieux leur donnaient une tournure particulière. Il se croyait dans un autre monde. L'air était lourd, chargé de senteurs charbonneuses, d'odeurs de fumée, de métal rouillé. Les trains, comme des bêtes harassées dans une étable, jetaient leurs sifflements, leurs grondements et la vapeur sortait de leurs naseaux. Une longue file de Renault rouge et noir s'étirait, avec auprès de l'une d'elles des chauffeurs de taxi en blouse grise, avec des allures de cavaliers démontés. Au coin de la rue du Terrage, devant le cinéma Saint-Martin où l'on jouait *Le Roi du Cirage*, s'étalait le bric-à-brac d'une vieille-chiffonnière en cheveux avec un rayon de hardes et un autre enguirlandé de pneus et de chambres à air gonflées comme des saucisses et toutes pansées de rustines roses.

« Olivier, allons... »

Le caporal s'éloignait en faisant un salut militaire de fantaisie tandis que Marguerite redressait son chapeau sur son front.

« Olivier, quand je rencontre quelqu'un, ce n'est pas la peine de le dire à ta tante.

– Oh ! non, Marguerite. »

Pour marquer sa complicité, il ajouta un clin d'œil qu'elle n'apprécia pas. Ils longèrent quelque temps les barreaux qui découpaient le paysage ferroviaire, traversèrent aux passages cloutés bien luisants pour que Marguerite jetât à la poste une lettre destinée à ses parents de Saint-Léonard. Plus loin s'ouvrait l'avenue de Verdun qui, malgré son nom d'avenue, finissait en impasse. Ils longèrent le mur de l'hôpital Villemin et, après la ligne d'immeubles gris de la rue des Récollets, traversèrent le faubourg pour contourner l'église Saint-Laurent et atteindre la grande *Pharmacie du Soleil* à l'angle de la rue de la Fidélité et du boulevard de Strasbourg, au carrefour Magenta.

Là, quelques semaines seulement auparavant, il avait suivi Bougras et sa voiture à bras, mais abordés par un autre endroit, les boulevards paraissaient tout différents. Il savait cependant qu'en remontant le boulevard de Magenta on arrivait à Barbès-Rochechouart et il imaginait le carrefour traversé par le métro aérien, avec le cinéma *Louxor-Pathé* et le *Dupont-Barbès.* Et s'il quittait Marguerite, s'il partait en courant très vite ! Cela ne fut qu'une velléité. Marguerite lui avait pris la main pour traverser et ses idées de fuite étaient trop vagues.

A la pharmacie, Marguerite acheta des *Gouttes Livoniennes* en prévision de l'hiver, de la magnésie bismurée et de la crème *Tokalon.* Une odeur d'éther et d'embrocation flottait. Les préparateurs en blouse blanche s'affairaient. Sur tous les emplacements disponibles pendaient des panneaux publicitaires, des miroirs avec réclames de dentifrice ou de vermifuge, le portrait du président Lebrun, cheveux blancs et moustaches noires. Un caissier gris, à manchettes de lustrine et bonnet rond, fixait à travers son pince-nez les touches rondes de sa machine enregistreuse. Au moment de payer, Marguerite fit ajouter une boîte métallique à couvercle coulissant contenant ces pâtes de réglisse *Bonnet* appelées *Agents de Change.*

« Prends-en une.

– Merci, Marguerite. Oh ! il y en a deux... »

Plus tard, il tirerait la langue en louchant pour voir si la réglisse l'avait teintée d'ocre.

Ils léchèrent les vitrines autour de la gare de l'Est, dans un univers de bains publics carrelés de faïence de Gien, côtoyant les hôtels aux noms attendus : *Hôtel d'Alsace, Hôtel de Lorraine, Paris-Strasbourg,* ou encore sous le signe d'une ville : *A la ville de Chelles, de Provins, du Raincy.* De solides brasseries, des restaurants bien établis jetaient des enseignes glorieuses : *Aux armes de Colmar, A l'Ecu de France, A la Chope de l'Est, Drouant, Nicolas.* Pour Olivier, c'était une leçon de géographie urbaine. La gare déversait voyageurs de commerce, militaires, amateurs de choucroutes pantagruéliques et de chopes pansues. C'était le royaume de la femme épaisse et maternelle, de l'Alsacien et du Lorrain ancrés à la gare, de l'ancien combattant bardé de décorations.

Chez Schmid, dans un odorant fumet de charcuterie, Marguerite acheta un jambonneau habillé de chapelure dorée et coiffé d'un tuyau de papier dentelé, des saucisses plates appelées gendarmes, un pot de graisse d'oie et du petit salé. Le sac à provisions prenant du poids, Olivier remonta les poignées jusqu'à l'épaule. Il aimait particulièrement le moment où l'on payait. La caisse automatique faisait tring-tring et le commerçant arborait cet air grave qui préside aux échanges d'argent. Dès qu'il avait reçu son dû, il tempérait cette gravité par une amabilité routinière qu'il croyait chaque fois toute neuve. Si le client payait en petite monnaie, il disait :

« Ah ! mais ! vous avez chanté dans les cours. »

On échangeait devant une si absurde éventualité un sourire pudique. Olivier aimait aussi cette suite de chiffres débités d'une voix chantante :

« Sept francs quatre-vingt-quinze, huit, et deux dix, et dix vingt, et trente cinquante, et cinquante cent. Merci, madame. Vous n'avez rien oublié ? Pas de riz, pas de poivre, pas de moutarde ? J'ai des œufs à la coque. Garantis... »

Au retour, Olivier brûlait d'envie de s'arrêter devant la marchande de nippes du coin de la rue du Terrage. Là, parmi les parapluies éventrés, les mitaines rapiécées, les renards miteux s'étalaient des piles d'illustrés et des *Aventures du colonel Ronchonnot* imprimées sur papier rose. Mais maintenant, Marguerite se hâtait. Elle lui avait ôté le sac à provisions et le tenait sur le bras, avec son porte-monnaie à soufflets bien en main. Olivier prit cependant le temps de regarder dans la vitrine du charbonnier des coupes de verre présentant comme des bijoux de la tête de moineau, de l'anthracite belge, du coke de gaz et des briquettes noires.

En face, les barreaux de la gare étaient devenus une rangée de hallebardes tenues par des guerriers invisibles. Ils s'arrêtèrent devant le garage pour laisser sortir une Peugeot. A l'intérieur, un homme en bleus de travail astiquait la carrosserie d'une Hotchkiss. Plus loin, près d'un magasin de layette pour « enfants voués au bleu », le *Bazar Saint-Martin* rutilait d'instruments ménagers.

A l'entrée de la rue Eugène-Varlin, Marguerite désigna un bâtiment :

« Tu vois. C'est ton école. Après, si tout va bien, tu entreras au collège Colbert, rue Louis-Blanc. »

Ainsi, il ne reverrait pas l'école de la rue de Clignancourt. Il ne dit rien, ne montra aucune tristesse, car, au fond, il n'avait pas cru à son beau rêve. Cependant, son cœur battit plus vite et il fit plusieurs fois le geste d'écarter des mèches de son front. Il fourra ses mains dans les poches en biais du blouson et demanda :

« Je peux la regarder, l'école ?

– Si tu veux. »

Elle marcha avec lui jusqu'au bâtiment scolaire qui était le frère jumeau de celui de la rue de Clignancourt : mêmes murs noirs, même solennité, un drapeau tricolore, les lettres R.F., des affiches administratives rayées de couleurs sous un grillage poussiéreux, les trois mots *Liberté Egalité Fraternité*, de grosses poignées de cuivre à la porte vert bouteille.

En face se trouvait aussi une mercerie avec l'indication *Jouets-Journaux-Bonbons*. On devait y trouver des billes coloriées, des caramels à deux pour un sou, des fouets et des rouleaux de réglisse, des biberons de verre emplis de bonbons ronds, du sucre d'orge et du roudoudou. Il regarda un revolver d'où s'échappait une bande d'amorces, des cartes postales

54

enfermant des amoureux dans un cœur, un jeu de culbuto et des soldats de plomb. Mais pourquoi cette école lui parut-elle redoutable ? Il se mit à dévisager tous les enfants qu'il croisait en pensant qu'il les reverrait en classe.

« Pendant qu'on y est, dit Marguerite, je vais te montrer les Entrepôts. »

Elle ajouta « Ouvre la bouche et ferme les yeux ! » et lui posa sur la langue des pastilles *Agents de Change*. Avec Marguerite, il commençait à se sentir en confiance. Sur ses hauts talons, elle paraissait fragile comme un échassier. Son visage poudré de blanc avait quelque chose de clownesque, mais on la sentait habitée par une étonnante vitalité. Quand les hommes la regardaient, elle les fixait avec un sourire ironique et c'étaient eux qui baissaient les yeux.

Au canal Saint-Martin, ils s'arrêtèrent sur le pont dominant l'écluse.

« Oh ! un bateau... »

Derrière l'épais portail de bois verdâtre chargé de mousses où l'eau paraissait toute grasse en dégoulinant, une péniche attendait le passage. La bouée du *Secours aux noyés* donnait une idée de voyages, de naufrages, comme dans les lectures d'école où le capitaine, droit à la barre, s'enfonçait solitaire avec son navire.

« Le bateau, il y a écrit *Marie-Jeanne*.

– C'est pas un bateau, c'est un chaland. »

Plus tard, péniche et chaland allaient former dans sa pensée un couple mal différencié. Accoudé au parapet, il observait le mouvement des eaux. Une grosse femme marchait en équilibre le long du chaland et pénétrait dans une étroite cabine d'où montait une odeur d'oignons frits. L'éclusier actionnait une manivelle et l'enfant chercha à comprendre toute cette machinerie précaire, grinçante. Il serait resté des heures à regarder ce jouet pour grandes personnes.

En bordure de l'écluse, un étroit espace était aménagé en jardin public où des enfants s'amusaient avec de la poussière grise comme avec du sable. Un vieillard, sa casquette à visière de cuir rabattue sur ses yeux, fumait une pipe en terre. Plus loin, à cheval sur un banc, deux adolescents jouaient aux cartes.

« Les Entrepôts, tu vois, c'est là-bas en face... »

Marguerite désigna un vaste portail en bois clouté de fer s'ouvrant à double battant sur une cour pavée. Des manœuvres déchargeaient d'un camion bâché des rames de papier qu'ils plaçaient sur ces chariots roulant sur un quai. Près d'un bâtiment orné d'une marquise, l'automobile de l'oncle Henri recevait un astiquage à la peau de chamois.

Marguerite ne lui laissa pas le temps d'en voir davantage. Elle consulta la petite montre qu'elle portait en broche et poussa un cri :

« Plus de six heures ! Viens, je n'ai pas que ça à faire... »

Pour marquer sa bonne volonté, il mima un garde-à-vous et dit : «O.K. boss ! » Elle lui fit remarquer que sa tante n'apprécierait pas un tel langage.

Au moment de traverser, ils virent deux amoureux serrés dans une petite *Citron* que Marguerite regarda avec envie. Elle soupira et dit philosophiquement : « Y'en a qui ont de la veine ! »

Trois

Dès qu'il se retrouvait seul dans sa chambre, Olivier disposait tous ses livres sur sa table de rotin, les regardant, les déplaçant, feuilletant parfois pour lire des phrases qui échappaient à sa compréhension. Il finissait par les repousser, découragé, comme un chercheur qui ne peut trouver le mot de l'énigme.

En face, à une fenêtre, une fillette glissait parfois un museau de chat entre deux pots de bégonias. Elle lui tirait la langue et il répondait par un pied de nez double en faisant remuer ses doigts tendus. Ayant épuisé le répertoire des grimaces, ils haussaient l'un et l'autre les épaules et ne se regardaient plus. La couturière, elle, hochait constamment la tête. Au début, il croyait qu'elle faisait bonjour et répondait à son salut. Il s'aperçut qu'il s'agissait d'un tic, et aussi que deux des vitres, fêlées, étaient réparées avec du sparadrap.

Mais il ne s'attardait jamais longtemps dans sa chambre car Marguerite et Blanche trouvaient toujours des travaux à lui confier :

« Enlève les yeux des pommes de terre. Oui, en tournant avec la pointe du couteau... Ce qu'il est maladroit ! »

Blanche écrivait à l'amoureux du moment sur du papier réglé en tenant le porte-plume jaune si près de la plume que le bout de ses doigts restait taché de cette encre vert jade dont la couleur lui paraissait correspondre à l'expression de ses sentiments.

« Marguerite, comment ça s'écrit *serre* ?

– Quoi *serre* ?

– Voilà : « je me *serre* contre toi... » Faut un *s* à la fin ou deux *r* et un *e* ?

– Demande à Olivier. »

Et Olivier, jouant au savant, lui épelait : *s.e.r.r.e.* tout en riant sous cape car il savait que c'était une lettre d'amour.

Jamais elle n'arriverait au bout de sa lettre. Elle suçait le bois de son porte-plume, disait : « Ah ! Jésus-Marie-Joseph ! » et Marguerite ajoutait : « Cœur qui soupire... »

Sur un agenda de ménage, elles inscrivaient leurs dépenses avec un crayon-encre qui leur tachait les lèvres de violet comme si elles avaient mangé des myrtilles. Devant leur application, la tante Victoria jetait avec un mince sourire :

« Ne faites pas trop de queues aux zéros !

– Oh ! Madame... »

Jamais, elles ne se seraient permis de « faire sauter l'anse du panier ». Leurs seuls petits bénéfices étaient des cadeaux de commerçants, objets publicitaires qui ne compensaient pas même ce « sou du franc » des servantes d'antan.

Avant le retour de ses cousins, Olivier connaissait déjà bien l'appartement et les rites ménagers. Les pièces lui semblaient toujours aussi grandes et il attribuait cela à l'absence des deux autres enfants. Il les attendait avec une curiosité anxieuse.

« Dites, Marguerite ? Il est comment, Marceau ?

– Oh ! Il est très bien. Il est bien élevé. C'est déjà un monsieur.

– Et Jami ?

– Il est tout plein mignon. »

Une nuit, Olivier avait rêvé de Julienne. Elle traversait la rue Labat et les gosses de la rue se moquaient d'elle, tiraient sur ses nattes en criant : « Oh ! la quille, la quille ! » Il se précipitait pour la défendre, mais elle le regardait avec mépris et s'éloignait.

La vie de l'appartement obéissait à un cérémonial bien réglé. La cuisine bourgeoise aux menus préalablement fixés en donnait le rythme hebdomadaire. Le lundi, jour de lessive, on mangeait les tranches froides du gigot de la veille avec des pommes de terre en mayonnaise. Le mardi était le jour du haricot de mouton. Le mercredi régnaient les côtes de porc à la sauce tomate avec câpres et arôme Patrelle. Le jeudi, c'était quelque ragoût : bœuf mode ou Stroganoff, veau en blanquette ou à la provençale, lapin rôti à l'auvergnate ou potée. Le vendredi apparaissait du poisson, parfois des harengs à la sauce moutarde que l'oncle Henri préparait lui-même. Quant au samedi, c'était le jour de la poule au pot (avec du riz Caroline) ou du pot-au-feu, de la griffe, avec beaucoup de légumes dont des navets piqués de clous de girofle.

Deux fois par semaine, Olivier était admis à la grande table. Le dimanche, il aimait regarder son oncle visser le manche à gigot autour de l'os et couper la viande cuite à point en fines tranches.

« Tu veux la souris ? Mais, je te préviens : quand Marceau sera là, il a une vieille option... »

La tante Victoria inclinait le plat et lui faisait boire quelques cuillerées de sang :

« Ta bouche...

— Ta bouche bébé t'auras une frite ! » risqua une fois Olivier.

« Décidément, pensait la tante, il ne parviendra pas à oublier le langage de la rue Labat. » En pareils cas, elle observait : « Voyons, on ne s'exprime pas ainsi... » Aussi, Olivier, avant de parler, préparait ses phrases, ce qui le faisait bafouiller.

L'oncle Henri maniait l'humour à froid, s'amusait à jouer au bourgeois, en rajoutait, mais Olivier ne pouvait encore percevoir ces nuances. Si la tante Victoria le glaçait par sa hauteur, son désir de domination, l'oncle Henri employait des périphrases pour le corriger de ses défauts :

« Tu vas aussi couper ton assiette si tu appuies ainsi avec ton couteau.

– Oui, mon oncle.

– Ne tiens pas ton verre comme un charretier, ajoutait la tante Victoria.

– Oui, ma tante.

– Et tiens-toi droit !

– Oui, ma tante. »

Et Olivier pensait : « Tout ça, c'est pas rien ! » Mais était-il possible que les gens de la rue Labat se fussent si mal tenus ? Il évoquait les casse-croûte sur les bancs avec Bougras et pensait au paradis perdu.

« Henri, avez-vous écrit à votre tante ? Vous savez combien elle apprécie ces attentions... »

Sans doute, était-ce absurde, mais Olivier comprenait mal que son oncle pût avoir lui-même une tante. Cette génération oblique le laissait perplexe et il imaginait, par rapport à la tante Victoria, une sur-tante à laquelle il prêtait les traits de la dame du tableau de François Boucher.

Et il écoutait parler de cette tante Emilie qui habitait Lille et était franc-maçonne. Il faisait des rapprochements avec le père de son copain Lulu, un maçon italien, qui faisait vibrer l'immeuble de la rue Bachelet de son bel canto triomphant.

« Pourquoi écrire à tante Emilie ? disait l'oncle. Je préfère téléphoner.

– *Verba volant*, Henri, *Verba volant* ! »

Très tôt, Olivier découvrit la grâce des *sine qua non*, des *alea jacta est*, des *dixi* et des *in cauda venenum* qu'il retrouvait dans les pages roses du petit Larousse.

Il connut l'origine des pommes qui embaumaient sa chambre : la propriété de Montrichard où s'étendait une pommeraie. Ces fruits étant déclarés « bons pour la santé », on en mangeait à presque tous les repas : en tartes, en beignets, en charlottes, en compotes, en légumes. Mais le dimanche, on achetait à la pâtisserie du faubourg, près de chez *Julien Damoy*, de délicieux tom-pouce au marasquin à la surface glacée de sucre. Quel régal !

Ce dimanche-là, Olivier s'en léchait encore les babines quand il eut une impression d'amitié autour de lui. A l'oncle Henri qui réchauffait son cognac en tenant le verre dans le creux de sa paume, la tante Victoria demanda un canard et il lui glissa dans la bouche le sucre imbibé. Puis il en cassa un autre et répéta son geste en faveur d'Olivier.

« Vous croyez, Henri ?...

– Oh ! un demi-sucre. »

La tante qui pensait à on ne sait quelles débauches et quels atavismes eut une moue désapprobatrice. Olivier, lui, croquait vaillamment son sucre.

Etait-ce l'effet de trois gouttes d'alcool ? Il afficha un sourire béat. Une fausse certitude l'habita : sa vie dans l'appartement n'était qu'un entracte. Ses cousins rentreraient et, par un vague système de bascule, il retrouverait sa rue et sa vie libre. C'était cela : il était en vacances, comme ses copains à la colonie, comme Mado à la plage. Il sentit qu'en lui quelque chose riait tout doucement.

De plus, un événement agréable survint. Sa tante alla jusqu'à la bibliothèque du salon et revint avec des livres qu'elle posa devant lui.

« Voilà de quoi lire. Tu en prendras soin et tu me diras celui que tu préfères.

– Oh ! oui. Merci, ma tante. »

Olivier resta tout étonné. Ainsi on pouvait se soucier de ses préférences. Mais non ! ce devait être une phrase en l'air, pour parler. Pourtant, ce regard inquisiteur... Mais on passa bientôt à autre chose.

« Henri. La dernière de Blanche...

– C'est quoi ?

– Elle m'a dit : « Madame, je suis carnivore de « salade ! »

Ainsi, à intervalles réguliers, on répétait les mots des bonnes comme des mots d'enfant. Olivier sourit à peine. Qui sait si lui aussi ne faisait pas les frais de la conversation, par-derrière...

Il caressa le premier livre et chuchota son titre : *Un bon petit diable.* Sur la couverture on voyait le jeune héros présentant à la mère Mac Miche épouvantée ses fesses ornées de diables noirs. Les autres appartenaient à la collection *Nelson* : les quatre volumes du *Comte de Monte-Cristo* d'Alexandre Dumas et les deux de *Sans Famille* d'Hector Malot.

« Merci, merci », répéta-t-il tout bas, presque pour lui seul.

La tante Victoria s'installa dans un fauteuil, près des philodendrons, et commença à couper les pages d'un roman intitulé *Jeunes Filles en serre chaude* avec un coupe-papier d'ivoire. Olivier la regardait par en dessous : comme elle était élégante dans cette robe de sport en tissu rayé gris et noir avec des manches bouffantes à longs poignets serrés retenus par tant de boutons nacrés ! Dans la lumière du jour, son profil se découpait avec netteté. « Elle est belle comme dans un film ! » pensait l'enfant.

L'oncle Henri feuilleta *Le Miroir* avec indifférence, puis une illustration l'arrêta. Il dit : « C'est ignoble ! » et il montra à sa femme la foule des noctambules se pressant pour assister à l'exécution publique, au petit matin, de Gorguloff, l'assassin du président Doumer, sur le trottoir, près de la prison de la Santé.

Les bonnes, en débarrassant la table, lui jetèrent un regard inquiet, croyant qu'il y avait eu dispute.

Elles se dépêchaient, se dépêchaient, car elles voulaient profiter du maximum de temps libre. Le dimanche matin, elles allaient à la messe, par croyance mais aussi pour glaner un peu de temps. De même, le samedi soir, elles ne manquaient pas confesse, du moins officiellement.

Olivier resta assis. Le carillon *Westminster* le faisait tressaillir : grave, solennel, il semblait qu'il allât chercher ses notes très loin dans le passé. A son doigt, l'enfant avait passé la bague de papier du cigare de son oncle. Celui-ci, encore un peu rouge de colère, alla chercher dans son bureau une lourde serviette de cuir.

Il posa son cigare et sortit des liasses de grandes feuilles colorées, ornées de filigranes, piquées de perforations, qui ressemblaient à des billets de banque. Il déploya un journal de bourse d'un grand format, prit un registre à colonnes rouges et se livra à de mystérieuses opérations, soulignant des chiffres, les reportant, faisant des additions et des soustractions. Parfois, il détachait un coupon de rente et écrivait des mots bizarres qu'il répétait à haute voix :

Rio-Tinto, Pechelbronn, Béthune, Courrières, Asturienne des Mines, Lens, Péchiney, Suez, Pennarroya...

et encore ces étranges *Haut Katanga privilégié* ou *Tanganyika*, qu'Olivier entendrait chaque jour à la T.S.F. au point de les réciter dans l'ordre.

« Hum ! tout cela ne va pas très fort... dit l'oncle Henri.

– Ah ! ah ! » dit la tante sans trop d'inquiétude.

Olivier leva les yeux sur son oncle. Au bout de son cigare, un cylindre de cendre blanche s'allongeait sans vouloir tomber. Oui, l'oncle ressemblait un peu à l'Harry Baur de *David Golder*.

« Henri, vous jouez les capitalistes ! dit la tante Victoria que toute lecture rendait romanesque.

— A Dieu ne plaise, fit l'oncle. Je suis un comédien avorté, ne l'oubliez pas. »

Que voulait-il dire ? Olivier était fasciné par une pile de feuilles de papier blanc que la lumière bleuissait. Il s'enhardit :

« Je peux en prendre une, mon oncle ?

— Une seule ? Tiens, prends ce paquet. Le papier, ça ne manque pas ici. »

Et l'oncle ajouta :

« Quand tu viendras aux Entrepôts, je te montrerai les massicots. Il y a toujours des chutes de papier et tu pourras en prendre autant que tu voudras.

— Merci, mon oncle. »

Mais il était déjà revenu à ses chiffres. La tante Victoria vint s'asseoir près de lui. Elle approcha un cendrier d'opaline de son cigare et recueillit le cylindre de cendre. Puis elle prit le cigare et en tira deux bouffées avec un air exagérément extatique avant de le replacer entre les lèvres de son mari. D'une voix câline, elle lui dit :

« Pour Londres, n'oublie pas ma liste. »

Tiens ! Elle tutoyait l'oncle Henri parfois. Il répondit « Bien entendu ! » et c'est ainsi qu'Olivier apprit qu'il devait prendre un bateau appelé *Le Rochambeau* pour se rendre en Angleterre. Il en resta muet d'admiration. L'Angleterre ! Cela lui suggéra des images extraites de ses livres d'histoire. Il se répétait : « Ça alors... » Jamais auparavant il n'avait rencontré quelqu'un ayant quitté la France. Il éprouva l'impression d'être placé par le destin dans une situation privilégiée, de vivre des moments de haute qualité, d'être dans un univers inouï où l'on parlait négligemment d'un voyage qu'il imaginait très lointain, la distance de Calais à Douvres se multipliant dans son imagination.

« Tu peux aller lire dans ta chambre, Olivier. »

C'était un ordre aimablement formulé. Il saisit maladroitement les livres, en fit tomber un, le ramassa, tandis qu'un autre lui échappait. Enfin, il cala tant bien que mal son chargement contre sa poitrine et marcha jusqu'à la porte. Avant de sortir, il demanda :

« Je pourrai écrire à quelqu'un ?

– A qui veux-tu écrire ?

– Heu... à ma grand-mère. A un de mes amis (il pensait à Bougras). Ou à Jean et Elodie.

– Comme tu voudras ! » dit-elle.

En tirant la porte sur lui, il jeta un rapide « merci, mon oncle, merci, ma tante », puis il courut jusqu'à sa chambre.

*

Là, il s'installa à sa table et, après avoir trempé sa plume dans l'encre et l'avoir essorée sur le bord du verre, il commença à écrire une lettre imaginaire sur le beau papier qui recevait si bien l'écriture :

Mon cher Olivier,

Demain, je vais en Angleterre dans un grand bateau à vapeur. Je vais faire des commissions pour ta tante. Je termine en t'embrassant bien fort.

Et il signa *Ton oncle Henri* en ajoutant une petite queue à cette signature.

Puis il trouva sa lettre ridicule et écrivit un autre texte :

Mon oncle est un gros lion, ma tante une panthère toute noire. Marguerite est une gentille girafe. Blanche est...

Il avait trouvé le mot mais n'osait l'écrire. Il dit pour lui tout seul, dans un rire bêta : *une cochonne toute rose.* Il plia la feuille de papier et la glissa dans le livre de cet auteur au nom si compliqué que lui avait laissé l'Araignée.

Puis il ouvrit *Sans Famille.*

Miracle ! Il fut à ce point captivé qu'il oublia qu'il lisait. Bientôt, il se glissa dans la peau de Rémi, l'enfant trouvé. Rémi, mais aussi bien la mère Barberin et ses crêpes, Vitalis, le vieillard italien avec sa barbe blanche et sa peau de mouton, Capi le caniche blanc ou Joli-Cœur le singe habillé en général anglais. Il oublia tout : le temps, le lieu où il se trouvait. Il n'avait pas besoin de s'appliquer à lire, à comprendre : les mots pénétraient en lui comme au cours d'une conversation.

Il ne leva la tête qu'au déclin du jour. Il avait lu presque tout le premier volume et il restait ébloui. La baguette magique de la fée Lecture venait de le toucher. Un peu de lui parcourait les routes de France, s'arrêtait sur les places des villages et donnait la comédie.

Il quitta sa chambre et marcha dans l'appartement en imitant les gestes du joueur de fifre, de harpe et de violon, en sautant ou en faisant le beau comme devaient le faire les chiens ou le singe de Vitalis. Il était l'un, il était l'autre, il était tous à la fois et se multipliait de toute sa vitalité.

Il s'arrêta brusquement : il devait faire trop de bruit. Mais il s'aperçut bientôt que l'appartement était vide. Ainsi, son oncle et sa tante sortaient sans rien dire à personne. Comme cela changeait des gens de la Rue qui disaient toujours à voix haute ce qu'ils avaient fait ou ce qu'ils allaient faire, accompagnant tous leurs actes de commentaires : « Alors, j'ai fait ceci, j'ai fait cela. Je me suis dit que ceci et que cela. Et maintenant je vais faire ceci et cela. Et patati. Et patata... »

Il se dit qu'il pouvait peut-être, lui-même, sortir. Mais toutes les portes : celle à double battant donnant sur l'antichambre, la petite du couloir, la vilaine de l'escalier de service étaient fermées à clef. C'est alors que pour la première fois il eut la pensée qu'on pouvait s'évader par l'imagination. Ce fut vague au début : il éprouvait simplement l'impression non de sortir de sa chambre mais de revenir d'une longue promenade, puis il se revit avec Vitalis, Rémi et les animaux. Il contempla les portes fermées et se sentit tout réjoui, comme s'il s'était montré plus malin que quelqu'un.

Sur la table de l'office, il trouva une feuille de papier recouverte de l'écriture de sa tante : *Marguerite et Blanche : faites manger l'enfant et couchez-le. S'il y avait quelque chose, téléphonez. Nous bridgeons chez les Duguay. Ne vous couchez pas non plus trop tard !*

Olivier qui voulait économiser son plaisir de lecture traversa la salle à manger qui sentait le cigare froid, ouvrit précautionneusement la porte du salon, s'y glissa, s'assit sur un pouf et regarda autour de lui. Il lut un titre doré qui se répétait sur une série de volumes : *Théâtre du second rayon*, et il se demanda ce que cela voulait dire. Il évita d'allumer les lumières et se dirigea vers le piano. Bien qu'il y eût la petite clef dans la serrure, il n'osa soulever le couvercle. Il s'assit sur le tabouret tournant et fit des mouvements vers la gauche et la droite. Comme pris par une subite inspiration, il se mit à appuyer sur les touches imaginaires du piano fermé en imitant les gestes de sa tante. Il inclinait la tête, prenait un air évanescent en regardant les bustes de Chopin et de Beethoven, l'étroite pyramide du métronome, les fourmis noires d'une partition compliquée.

Le claquement de la porte d'entrée de l'office l'arracha à sa comédie du pianiste. Levant les yeux, il vit sa tante, pas la réelle mais celle du tableau ovale qui semblait lui reprocher de se trouver dans ce lieu

interdit. Il sortit bien vite pour rencontrer Marguerite dans l'antichambre.

« Qu'est-ce que tu fabriquais au salon ?

– Ben... je faisais semblant de jouer du piano.

– Et si je le disais à ta tante ?

– Oh ! non... »

Il comprit qu'elle ne le « cafterait » pas. Elle
s'était mise sur son trente-et-un : elle portait une
robe en crêpe Georgette bleu jacinthe plissée et trop
serrée à la taille par une ceinture de velours grenat.
Les épaulettes n'étaient pas cousues à la même hauteur et cela lui donnait une apparence boiteuse. Du
chapeau-cloche s'échappaient des accroche-cœurs
qui semblaient par endroits collés au front. Sur ses
joues, le fard traçait deux disques rouges auxquels
répondait un carmin agressif placé au milieu des
lèvres pour diminuer la largeur de la bouche.

Olivier, après avoir joué avec la fermeture de son
blouson, dit :

« Vous êtes habillée des dimanches...

– Des dimanches... Peuh ! Est-ce qu'on dit ça ?... »

Tandis qu'elle rectifiait son maquillage devant le
portemanteau, cette gourmande de Blanche faisait
griller des croûtons frottés à l'ail pour les jeter dans
le potage Saint-Germain. Une robe évasée tournait
autour de sa taille comme un abat-jour sur un pied
de lampe. Sur son visage, une couche de cette *Crème
Siamoise* vantée dans les magazines par Lily Damita
formait avec la poudre de riz un plâtras qui ne parvenait pas à cacher les taches de rousseur si décriées
alors.

« J'ai faim ! » cria-t-elle.

Elle mangeait comme pour se venger de quelque
chose et jetait tout le temps des phrases types du
genre : « On boit de bons coups mais ils sont rares »
ou : « C'est bon mais ça a un goût de trop-peu. »
Aussi Marguerite lui servait des triples rations.

Olivier se planta devant la vitrine de l'antichambre, les mains derrière le dos, comme un amateur d'art visitant une galerie. Il demanda :

« C'est pour quoi faire tous ces machins ? »

Marguerite se retourna, son bâton de rouge à la main. Cette vitrine qu'elle époussetait tous les matins, on aurait cru qu'elle la voyait pour la première fois.

« C'est des trucs de théâtre. Des choses à ton oncle. Il y en a partout. Il nous fera devenir chèvres avec son théâtre.

— Ah ! bon, merci », dit Olivier qui s'attendait à une explication plus fournie.

La journée grisonnait. Dans un reste de clarté, la lumière électrique paraissait jaune. Dans cet appartement déserté, seul l'office vivait.

« Oh ! flûte, une maille... »

Marguerite leva sa jambe de côté et écarta son bras pour voir la ligne claire de la maille filée. Elle répéta : « Flûte ! Flûte ! Flûte ! » et sortit de son sac une pochette marquée *Armor* que la dactylo des Entrepôts lui avait donnée. Elle en détacha un bâtonnet de carton, en mouilla l'extrémité et le passa sur le bas, là où s'arrêtait l'effilochage. Les bas de soie coûtaient si cher et on ne pouvait les faire remailler indéfiniment !

Le calme des dimanches morts régnait. Marguerite dut en prendre conscience car elle tourna le bouton du radio-récepteur. Elle laissa la porte de la salle à manger ouverte et la musique de *Sur un marché persan* jeta sa note orientale. *Dans les jardins d'un monastère* et *Poète et Paysan* devaient suivre.

En compagnie des bonnes, Olivier dîna de potage, de gigot froid et de salade. Il eut droit à un demi-verre de vin qu'on mouilla d'eau de Vals.

« Et dépêche-toi parce qu'on vient nous chercher ! dit Blanche.

— Toi. Pas moi, fit observer Marguerite.

— Qui c'est ? demanda ingénument Olivier.

– C'est pas tes oignons ! »

Il fit : « Hi ! Hi ! c'est un amoureux » et Blanche, en enfournant de la salade qu'elle piquait directement dans le saladier se vengea :

« Sa tante a bien raison de le dire...

– Quoi donc ? demanda Marguerite.

– Qu'il faut l'apprivoiser. Il est un peu sauvage, et même un peu... *braque* ! »

Elles rirent et échangèrent quelques phrases en patois. Olivier avait envie de dire : « C'est combien pour la mise en boîte ? » mais il se retint.

« Allons, plus vite, Jean de la Lune, dit Blanche, et elle ajouta un dicton : *Long à manger, long à travailler.* »

Olivier reposa la boîte triangulaire du *Poivrossage* dont il contemplait les trois petits trous et mit les bouchées doubles. Il se servait de compote de pommes à la cannelle quand on frappa à la porte.

« C'est Gustou, dit Blanche. Il a du toupet de monter. »

Elles ouvrirent sur le nommé Gustou. Il était navrant : un profil de loustic en lame de couteau, de gros yeux striés de rouge, une moustache à la Clark Gable, des pattes aux tempes comme un gars de barrière et, au-dessus de tout cela, un feutre vert pomme aux bords rabattus. Son costume luisant de repassages sans pattemouille avait des revers écrasés. Ses pantalons à pattes d'éléphant ne dissimulaient pas tout à fait des souliers jaunes longs comme des bateaux.

Avançant une tête joviale, il dit :

« Bonjour petites. Pas de pet ? Je peux entrer ? »

Avisant Olivier, il jeta :

« C'est ça, le neveu du singe. Salut p'tite tête ! »

Pourquoi Olivier, pourtant pas fier, fut-il agacé ? Le bonhomme ne plaisait pas à Marguerite, mais Blanche aveuglée par l'amour se mit à glousser.

Gustou lui entoura les épaules et lui mordilla les oreilles avec un air canaille.

« Un café ? proposa Marguerite.

— Oui, un p'tit jus. »

Il tomba la veste et ses bretelles mal tortillées apparurent. Il remonta son pantalon d'un geste de marlou et entourant la taille de sa dulcinée esquissa des pas de danse, Ranchera et Valse Andador.

Rue Labat, Olivier en avait connu quelques-uns de ce genre-là. Le climat de Montmartre devait les entourer d'un parfum de bohème. Ici, l'enfant ressentait, sans bien la définir, la vulgarité. Pourquoi la petite Blanche, si convenable, sortait-elle avec ce ouistiti ?

Et voilà qu'il se plaignait : le café était « sec ». Blanche alla à la salle à manger chaparder du cognac et Olivier la vit glisser dans la veste de l'homme deux des cigares de l'oncle Henri.

Puis la verve de Gustou tourna court. Il dit deux fois de suite : « A part ça », puis, à Olivier : « Alors, l'artiste ? » mais l'enfant regardait dans son assiette.

Marguerite, visiblement, n'aimait pas ce Gustou. Olivier l'entendrait dire : « Un homme qui vit en garni... » Et Blanche qui, à Saint-Léonard-de-Noblat, avait refusé de beaux partis !

« Sortez si vous voulez, dit Marguerite en roulant un accroche-cœur sur son index. Moi, je vais me coucher. Demain, il faut se lever.

— Bah ! fit Gustou.

— Et la semaine prochaine, on aura toute la ménagerie ! » ajouta Marguerite.

C'est sous cette forme qu'Olivier apprit le retour de ses cousins.

« Allez, on met les bouts de bois ! dit Gustou.

— On va où ? demanda Blanche en se protégeant des tapes sur les fesses.

— A Pampelune ! »

Quand ils furent sortis, Marguerite dit :

« Parlez d'un zèbre. Avec ce coco-là, elle mangera des briques à la sauce caillou. »

Elle remonta le réveil, bâilla, s'étira et dit :

« Couche-toi comme un grand. Tu as ta chemise de nuit ? Ton oncle et ta tante ne tarderont pas. Il faut qu'ils te trouvent endormi. Eteins bien la lumière.

– Oui, Marguerite. Bonne nuit.

– Tiens : je te fais la bise. »

Ce fut en fait un gros *poutou* comme on dit dans le Centre. Quand Olivier fut seul, il se glissa vite dans le lit, fit briller la chevalière de Bougras avant de l'enfiler, ouvrit son *Sans Famille* et rejoignit Vitalis et Rémi sur les routes de France. Il finit par s'endormir dans un lointain paysage de neige.

*

Quand l'oncle Henri rentra de voyage, Olivier fut le premier à l'accueillir dans l'antichambre. Avait-il rêvé entre-temps de ce voyage à Londres ! Jeanne d'Arc, les bourgeois de Calais et la bataille de Fontenoy étaient venus rejoindre le voyageur quelque part sur le pas de Calais. Aussi s'attendait-il à des révélations extraordinaires, mais son oncle et tuteur resta aussi calme que s'il revenait de Fontainebleau.

Seule sa tenue avait changé : il portait un trench-coat et une casquette de sportsman. Un superbe squarmooth, du ton de ses bottines, s'ajoutait à sa valise.

« Bonjour, mon oncle.

– Bonjour, bonjour ! »

Olivier aurait voulu lui poser plein de questions mais il n'osait pas. Quand la tante Victoria tendit sa joue à son mari, il se demanda s'il ne devrait pas retourner à sa chambre, mais la curiosité le cloua sur place.

L'oncle sortit du squarmooth de nombreux

paquets de thé, des sachets de tabac en papier huilé, un pull-over en cachemire, des chaussettes de soie, un gilet écossais et un corsage brodé. Olivier se tenait à distance mais ne perdait pas un geste. L'oncle Henri ouvrit la porte et appela :

« Marguerite ! Blanche ! »

Elles arrivèrent et se tinrent sous le carillon, bien alignées, en attendant des ordres. L'oncle Henri leur tendit à chacune une boîte carrée en carton :

« Ce n'est rien. Seulement des mouchoirs...

– Oh ! merci monsieur, merci monsieur, merci, firent les bonnes, roses de plaisir.

– Mais non, juste de quoi se moucher l'hiver, ce n'est rien !

– Allez, mes filles ! » ajouta la tante Victoria.

Mais pourquoi diable Olivier se sentait-il si bizarre ? Il aurait voulu se trouver très loin. La jalousie lui infligeait une morsure et en même temps il se sentait humilié de ressentir un tel sentiment. Il amorça un pas de côté, posa la main sur la poignée de la porte...

« Mais, attends ! » dit l'oncle.

Olivier toussota et ferma son poing devant sa bouche pour masquer sa gêne. L'oncle sortit une bouteille de whisky, un album d'échantillons de bristol, des gants, et, enfin, une petite canne de jonc comme on en donnait aux jeunes gandins.

« C'est pour toi !

– Pour moi ? »

« Ce qu'il a l'air ahuri ! » pensait la tante Victoria. Il s'approcha intimidé, n'osant pas prendre cette canne que son oncle lui tendait. Finalement, la tante la saisit et posa la partie courbe sur le bras de l'enfant où elle se balança.

« Tu ne remercies pas ton oncle ?

– Oh ! si, ma tante. Merci, mon oncle. »

Ne sachant comment exprimer sa reconnaissance, il se haussa sur la pointe des pieds, puis prit le parti de tendre sa main droite que l'oncle Henri serra avec le plus grand sérieux. Il recula alors et resta planté, sa canne au bras, ne sachant trop qu'en faire.

« Il faudra bien que je m'occupe de sa garde-robe », observa sa tante.

L'oncle Henri alignait ses paquets de thé comme des trophées, les vidait dans des boîtes de métal revêtues d'étiquettes colorées sur lesquelles on lisait : *thé camphon, thé souchang, thé pouchang, thé pékao, thé orange pékao, thé souchay, thé ankay...* Maniaque du thé, il étudiait à la loupe la manière dont était roulée ou agglomérée la plante, il ouvrait une boîte et, avant de passer à une autre, humait le parfum et refermait bien vite.

Il voulut goûter immédiatement un Ceylan longues feuilles qu'on lui avait vanté. On fit bien vite une préparation et Marguerite apporta des tasses.

« Tu en veux ? demanda la tante à Olivier.

– Oui, je veux bien, ma tante. »

Il s'assit avec les grands devant le guéridon ovale. L'oncle fit un exposé sur l'importance de l'eau pour la fabrication des boissons comme la bière et le thé, pour le lavage du beurre et la qualité des pâtes à papier.

« C'est instructif ! » pensait finement Olivier. Mais pourquoi voulut-il y mettre son grain de sel ? En reposant sa tasse, il dit :

« Moi, j'aime bien. Mon ami Bougras, lui, il disait que le thé... »

Il s'arrêta brusquement, ayant conscience de l'incongruité de son propos. Mais l'oncle posa sur lui ses yeux clairs et demanda :

« C'est le monsieur de la bague ? Que disait-il donc ?

– Heu..., fit Olivier en fixant la théière en vermeil, heu... il disait que c'est de l'eau chaude. »

Un silence suivit. L'oncle pensait déjà à autre chose. La tante regardait ailleurs. Alors Olivier jeta :

« Hé oui ! Lui, il préférait le *pitchegorne* ! »

Et, le pouce levé à hauteur de la bouche, il mima le geste gaillard de boire à la régalade.

L'oncle sourit, mais la tante dit :

« Eh bien, avec Marceau, cela fera du joli. Quel langage ! Et quel exemple ! »

Olivier retourna à sa chambre, posa la canne de jonc sur sa table et médita. Rue Nicolet, le fils du fourreur, le petit David, arborait une canne le dimanche. Olivier et ses copains ne se faisaient pas faute de se moquer. Il se souvint des quolibets : « T'es aussi tordu qu'ta badine ! » ou bien : « Tu sais de quoi qu't'as l'air ? » et on s'empressait d'ajouter un vilain mot.

Il se leva et imita la démarche des messieurs qui projetaient le bout de la canne en avant tous les deux pas pour la laisser ensuite toucher le sol avec délicatesse. Puis il marcha en canard comme Charlot en faisant tourner la badine. Il s'amusa à la faire fléchir, pensant qu'avec une bonne ficelle cela deviendrait une arbalète.

Non, il ne pouvait pas faire ça. C'était un cadeau. Alors, il accrocha la canne au montant de cuivre du lit. Il ne devait guère s'en servir.

*

Le lendemain, il connut des instants de liberté. Marguerite lui confia son porte-monnaie, une boîte à lait en métal dont le couvercle était retenu par une chaînette, le sac à provisions.

« Tu prendras un litre un quart de lait, un pain polka de deux livres, une laitue jardinière bien pommée et une boîte de *Kalmine* chez le pharmacien.

– Oh ! oui. Lait, pain, laitue, Kalmine... Je sors par quelle porte ?

– Celle que tu voudras. Si tu vois la concierge, au

retour, ne prends pas l'ascenseur. C'est interdit aux enfants non accompagnés. »

Sortir seul : quelle aventure ! Il descendit par l'escalier principal, lisant les noms des locataires sur les plaques de cuivre, rêvant de glisser sur la rampe ou de tirer sur les longs cordons à glands des sonnettes. Sur les murs recouverts de tapisserie dorée, des becs à gaz garnis de manchons subsistaient comme si on ne faisait pas tout à fait confiance à l'électricité. A chaque palier se trouvait le même banc canné pour le repos et Olivier fit mine de s'y asseoir.

La chaînette de la boîte à lait faisait dinn-dinn, sa main avait du mal à entourer le gros porte-monnaie. On lui avait confié de l'argent. Il se disait : « Quand même... et si j'étais un arnaqueur ! » en pensant à son ami Mac qu'on avait mis en prison et aussi à la belle Mado qu'il croyait reconnaître chaque fois que dans *Vu* ou *Le Miroir* il voyait des dames en costume de bain s'ébattant sur une plage.

Une fois dans le faubourg, tout en se répétant « lait, pain, laitue, Kalmine », il se dit que rien n'interdisait une petite promenade. C'était le début de l'après-midi et les commerçants rangeaient leurs éventaires. Entre deux nuages floconneux, le soleil jetait des taches ardentes sur les façades. Des ouvriers en cottes et en casquettes rejoignaient leurs lieux de travail. Des dactylos en robes claires ou en blouses paressaient sur un banc en grignotant croissants ou sandwiches. Un retraité parcourait *Le Film complet* et une grande blonde se démontait le cou pour essayer de participer à cette lecture. Olivier passa devant une poissonnerie où l'écailler en costume de marinier aspergeait le trottoir avec une lance à eau. Il fit exprès de diriger un jet vers les jambes de l'enfant qui l'évita de justesse, et, du coup, retrouva sa gouaille :

« Hé ! Vous pouvez pas faire gaffe un peu ? »

Au coin de la rue Alexandre-Parodi, le commis de

la boucherie rangeait son vélo-porteur à frein sur moyeu. Olivier regarda cette merveille : un léger coup de pédale en arrière et la machine s'immobilisait. Il marcha en direction de la rue Louis-Blanc en lisant les inscriptions : *Graineterie, Bijoux Murat, Indéfrisables Gallia, Torréfaction, Chaussures André, Pain viennois, Julien Damoy...* au risque d'oublier l'antienne « lait, pain, laitue, Kalmine ».

Comme un gamin attelé ne pouvait faire démarrer sa voiture à bras, il lui donna un généreux coup de main. Il lut encore *Triperie du Faubourg, Café du Faubourg, Boucherie du Faubourg.* Cette répétition du mot avait quelque chose de familier et d'agréable.

Il s'arrêta devant le *Pressing du Faubourg.* Un homme, derrière un large appareil, donnait un pli aux pantalons dans des jets de vapeur dont Olivier imita les pchch, pchch en grimaçant. Derrière un paravent, un client patientait. On apercevait une jambe avec un support-chaussette rose sur un caleçon long. Le calicot indiquait *Nettoyage et Repassage en trente minutes.* Ceux qui n'avaient qu'un costume attendaient ainsi.

A hauteur du café *La Cigogne*, il crut bon de revenir sur ses pas. Là, trop de rues s'entrecroisaient et il craignait ce labyrinthe. Sur une palissade, une affiche montrait Violette d'Argens et ses tigres au Cirque d'Hiver. Une marchande des quatre-saisons recouvrait ses légumes de moleskine verte. Il s'arrêta devant une 201 Peugeot, puis une Mathis, près d'une camionnette où on chargeait les cageots vides. Le pâtissier faisait glisser un rideau blanc devant ses gâteaux. Un balayeur fredonnait *Vous qu'avez-vous fait de mon amour ?* tandis qu'un marchand de journaux répétait sans conviction *Paris-Midi, Paris-Midi !*

Olivier perdait les mots de sa commission, les retrouvait, les mêlait, les chantonnait. A la crémerie, il tendit glorieusement son pot à lait à la serveuse toute blanche en clamant : « Un litre un quart ! » tandis qu'une autre vendeuse disait à une vieille dame : « Deux quatre-vingt-quinze, comme au bazar ! » Chez le boulanger, à défaut de pain polka, il prit un fendu. Puis ce fut la laitue qu'il choisit avec soin.

Il entra à la pharmacie, *du Faubourg* elle aussi, au moment où le commerçant retirait son bec-de-cane. Il demanda une boîte de... de... un mot en *ine*. Il finit par retrouver *Kalmine* et se souvint de la même boîte métallique bleue qui lui servait de palet pour la marelle. Sur un panneau-réclame, la dame du rouge à lèvres *Megève* lui adressa, avec un sourire, sa devise : *J'y suis, j'y reste.*

Quand il se retrouva devant l'entrée de l'immeuble, il ressentit une impression curieuse : c'était comme s'il allait s'enfermer lui-même dans une prison. Un arbre serré dans son corselet de fer lui disait : « Libère-toi ! » Des pigeons qui picoraient dans la rigole s'envolèrent. Dans le ciel, le bleu s'agrandissait. Il fit un mouvement de côté et il entendit le bruit du lait dans la boîte. Il regarda la salade et le pain dans le sac à provisions. Dans les poches de son blouson, le porte-monnaie et la boîte de cachets faisaient des boursouflures. Il leva les yeux sur la porte en fer forgé aux épaisses poignées de cuir torsadées, la plaque de marbre du dentiste, les deux panonceaux ovales de l'huissier.

Il fit mentalement : « A la une, à la deux, à la trois... » et bondit sous le porche. Dans sa course, il glissa sur les dalles grises et effraya une femme en fichu qui poussa des cris. Reconnaissant la couturière du bâtiment B, il dit : « Oh ! pardon, m'dame » mais il entendit : « Ces gosses, quels sauvages ! » Son élan lui fit dépasser le grand escalier et il monta par celui de service, deux marches par deux marches, à toute vitesse comme si l'envie de fuir le poursuivait.

Depuis déjà trois semaines qu'il se trouvait là, nul ne lui parlait de la rue Labat, de sa mère, de ses amis. On gommait sa rue comme un dessin au crayon et elle devenait floue. Bien plus tard, il penserait à un couvercle posé sur tout ce qu'il aimait et que les souvenirs seuls pourraient ressusciter. Et de nouveaux gestes marquaient le rythme d'une nouvelle vie.

« Olivier, Olivier ! Corvée de charbon ! »

Trois seaux noirs attendaient : un gros, cylindrique, qui contenait un chargement énorme, deux autres, coniques, avec bec arrondi pour verser directement dans le foyer. Fin septembre, il fallait déjà emplir le profond tiroir du fourneau dont les roulettes avaient usé le carrelage. Olivier retroussait ses manches et se préparait à effectuer, avec Marguerite, sa corvée.

La cave : lieu redoutable où un ignoble fil d'araignée vous collait au visage, où l'odeur de moisi vous prenait à la gorge, où le suif de la bougie vous coulait sur les doigts. Parfois, un courant d'air tuait la flamme et il fallait attendre dans le noir empli de peur qu'on eût trouvé la grosse boîte d'allumettes, qu'enfin on entendît un craquement et qu'une odeur de soufre accompagnât la flamme bleue. Olivier avait ce lieu en horreur. Heureusement qu'ils tenaient à deux le grand seau par l'anse ! Ainsi, il ne se séparait pas de Marguerite.

En se servant d'un des seaux étroits comme d'une pelle, on emplissait rapidement les deux autres, mais la poussière sèche et noire vous envahissait, vous collait à la peau, aux narines. La grande peur d'Olivier était qu'on l'envoyât un jour chercher le charbon tout seul. Il existait en particulier un tournant du couloir devant lequel il ne passait jamais sans frémir.

Près des deux tas de charbon, anthracite et boulets rayés, un casier à bouteilles recelait ces trésors dont l'oncle Henri était si fier : les *Romanée-Conti*, les *Corton*, les *Gevrey-Chambertin*, les *Château-Lafite*, et toutes sortes d'autres crus dont il parlait à ses amis comme s'il était le propriétaire de tout le vignoble : « Goûtez donc *mon Mercurey* ! Goûtez donc mon *Beaune* ! Et *mon* petit *Bourgueil* qu'en dites-vous ? » Il citait des années lointaines et Olivier regardait ces bouteilles poussiéreuses souvent plus âgées que lui.

Au troisième voyage de charbon, Marguerite, après bien des précautions oratoires, fit entrer Olivier dans une complicité. Après tout, il faisait chaud et il n'y avait pas de raison de ne pas se désaltérer un peu. Un rosé de Touraine fit bien l'affaire : léger, fruité, c'était « le bon Dieu en culottes de velours ». La raison ne leur en permit que deux ou trois gorgées. Ils rebouchèrent la bouteille et la cachèrent sous le charbon.

Ils sortirent de la cave en riant, ne retrouvant leur sérieux qu'en passant devant la loge de la concierge. N'était-il pas interdit de monter le charbon par l'ascenseur ? Avec quelques ruses, on y parvenait cependant.

« Olivier, Olivier ! Corvée de chaussures ! »

Ces souliers, ces bottines pleins du secret des lieux qu'ils avaient parcourus, Olivier leur donnait une nouvelle vie et il était fier de ne jamais courir de reproches.

« Olivier ! Olivier ! L'argenterie ! »

Marguerite et Blanche alignaient les épais couverts de chez Christofle, les théières et cafetières anglaises, les décors de table, les plateaux, les cannes à pommeau d'argent, les chandeliers... Là, Olivier apportait une modeste collaboration, se noircissant les doigts de cette pâte *Au Sabre* qui recueillait toutes les taches. On procédait à trois lavages : à l'eau bouillante, à l'eau tiède, à l'eau froide en frottant avec un morceau de flanelle et une brosse. Ensuite, on essuyait avec du linge fin, puis avec une peau de chamois. Mais ce n'était pas fini : chaque couvert était roulé dans le papier de soie avant d'être rangé dans l'argentier. Il y fallait une bonne demi-journée.

« Olivier ! Tiens-moi l'escabeau pendant que je nettoie les vitres. Oh ! puisque t'es là, frotte donc un peu avec moi, ça te fera les muscles. »

Il ne protestait jamais, pensant que c'était une manière de gagner sa vie. Il s'étonnait même qu'on ne lui confiât pas davantage de travaux.

« Olivier, au lieu de flemmarder, aide Blanche à faire les lits ! »

Il fallait délaisser le comte de Monte-Cristo pour tirer sur les draps blancs. Pas de faux plis surtout, la tante Victoria ne pourrait pas dormir. Il aimait assez pénétrer dans cette grande chambre moderne où flottait le parfum de sa tante mêlé à des odeurs opiacées de cigarettes orientales. Le tapis blanc en haute laine devenait un nuage sur lequel on semblait flotter. Des objets traînaient : les jumelles de théâtre, des gants montants en soie, des boutons de manchettes, un petit bouquet fané. Tout était si joli !

Et les tables de chevet ! Sur celle de la tante Victoria, plein de livres : Duvernois, Jolinon, Andrée Viollis ou Istrati. Sur celle de l'oncle, des programmes de théâtre, avec des publicités de couturiers, de chapeliers, de parfumeurs, des portraits d'artistes, et parfois un papier sent-bon qu'on respirait longuement. Et les noms des pièces étaient celles qu'on lisait sur les colonnes d'affichage : *Avril* avec André Brulé, *Youki* avec Parysis et Aquistapace, *Mozart* de Sacha Guitry, avec Yvonne Printemps, *Edition spéciale* avec Henri Rollan. Et puis des prospectus comme celui de la *Fête des Nez* au Moulin de la Galette ou de la *Nuit 1900* chez Maxim's. Un jour, il trouva même le menu d'un dîner de la Société d'acclimatation où on avait servi des plats étranges : de la culotte de dromadaire ou des ragondins en gibelotte. Quels gens extraordinaires !

Sur la psyché dont Blanche faisait chuinter le nom en *Pchiché*, boîtes, flacons, houppettes et pinceaux lui rappelaient le logis de Mado. Mais tout était plus luxueux, en écaille, en cuir, en laque. Les gras pour paupières, les pâtes pour faire pousser les cils, les fards, l'eau astringente, les vernis, les parfums, le peigne *White* à piles électriques étaient rangés en ordre de bataille. Et tout au long de la glace couraient de minuscules tiroirs contenant encore tant d'accessoires, de clips, de broches, d'épingles, de bracelets, de bagues, de boucles de ceintures...

Blanche, elle aussi, restait le plus longtemps possible dans la chambre. La haute glace de l'armoire lui renvoyait une image allongée. Elle chantait des chansons de Mistinguett en pinçant les côtés de son tablier de cotonnade rose à carreaux verts, ajoutant à une naissance supposée *dans l'Faubourg Saint-Denis* son accent limousin. Olivier entrait dans le jeu. Mistinguett, la Miss ! Elle vieillissait mais c'était comme Cécile Sorel, elle resterait éternellement jeune. On disait « la Miss » et surgissaient un sourire gouailleur et des jambes parfaites. Tantôt elle était en loques, tantôt elle glissait sur des escaliers géants sous des montagnes de plumes d'autruche. Le charme naissait de cette antithèse. Au jeu de Blanche, Olivier répondait en avançant la lèvre inférieure comme Maurice Chevalier et en cassant sa voix au milieu des refrains.

« Allez ! Retourne lire, maintenant ! »

*

Les jours coulaient lentement vers la rentrée d'octobre et il était de plus en plus question pour Olivier de l'école de la rue Eugène-Varlin. L'oncle fit tout un discours sur l'excellence de l'enseignement primaire, à charge de le compléter si l'écolier se montrait doué. « Et puis, cela fera plaisir à la tante Emilie », disait-il.

La tante Victoria courait toujours. Elle rentrait, essoufflée, jetait un béret de Reboux sur une chaise, s'exclamait :

« Henri, Henri, ma coiffure ?

– Très bien, vraiment très bien !

– La permanente, quelle torture ! Savez-vous comment mon Antoine se fait appeler ? *Capillesthète* ! Rien que ça. Du grec et du latin pour mon figaro. »

Elle mit à sac la garde-robe ancienne de Marceau et fit recouper les vêtements par un tailleur de l'avenue Jean-Jaurès. En plus de sous-vêtements, de pull-overs, de chaussures basses et montantes à crochets, Olivier reçut un costume en serge marron, une veste en pied-de-poule avec soufflets et martingale, une capote de collégien en gros drap bleu marine avec une capuche battant dans le dos. Il remercia sa tante qui répondit d'un signe de tête très froid : il avait eu le tort de dire dans son enthousiasme qu'il serait « vachement bien sapé ».

« Ton cousin Marceau rentre de Suisse lundi. Je te demande instamment de surveiller ton langage. Il faut oublier la rue Labat.

– Oui, ma tante. »

Ce mépris pour la Rue lui faisait mal. Il ne dit rien. Il surveillerait son langage, mais ne le surveillait-il pas déjà ?

Il joua avec une petite boîte ronde au couvercle de

verre. Une souris devait rentrer dans son refuge sans passer devant le gros chat imprimé au fond de la boîte. Puis il trouva un confident : un ours en peluche à la truffe en laine noire, aux oreilles en chou-fleur et dont un œil pendait lamentablement au bout d'un fil. Il dormait dans le placard à balais, tout près d'un gros ballon à étoiles noires. Il l'avait déli-vré et l'ours avait manifesté sa reconnaissance par un léger couinement venu du ventre.

Quand il lirait les œuvres d'Edmundo de Amicis, d'Ernest Pérochon ou de Madame Beecher-Stowe prêtées par la tante Victoria, ce serait pour lui et pour son ours qui comprenait tout...

Quatre

Assis sur le sol, dans le couloir ombreux, Olivier serrait l'ours contre sa poitrine. Marguerite lui avait promis de recoudre l'œil nacré. En attendant, il le faisait tourner entre ses doigts pour le faire entrer dans l'orbite vide.

La porte de la salle de bain était entrouverte. L'oncle Henri, en pyjama à rayures bleues, se faisait la barbe, ce qui était tout un cérémonial. Il alignait soigneusement le bloc de savon Houbigant, le gros blaireau, le plat à mousse, le récipient en caoutchouc sur le bord duquel il essorerait sa lame, l'écrin contenant sept rasoirs portant chacun gravé sur le manche le nom d'un jour de la semaine, un cuir sur lequel il repassait son coupe-chou, des serviettes chaudes dans une boîte métallique, de l'eau Gorlier, la pierre d'alun, le crayon hémostatique... Il faisait mousser abondamment comme s'il préparait un dessert, étudiait l'onctuosité, et parfois un flocon de neige tombait sur le carrelage.

Auparavant, il avait erré dans l'appartement en répétant : « Ah ! je vais me faire la barbe ! » et maintenant, il tenait le couteau redoutable à la main et retenait sa respiration tout le temps qu'il glissait sur sa joue. Après chaque mouvement, il respirait profondément, se penchait devant la glace et reculait pour préparer le geste suivant.

Au fur et à mesure que l'opération avançait, il se contorsionnait davantage, gonflait les joues, faisait toutes sortes de grimaces. Olivier ne put s'empêcher de rire. L'oncle Henri ouvrit en grand la porte.

« Ah ? Tu me regardes... Plus tard, tu feras aussi ta barbe. Il y a bien des rasoirs mécaniques, mais je préfère la vieille méthode. »

Flatté par cette confidence, Olivier se leva et dit avec un air de complicité masculine :

« Je comprends, mon oncle. »

Du coup, il fit tourner autour du museau de l'ours un blaireau imaginaire et alla vers la cuisine en répétant : « Ah ! je vais te faire la barbe ! » et Marguerite qui collait des tickets-prime sur un carnet à casiers lui dit de cesser ses singeries.

Depuis deux jours, les bonnes mettaient un soin particulier au ménage. Tout étincelait, se mettait à vivre pour opposer à la grisaille commençante de l'automne le soleil intérieur de l'appartement. La T.S.F. marchait en permanence et Olivier reconnaissait les programmes, les voix étudiées des speakers : Toscane, Radiolo ou le célèbre Jean Roy de Radio-Toulouse avec son généreux accent. Parfois, l'emploi d'un appareil ménager suscitait des parasites et on se bouchait les oreilles.

L'oncle Henri écoutait une fois par semaine « Les vieux succès français » où l'époque 1900 apportait ses mélodies, ses chansons à voix, ses comiques troupiers, ses valses-hésitation. On passait de Dalbret à Mercadier, de Polin à Mayol, d'Yvette Guilbert à Fragson. Les romances tremblaient de sentiment et on pouvait imaginer les gestes poignants des chanteurs. « Ah ! Paul Delmet... », disait l'oncle en écoutant *Envoi de fleurs* ou *Fermons nos rideaux*. Cela devenait viril avec *Le père la Victoire*, grave avec *La Chanson des peupliers*, attendri avec *Petits enfants prenez garde aux flots bleus*, folklorique avec *Fleur de blé noir* ou *Ma vieille maison grise*, comique avec *L'Ami Bidasse* ou *La Caissière du Grand Café*.

Pour Marceau, cela n'avait été qu'une fausse alerte. Il rentrerait guéri. La terrible maladie, prise au début, cédait parfois. La tante Victoria était si heureuse à la pensée de retrouver bientôt son fils qu'elle perdait de sa sévérité. Olivier fut admis plus souvent à la grande table. Julienne, le jeudi, venait déjeuner. Olivier se mettait en frais : il revêtait le costume de serge, disciplinait ses mèches avec un peigne mouillé, chipait la brillantine cristallisée de son oncle. A table, il faisait même ce que dans la rue on aurait appelé « des manières », essayait de glisser dans la conversation une phrase intéressante, parlant des malheurs de l'oncle Tom ou de la sévérité de la mère Mac Miche comme si cela devait passionner. Et puis, de temps en temps, un mot d'argot lui échappait, quelque expression comme « c'est gigot pomme à l'huile » pour dire que « c'est bien », mais bien vite il essayait de rattraper la phrase malheureuse en ajoutant : « comme on dit ».

Sur le terrain du cinéma, il se sentait à l'aise. La tante Victoria se demandait comment un si petit enfant avait pu voir tant de films.

« Où prenais-tu l'argent ?

– Je me débrouillais, ma tante. »

Cela laissait libre cours à toutes les suppositions et, tandis que la tante lui jetait un regard lourd de suspicion, il était déjà ailleurs, mettant du vin en bouteilles avec Bougras ou l'aidant à cirer le parquet des riches.

Chose curieuse, dès qu'il s'agissait de cinéma, l'oncle Henri lui donnait toujours la réplique. Tandis que Julienne restait muette, l'enfant citait Max Dearly, Lucien Baroux ou Dorville, et l'oncle trouvait toujours une anecdote à raconter à leur propos. Les uns étaient pingres, les autres avaient mauvais caractère, mais il ajoutait une phrase qui excusait tout : « Oui, mais quel acteur ! » Parfois la tante ajoutait une critique :

« Sans doute, mais en dehors des rôles de composition... »

Elle mit Olivier au comble de l'émerveillement en disant négligemment, alors qu'on venait parler de Victor Boucher, qu'il faudrait inviter Victor dès qu'il y aurait relâche.

Les bonnes ne cessaient de se rendre à la chambre de « monsieur Marceau » pour donner un dernier coup au ménage. La tante Victoria avait dressé un grand bouquet de glaïeuls. L'attente créait une impatience générale. On ne parlait plus que de cela : « Encore deux jours ! Encore un jour et il sera dans le train ! Demain à cette heure-ci, il sera là ! »

Pour Olivier, cette attente s'accompagnait d'angoisse. Trouverait-il une Julienne garçon qui le mépriserait, un tortionnaire ou quelque chose d'inconnu qu'il redoutait encore davantage ?

Et puis, il gardait toujours, cachées au fond de lui, tant de peines, de détresses, de peurs qui s'éloignaient parfois dans la suite des jours et qui ne demandaient qu'à resurgir pour l'étreindre et lui donner l'envie de ne plus exister !

*

Et il se passa un fait surprenant. Le garçon qu'on attendait lundi fit la surprise de rentrer la veille, un dimanche après-midi où l'oncle et la tante étaient au concert.

Olivier dessinait Tom Mix dans la marge d'un cahier quand la sonnerie retentit. Par chance, la porte n'avait pas été fermée à clef. Après avoir regardé par le judas, il l'ouvrit sur un adolescent qui le dominait de la tête, vêtu d'un costume de golf prince-de-galles et coiffé d'une faluche de velours noir qu'il jeta à la volée sur le portemanteau.

« Heu... Qu'est-ce que c'est ? » bafouilla Olivier.

Mais déjà le garçon tirait une valise de l'ascenseur, la posait dans l'entrée, lui tendait une main bronzée en disant :

« C'est toi, Olivier ? Salut, vieille branche ! »

Comme Olivier reculait, intimidé, il ajouta :

« Primo, je vais m'en jeter un. Secundo : j'ai deux valoches en bas et un sac. Tu vas me les chercher ?

– Vous... Vous êtes Marceau ? »

L'autre acquiesça avec un rien d'ironie : c'était tellement évident. Il poussa Olivier dans la cabine de l'ascenseur, ferma la grille et la porte et leva la poignée sur le côté. La boîte, mue par la force hydraulique, hoqueta et descendit en faisant ce *papa-pou papa-pou* qu'Olivier traduirait bientôt en *barbe-à-poux barbe-à-poux*.

Tout en chargeant difficilement deux énormes valises et un sac à dos duquel émergeaient les manches de deux raquettes de tennis et où d'énormes chaussures de ski étaient suspendues, Olivier se sentait envahi par une sorte de fièvre. Le cousin malade, de retour d'un sanatorium chic de Suisse, ne correspondait en rien à l'idée qu'il s'en était fait. Il présentait l'aspect d'un beau garçon, sportif, bien à l'aise dans sa peau, et son teint hâlé éloignait toute idée de maladie.

Olivier le retrouva à l'office où il s'était confectionné un sandwich géant avec la moitié d'un pain polka dans lequel il avait fourré, à la fortune du pot, gigot, jambon, salade, terrine de pâté de lièvre et beurre. Il avait décapsulé une bouteille de bière et, entre deux bouchées, il en buvait de fortes lampées, directement au goulot, et la mousse lui tachait les lèvres.

« Ça y est, les valises, dit Olivier.

– Gi ! T'es un pote. »

Olivier se gratta la tête. Comment comprendre ? Le cousin Marceau s'exprimait... comme dans la

Rue. Un instant, l'enfant se demanda : « Et si ce n'était pas lui ? » En même temps, il restait fasciné par la désinvolture de l'autre, son appétit d'ogre, sa faconde. Il n'osait ni pénétrer plus avant dans l'office ni s'en aller. Alors, il se tenait près de la porte dans l'attitude d'un commis attendant des ordres.

« Si t'as les crocs..., dit Marceau en désignant une terrine.

– Non, merci, dit poliment Olivier.

– On ne m'attendait pas aujourd'hui, mais j'ai des copains qui rentraient en bagnole. Je récupère le fric du train, tu piges ? »

Olivier risqua un sourire de compréhension. Mais pourquoi le cousin Marceau se donnait-il tant de mal pour parler argot ? L'intonation n'y était pas et cela donnait quelque chose de trop voulu, d'exagéré. Et que dirait la tante en entendant son fils parler ainsi ? Peut-être que lui avait le droit...

Quand il eut tout dévoré, Marceau s'essuya la bouche d'un revers de main et alla à la salle à manger d'où il revint avec une bouteille de porto. Il prit un œuf et annonça :

« Je vais me préparer un *porto-flip* maison ! »

Il sortit de sa poche un paquet de Gauloises et alluma une cigarette avec un briquet à mèche d'amadou. Pour se donner une contenance, Olivier mit ses mains dans ses poches et roula une ou deux fois des épaules.

« Merci pour les valoches ! dit Marceau.

– Y'a pas de quoi.

– Tu veux une cibiche ?

– Non, merci... Je ne fume pas.

– Moi, je ne devrais pas. Quand on a été tubard, tu penses. Mais c'est du passé. Vise un peu... »

Marceau fit saillir ses biceps et Olivier fut invité à tâter. C'était impressionnant, mais l'enfant recula en disant :

« Pas mal, pas mal...

– Quand t'en auras autant ! »

Marceau déploya *Marianne* pour lire un article littéraire. Olivier examina son cousin. Il était étonné de le trouver si costaud. Ses pommettes encore roses de pulmonaire, sur son teint bruni, lui donnaient un faux air de bonne santé. Ses cheveux châtain clair lui tombaient sur les yeux et sans cesse il donnait de brusques coups de tête à droite ou à gauche pour que les mèches reprissent leur place. Il posa sur Olivier des yeux gris dans lesquels passaient des lueurs un peu folles. Son visage mince, au menton volontaire, était traversé par un grand nez. Sa bouche, la même que celle de tante Victoria, paraissait toujours prête à la moquerie. Il donnait cette impression d'intelligence et de vivacité qu'on trouverait plus tard sur le visage de Gérard Philipe.

« Si on mettait un peu de musique ? »

Son verre à la main, Olivier sur ses pas, il alla tourner le bouton de la T.S.F. et chercha *Radio L.-L.* où on donnait hospitalité au jazz, mais il tomba sur le radio-reportage d'une mission automobile au Hoggar.

« On laisse tomber. Prends mes valises en passant. »

Dans la chambre, il sortit un phonographe de l'armoire, leva son couvercle, et mit sur le plateau un disque de Roy Eldridge. Il ajusta une aiguille neuve et tourna la manivelle. Sans se soucier du désordre des valises, il s'allongea sur son lit et fuma en écoutant la musique.

« Ecoute, non mais, *écoute !* »

Le jazz le mit en extase. La trompette déroula ses plaintes. Olivier, émerveillé, trouvait déjà le cousin Marceau « un type formidable ». Hélas ! il fallut bientôt se déranger pour changer le disque. Marceau lui enseigna le fonctionnement du phono. Combien de fois, dans les semaines à venir, devrait-il remonter le mécanisme et changer ces aiguilles si vite

usées ! Blanche et Marguerite se boucheraient les
oreilles en appelant le jazz « de la musique de
nègres », mais Olivier se laisserait conquérir par la
clarinette de Benny Goodman, le piano de Count
Basie ou la trompette de Satchmo qui provoque-
raient sur son corps des trémoussements cadencés
copiés sur ceux de son cousin.

Marceau commença à défaire ses valises. Le linge
sale s'empila, et aussi des livres de toutes sortes, des
romans, des essais, des revues, des plaquettes de
poèmes aux titres parfois bizarres.

« Vous voulez que je mette un autre disque ? proposa Olivier.

— A qui tu parles ?

— Ben, à vous.

— Tu peux pas dire *tu*, non ?

— Oh ! si.

— Laisse tomber le phono. Tu portes mes grolles à
la cuisine ?

— D'ac ! »

Encore tout cela qu'il faudrait cirer ! Quand il
revint, en faisant jouer la fermeture Eclair de son
vêtement, Marceau dit :

« Mais, c'est mon blouson ! »

Olivier rougit. Il préparait déjà sa défense quand
le cousin ajouta :

« Ce que j'aime chez ma chère maternelle, c'est
que pour elle rien ne se perd...

— Ben...

— Je ne critique pas. Origines auvergnates... *Un
chou ch'est un chou !*

— Fouchtri de fouchtra ! » compléta Olivier.

Marceau émit un rire qui se termina en quinte de
toux. Olivier pensa à la femme de Lucien, le sans-
filiste de la rue Lambert : elle toussait ainsi.

« Ecoute, dit Marceau, quand je tousse, il ne faut
pas que ma mère entende. Elle s'inquiéterait et elle
me renverrait chez les Helvètes. Tu piges ? »

Olivier ne savait pas ce que voulait dire « Helvètes » mais il était prêt à tout faire pour aider Marceau. Lorsque son cousin tousserait, il l'imiterait aussitôt pour que cela parût naturel.

Quand les valises furent vidées, Marceau, entraînant Olivier sur ses pas, parcourut l'appartement. Il était heureux de le retrouver, ce qui ne l'empêchait pas d'émettre des observations critiques. Secouant une grille de Raymond Subes, il dit :

« C'est nouveau, ça. Tu trouves pas que ça fait bourgeois ? »

Olivier ne savait que répondre. Marceau dispensa ensuite son ironie sur des fleurs de cristal et sur une pastorale peinte genre Puvis de Chavannes. En retrouvant le tableau de François Boucher, il jeta :

« Celle-là, j'ai toujours eu envie de lui dessiner des bacchantes ! »

A la chambre d'Olivier, il fit voltiger l'ours et lui décocha un vigoureux coup de poing sur le museau. « Oh !... » fit Olivier prêt à défendre son ami. Mais que pouvait-il dire ? L'ours était à Marceau. Il le ramassa et le posa sur le lit comme un malade.

« Sais-tu quand rentre le petit frère ? demanda Marceau.

— On m'a dit : dans la semaine.

— C'est un bon petit gros », ajouta Marceau.

Il posa ensuite d'autres questions : « Et la grande Marguerite ? » (avec un accent faubourien) et il parla d'amis de ses parents qu'Olivier ne connaissait pas, les affublant chaque fois d'une épithète choisie : le pieux Joseph, le brave Papa-Gâteau, les Dubois-Duchnoque, Bertrand Con-Con, la famille Fouille-merde... Il parla d'un nommé Oscar-le-Cocu :

« Il a une bourgeoise inouïe : des décolletés dans le dos jusqu'à la raie des fesses, et par-devant des doudounes... »

Il critiqua un peu tout le monde, puis apporta quelques rectifications :

« Côté papier, ça rase. Mais côté théâtre, c'est pas mal. On voit des fois Jules Berry. Tu connais ? Le numéro des manchettes et de la montre-bracelet c'est quelque chose ! Et aussi Jane Renouard. Je l'ai vue à Saint-Moritz. Elle réjouit le paternel avec ses grandes relations : Réjane, Rip, Bataille, Boldini. Ça vit dans le souvenir, tout ça, mesdames ! Il y a aussi « l'original Léon », un copain de mon père. On l'appelle aussi « le trial », un comédien raté. Mon père adore les acteurs ratés. Autrefois, il paraît qu'il chantait bien, tu sais. Et puis, il y a des fois le gros André Berley, Jacques Varenne. Les potes de mon père. Avec eux, il ne se sent plus. »

Olivier était tout oreilles. Marceau savait tellement plus de choses que ses copains de la rue Labat. Il lui sembla que les gens qu'il avait connus employaient les mots de tout le monde. Avec Marceau, toujours du nouveau. Une inépuisable richesse. Il disait du mal de tout mais quand il prononçait *mon père* c'était avec adoration.

A la salle à manger, Marceau prit une banane dans le dressoir à fruits, l'épluacha soigneusement et, tout en mordant la chair pulpeuse, il déclara :

« Toi, je ne te voyais pas comme ça.

– Ah ! bon ? Moi non plus...

– Comment tu me voyais ?

– Un peu comme, comme... Julienne.

– La cousine, l'orpheline ? C'est marrant, ça ! »

« L'orpheline » ? C'était vrai : Julienne était aussi orpheline. Olivier n'avait jamais fait le rapprochement avec lui-même. Des sentiments l'habitèrent, flous au début, et qui se précisèrent. Des images le visitèrent : Julienne, pédante, avec ses nattes et sa moue prétentieuse; Julienne auprès d'innombrables Juliennes, toutes en uniforme, dans une grande cour pavée; Julienne, seule, et pleurant en mordant son oreiller comme il l'avait fait lui-même. Il ressentit une sorte de remords envers elle. Puis il dit :

« Moi aussi, je suis orphelin.

– Plus maintenant, idiot ! » fit Marceau.

Cette petite phrase, Olivier ne l'oublierait jamais. Mais le cousin Marceau pouvait-il savoir – et l'enfant le savait-il lui-même ? – que lorsqu'on a été orphelin dans son enfance, on le reste un peu toute sa vie ?

*

A cinq heures, Marceau prépara le thé. Il dégota une boîte de métal pleine de petits-beurre qu'ils grignotèrent. Puis ils pénétrèrent dans le bureau de l'oncle Henri.

De la poussière dansait dans un rayon de soleil et Olivier pensa aux microbes figurant sur la grande carte murale de l'école de la rue de Clignancourt. Le père Gambier disait que, dans une seul grain de poussière, il y en avait des milliers de ces bestioles. Tandis qu'il regardait cette danse guerrière, Marceau, désignant la pièce d'un geste circulaire, affirmait :

« Le dabe, il est bath ! C'est un rêveur égaré. Il n'a jamais osé faire ce qui lui plaisait vraiment. Tu connais son âge ?

– Non, dit Olivier qui ne s'était jamais interrogé à ce sujet.

– Plus de cinquante berges. En 1900, il était plus vieux que moi aujourd'hui. Il a raté le seul métier qui lui plaisait. Alors, il en a fait d'autres. Tout plein. Et il a réussi, qu'on dit !

– Sans blague ?

– Sans blague. Et il est vachement beau, hein ? »

Olivier acquiesça. Mais il aurait cru son oncle plus jeune. Dans la rue, un homme du même âge; usé par les travaux manuels, parfois le dégoût, ou l'alcool, paraissait plus vieux, parce que moins soigné. L'oncle, avec sa haute taille, son élégance, restait magnifique.

Ce jour-là, Olivier découvrit de lui des images insoupçonnées. Marceau ouvrit la porte d'un placard. Là se trouvaient de nombreux livres, mais ils n'étaient pas reliés, et leurs dos étaient souvent éclatés. Quelques-uns, posés à plat, montraient des couvertures bariolées. On trouvait aussi de minces brochures, imprimées sur mauvais papier et qui avaient l'apparence de romans-feuilletons, comme on en lisait rue Labat.

« Regarde ce qu'il lit. Il s'enferme sous prétexte de travail et il bouquine. Des romans populaires. Des romans détectives. Des illustrés. Il y a de tout. La cape et l'épée. L'aventure. Le mystère. Je lui en ai souvent fauché...

– Ah ? » fit Olivier intéressé.

Sur le bureau, un marque-pages doré était posé sur un livre d'André Maurois ouvert aux pages 44-45 : *Le Côté de Chelsea*. Tout près, dans un vase étroit, il y avait trois roses rouges parmi des asparagus.

« Je parie que le bouquin de Maurois le barbe, dit Marceau. Ma mère a une haute idée du littéraire. Il lui faut de l'élevé, du qui-pense, du grand genre, quoi ! Alors, pour pas avoir d'histoires, mon père lit du roman à la mode. Et dès qu'il est seul, ni vu ni connu, en avant Jean de La Hire et Paul d'Ivoi. »

Olivier qui ne saisissait pas très bien les différences entre les genres écoutait, incrédule, mais quand Marceau ajouta : « Des illustrés, je t'en passerai », il se sentit très satisfait.

« Les illustrés, c'est chouette. Moi, je lisais *Cri-Cri* et *L'Epatant*.

– Moi, je ne lis plus ça, confia Marceau, et il ajouta comme un secret : Moi, je lis les poètes !

– Je connais, dit Olivier, c'est quand ça rime.

– Mais non ! Pas forcément. Enfin, je t'expliquerai. »

Il ajouta en prenant un air supérieur :

« Il faut que je fasse ton éducation. »

Dans les semaines qui suivirent, à défaut de poésie rimée ou non, Olivier découvrirait, grâce à Marceau, grâce aux trésors de l'oncle Henri, des bouquins jaunis, datant d'une autre génération, avec des personnages étonnants qui se nommaient *Nick Carter, Nat Pinkerson* ou *Harry Dickson, Kit Carson* ou *Buffalo Bill, Fantomas, Judex* ou *Rocambole,* sans oublier les chevaliers de *Lagardère* et de *Pardaillan*, tous gens qui l'entraîneraient, des mystères des villes à ceux de l'histoire, dans de si glorieuses aventures.

Ils mâchaient du chewing-gum quand la sonnerie du carillon les fit sursauter.

« Ce *Westminster* ! On se croirait dans une cathédrale.

– Ou une basilique », ajouta Olivier qui pensait au Sacré-Cœur de Montmartre.

Ils continuèrent à déambuler, Olivier modelant inconsciemment sa démarche sur celle du grand. A sa manière, Marceau poursuivait la présentation des siens :

« Ma mère, c'est le genre « grande extravagante ». Tu vois ce que je veux dire... (Olivier *voyait* vaguement.) Une grande fleur excessive, quoi ! Un cygne noir, une orchidée, tout un monde...

– Mais, elle est... gentille ?

– C'est pas le mot. C'est *autre chose.* Une nature ! »

La T.S.F. l'attirait. Il ne pouvait pas vivre sans musique. Il paraissait fatigué. Sa santé lui valait des sautes d'humeur dont Olivier subirait les contrecoups. Comme il ne trouvait pas le poste qu'il cherchait, il tourna les boutons en tous sens, déréglant l'appareil qui se mit à faire *piouite*, à crépiter et à gémir. Il jeta à Olivier :

« Cherche le match *Racing-Excelsior*. Je veux savoir qui a gagné. Une fantaisie...

– Oui », dit Olivier tandis que son cousin partait vers sa chambre.

Lentement, il domestiqua les boutons, puis il éteignit la T.S.F. et la ralluma, ce qui suffit à chasser les parasites. Il tourna ensuite le bouton central, celui qui guidait l'aiguille rouge sur le cadran noir en forme d'éventail. La mince baguette magique donnait la parole tantôt à l'un, tantôt à l'autre, et toute l'Europe répondait au magicien. Olivier écouta ce mélange de langues et de voix. Au fur et à mesure que l'aiguille avançait, il lisait ces noms de stations en lettres dorées se superposant par petits tas en d'instables équilibres : *Daventry, Hilversum, Bratislava, Brno, Beromünster, Midland Regional...* Il revint à *Radio-Vitus* pour entendre :

> *Halte-là, qui vive ?*
> *C'est Saponite la bonne lessive, ha, ha !*
> *Halte-là, qui vive ?*
> *C'est Saponite que v'là !*

Le match était terminé, mais le commentateur essayait de le faire revivre par la parole en conciliant la bonne élocution et l'imitation de la rapidité du jeu. Olivier adorait entendre des mots tels que *demi droit* ou *avant centre, ailier gauche* et *inter droit,* et aussi les mots anglais : *pénalty, corner* ou *goal.* Il s'imagina rue Labat en train d'essayer de bloquer un *shoot* de l'imbattable Loulou. Du coup, il oublia d'écouter le score. Il rejoignit son cousin :

« Ben, je crois que c'est Excelsior...

– Ou le Racing, bien sûr », dit Marceau ironiquement. Et il ajouta une courte phrase qui se termina en lamento : « Si tu savais ce que je m'en tape ! Je ne

tiens plus en l'air. Je vais pioncer. Quand ils rentre-
ront, réveille-moi.

– O.K. boss ! » dit Olivier.

Marceau bâilla et, faisant allusion au slogan
publicitaire d'une margarine, lui jeta :

« T'es un *Tip*, tu remplaces le beurre ! »

« Allons bon ! » se dit Olivier. Il se demanda s'il
devait dire « Bonne nuit ! » puisque c'était le jour,
mais il se persuada que « la nuit c'est quand on
dort ». Il caressa l'ours pour le consoler et lui
appuya sur le ventre pour entendre une réponse. Il
ouvrit une nouvelle fois la *Vie de Savorgnan de
Brazza*. Peut-être que l'ours comprendrait, lui !

*

La tante Victoria fit tinter la sonnette des bonnes
et des bruits de portes du côté de l'office suivirent le
son aigrelet.

« Eh bien, dit l'oncle Henri, la tribu est au complet.

– Avec une tête en plus », ajouta la tante Victoria
en désignant Olivier qui baissa la tête.

C'était un mercredi (jour des côtelettes de porc) et
Olivier, par extraordinaire, était admis à la grande
table. Il ignorait que cette faveur était due à une
ferme intercession du cousin Marceau : il avait
affirmé que si Olivier mangeait avec les bonnes, il
en ferait autant. « Mais, à son âge, tu ne venais pas
à la grande table ! » lui dit sa mère. Finalement,
l'oncle Henri trancha : Olivier et le petit Jami assis-
teraient au premier repas de la famille réunie.

Chacun avait dû sentir l'importance de l'événement. La tante Victoria portait une robe de tweed
blanc sur laquelle se détachait un collier à pendentif
en or gris. L'oncle inaugurait un costume foncé à
gilet croisé portant de petits revers comme le veston.
Marceau, en culotte de ski et pull norvégien, se

croyait encore en Suisse. Quant à Olivier, la veste pied-de-poule lui faisait des épaules trop larges. Le petit Jami, avec une culotte de velours noir uni à bretelles prenant sur de gros boutons blancs, avait l'allure joufflue d'un bébé de vitrine.

La veille, la tante Victoria était allée chercher son dernier-né à Montrichard en pilotant elle-même l'automobile. Jami était en effet le « bon petit gros » dont avait parlé Marceau. Juché sur son coussin, en face d'Olivier, il regardait voler une mouche invisible pour les autres. Parfois, il glissait son pouce entre ses lèvres pour le sucer, mais un coup d'œil ou une tape de sa mère le lui faisait retirer bien vite. Tout en lui semblait dire : vivement que ce repas soit terminé pour que je puisse sucer mon pouce ! Autrement, pour un garçon de « presque six ans », comme il disait, il se tenait bien à table et sa mère, hormis le pouce, ne pouvait le reprendre que sur sa pépie qui lui faisait engloutir force verres d'eau de Vals.

La tante Victoria, dès son retour, l'avait pesé. Elle avait poussé des cris de stupeur : son cadet était en plomb. « Il a été gavé de sucreries ! » dit-elle. Et l'on accusa la dame Cornu qui passait tout son temps à préparer des gâteaux roulés, des savoureux et des amandines dont elle refusait de communiquer les recettes en disant : « Que voulez-vous ! Chacun a ses petites spécialités... » Pour faire enrager Jami, Olivier ne se priverait pas de gonfler ses joues, de faire bomber son ventre en disant d'une voix de gros monsieur essoufflé :

« Que voulez-vous, monsieur Bébé Cadum, on a ses petites spécialités, n'est-ce pas ? »

S'il fallait doser les repas de Jami, pour Marceau, jugé trop maigre, c'était le contraire. La tante Victoria téléphonait des Entrepôts :

« Marguerite, n'oubliez pas le lait de poule de M. Marceau ! Et rappelez-lui de dormir un peu. »

Sur le plan médicaments ou remèdes, Olivier fut toujours assez tranquille : la purge deux fois l'an (à l'entrée de l'hiver et à celle de l'été), une cuillerée d'huile de foie de morue à l'occasion. S'il était pâlot, on l'attribuait à son teint clair et on s'accordait pour lui trouver une santé de fer.

« Olivier, demandait Marceau, finis mon lait de poule !

– Miam miam ! »

Il était toujours d'accord. Et aussi pour des flacons aux étiquettes colorées et aux bouchons souvent ceints de chapeaux de papier brun plissé. Le *Vin de Vial*, le *Vin de Frileuse*, la *Quintonine* ou le *Quinium Labarraque* étaient les apéritifs des enfants. Olivier préférait cela aux cocktails d'herbes qu'appréciaient les bonnes et que vantait le radio-récepteur : *Thé des familles, Thé mexicain du Docteur Jawas* ou *Boldoflorine.*

On s'installa donc à table dans un climat de bonne humeur. Jami, lorsqu'il regardait ce nouveau venu qu'était Olivier, se mettait à rire doucement au début, puis aux éclats comme s'il avait eu en face de lui le plus drôle de tous les clowns. Olivier ne comprenant pas pourquoi, prenait un air étonné qui faisait redoubler le rire. Alors, pour se persuader lui-même qu'il était drôle, Olivier ajoutait un mouvement de bouche ou un clin d'œil. C'était infaillible : le rire repartait aussitôt.

« Olivier, je t'en prie !

– J'ai rien fait, ma tante.

– Ne réponds pas. »

Il s'avéra que lorsque Jami riait trop, ce rire s'accompagnait de contorsions significatives du côté des cuisses pour réprimer un besoin pressant. Et, soudain, le rire s'arrêtait, il faisait la lippe et se mettait à pleurer en disant *pi-pi, pi-pi* et en tendant vers Olivier un doigt accusateur. Impatientée, la tante

Victoria les confiait tous les deux aux bonnes et Olivier était privé de dessert.

Mais à ce premier repas, on n'en arriva pas jusque-là. Simplement, une chaîne se liait entre les trois enfants : Marceau attirait l'admiration inconditionnée d'Olivier, Olivier plaisait à Jami, et Jami pourrait faire tout ce qu'il voudrait de son frère. La boucle des influences se refermait.

L'oncle Henri paraissait tout surpris de voir tant d'enfants à sa table. Parfois, il soulevait les sourcils en regardant Olivier : quel était cet oiseau étranger dans un nid déjà bien plein ?

Marceau, se sachant l'objet de la curiosité générale, prenait un air faussement naturel. A cela, sa crise d'adolescence ajoutait un sourd désir d'agressivité. Au début du repas, il avait jugé son grape-fruit mal préparé et en avait demandé un autre pour détacher lui-même, avec minutie, les triangles comestibles de leur prison de peau. Il avait fait attendre tout le monde et Blanche était venue deux fois voir si elle pouvait débarrasser le premier couvert.

Puis le téléphone sonna pour lui et il se promena de long en large en transportant l'appareil dont il jugeait le fil trop court. En conversant avec une camarade connue en Suisse, il employait une sorte de code, parlait de « choses difficiles à dire en ce moment », répétait en prenant un ton snob : « Il y a des gens, il y a des gens », faisait allusion à un parti politique qu'il nommait à mots couverts, employait un de ces argots estudiantins qui accompagnent une génération et meurent pour ressusciter quelques lustres plus tard, prenait l'accent suisse, grimaçait, susurrait des phrases tendres, en bref, faisait tout pour agacer.

La tante Victoria qui attendait pour faire servir la viande soupirait en regardant son mari. Elle finit par dire :

« Henri, mais faites donc quelque chose ! »

Son mari but un peu de bordeaux, s'essuya les lèvres avec un coin de serviette, sembla attendre que la situation se résolût d'elle-même, et finit par se tourner vers son fils :

« Hum ! Hum ! Marceau, voyons, voyons ! »

Mais déjà Marceau avait reposé l'appareil d'ébonite. Il revint à sa place en faisant le geste de respirer une fleur imaginaire, puis il se dressa, fit claquer ses talons, s'inclina avec raideur et dit d'une manière saccadée en imitant l'accent germanique d'Eric von Stroheim :

« Je vous brie de m'exguser ! »

La tante Victoria leva une de ses jolies épaules et lui dédia un regard qui signifiait « petit imbécile ! », mais Marceau continua à faire le pédant et à toiser sa mère.

« Arrange le col de ton chandail, veux-tu ? » dit-elle.

Il ignora superbement cette remarque et jeta un coup d'œil vers Olivier. On sentait que la tante Victoria était fière de son fils, mais, en même temps, que lui seul pouvait lui tenir tête. Sans cesse, ils devaient se livrer une lutte pour affirmer une suprématie secrète. Marceau le prouva en demandant négligemment :

« La robe, j'aime bien. C'est quoi ? Rochas, Mainbocher ?

– Non, Schiaparelli. C'est tout ce que tu veux savoir ? »

Il inclina la tête de côté, détailla les mouvements du tweed, la coupe de la robe. C'est tout juste s'il n'allait pas demander à sa mère de défiler comme un mannequin. Il prit soudain un air choqué et, relevant le menton, il dit :

« Cependant...

– Oui ?

– Cependant... le collier irait tellement mieux avec autre chose. Un peu tape-à-l'œil, non ? »

L'oncle Henri sonna la bonne pour réclamer du poivre. Olivier se figea dans la contemplation du rebord de son assiette qui fut successivement un trottoir minuscule, puis l'entourage d'une piscine. La tante Victoria posa ses coudes sur la table, croisa ses longues mains brunes, regarda Marceau fixement, et, quand il cilla, elle dit :

« Après le repas, nous parlerons !

– Bonne idée », dit Marceau.

Et il jeta un nouveau coup d'œil vers Olivier qui comprit que son cousin l'avait choisi comme spectateur privilégié avec l'obligation d'admirer et d'approuver. Chaque regard disait : « Tu vois de quoi je suis capable ? » et Olivier craignait de rencontrer les yeux de sa tante. Il admirait de plus en plus son assiette.

« Redresse-toi un peu ! dit l'oncle Henri soucieux de bonnes manières.

– Oui, mon oncle. »

Olivier, sans rien dire, observait. Marceau, lorsqu'il était seul avec lui, « jactait l'argomuche », tandis qu'avec sa mère il employait des mots rares, prenait un ton affecté, lui opposait une caricature d'elle-même. Pour Olivier, sa tante restait énigmatique et il s'écoulerait bien des jours avant qu'il la connût vraiment et découvrît des traits inconnus de son caractère. L'oncle Henri muré dans son silence, la tante dans sa beauté et sa sévérité, Marceau faisait son numéro, qui était naturel ? Comme Olivier se sentait étranger !

Marguerite apporta une pile d'assiettes à bords dentelés, illustrées de charades. Elle dut les poser sur une desserte car Marceau chipotait encore sa côtelette.

« Il faut que je me " magne le train ", dit-il à l'intention d'Olivier.

Cette fois, la tante sursauta. Elle posa sa serviette

à côté de son assiette, fit mine de se lever, maîtrisa sa colère et dit à son mari :

« De mieux en mieux. L'influence heureuse de la rue Labat commence.

– J'ai rien fait, ma tante. »

Comment expliquer que Marceau parlait beaucoup plus argot que lui-même, que rue Labat les gens n'étaient pas comme on les imaginait, que...? La voix secrète d'un de ses amis de la Rue lui parla à l'oreille : « Tiens-toi peinard, l'Olive, attends que ça passe... » Il répondit à cette voix : « Oui, oui, tu as raison... », et il se tut.

Après le fromage, on apporta des pommes choisies parmi les plus belles et deux pots de yoghourt en grès, très épais, comme s'ils contenaient un explosif, et sur lesquels on lisait *Yalacta*. Blanche en posa un devant Marceau (parce qu'il sortait de maladie) et un autre devant Jami (parce qu'il était petit) et Olivier eut droit à une pomme, comme les grands. Il la prit et crut bien faire en la frottant sur sa manche pour la faire briller.

« Pas de cette manière, Olivier, dit l'oncle Henri avec un sourire.

– Oui, mon oncle. »

Il commença à peler la pomme en tournant. Des regards critiques suivirent son mouvement. Jami crut que son cousin faisait le pitre et se mit à glousser. L'oncle Henri désigna la fourchette et le couteau.

« Oui, mon oncle », chuchota Olivier.

Quel supplice ! Il avait beau copier ses gestes sur ceux de sa tante, ses mains restaient maladroites et la rondeur du fruit le défiait. Soudain, il s'échappa de son assiette et roula sur le tapis. Jami rit tellement qu'il avala son yoghourt de travers et qu'il fallut lui tapoter dans le dos. Olivier plongea sous la table pour ramasser sa pomme, mais Marceau la saisit avant lui et dit en mordant :

« Regarde comme on fait !

« – Bien, dit la tante, je vois que la vie va devenir impossible ici... »

Marceau posa son pot de yoghourt dans l'assiette d'Olivier en lui disant :

« Eh bien, mange. Je t'en fais cadeau. »

Olivier s'immobilisa devant le récipient. Sa tante lui adressait des regards noirs. Les lèvres pincées, elle jeta ses attaques :

« Henri, vous n'avez aucune autorité. Marceau, la maladie n'excuse pas tout. Jami, mouche-toi. Olivier, si tu veux que nous te gardions, il te faudra changer d'attitude. Retire-toi dans ta chambre immédiatement.

– Mais... ma tante.

– Immédiatement !

– Oui, ma tante. »

Il se leva et marcha lentement vers la porte, dans l'espoir d'être rappelé.

« Plus vite que ça ! »

En refermant la porte sur lui, Olivier entendit Marceau qui criait : « Tu es comme Hitler. C'est du fascisme ! » Très pâle, l'enfant alla jusqu'à sa chambre. Au passage, Marguerite lui dit :

« Qu'est-ce que tu as fait, encore ?

– Oh ! rien. »

Il s'assit à sa table et regarda de l'autre côté de la cour. Derrière une fenêtre sans rideaux, un homme en gilet et en manches de chemise passait et repassait. Il portait des cheveux en brosse au-dessus d'un visage au long nez tranchant comme le bonhomme du Razvite. Parfois, il retirait une cigarette de sa bouche pour parler à quelqu'un qu'on ne voyait pas. Puis apparut une très grosse dame. Elle ouvrit la fenêtre et la fumée du tabac s'envola. L'homme la regarda se diluer dans l'air comme s'il la regrettait. La fenêtre se referma.

Pendant quelques minutes, Olivier resta hors du monde. Puis des pensées se succédèrent : l'impression de subir une injustice, celle d'être cependant coupable d'un méfait ignoré, l'obsession d'être la cause de tous les événements néfastes qui pouvaient survenir, et surtout, par-delà tout ce qu'il ne pouvait analyser, un monde de solitude qui s'abattait sur lui. Ciel sombre. Autrefois, il serait allé « traîner les rues », il aurait rencontré des gens qui s'exprimaient comme lui, et la Rue l'aurait consolé.

Il chercha du secours vers l'immeuble d'en face. La couturière et ses bobines de fil comme de petites planètes qui se dévident. La fillette, le nez écrasé contre la vitre : elle tire la langue et l'écrase contre le verre froid qu'elle lèche. Le mur, sa lézarde en forme d'éclair. La cheminée et son chapeau conique. Le ciel gris qui bouge.

Il se retourna. Dans la chambre voisine, Marceau avait placé un disque sur le phono. On entendait le chant d'un saxo-alto, parfois d'une douceur extrême, parfois violent, rocailleux comme s'il voulait meurtrir. Et Marceau qui chantonnait comme si de rien n'était.

Olivier regarda ses livres. Il ferait des farces avec le bon petit diable, s'évaderait du château d'If avec Edmond Dantès, soignerait Joli-Cœur le petit singe poitrinaire. Mais quelque chose lui brouillait la vue. Derrière lui, il y avait la tache pourpre du fauteuil Voltaire, les claies aux pommes, les effrayantes armoires. Et tout cela dans une brume. Il aurait voulu fuir mais ne le pouvait pas. Qui pourrait l'accueillir ? Sa poitrine se gonfla, son menton se mit à trembler. Alors, par bravade, il se mit à siffloter l'air de jazz. Comme Marceau.

Cinq

L'AUTOMNE apparut très vite et se déguisa tout de suite en jeune hiver. Où était l'été de la rue chaude ? Le froid entortillait les cache-nez autour des têtes, transformait les nez en cerises rouges. Les feuilles mortes se crispaient comme des poings et les balayeurs en emplissaient de craquantes brouettes. Les journées, elles aussi, se fanaient rapidement. Il restait des lueurs du côté du marchand de marrons qui « faisait » aussi les oranges *La Valence*. Les derniers allumeurs de réverbères se hâtaient avec leurs longues perches et le pavé gris se tachait de lumière diffuse.

A l'office, on entendait le bruit du levier que Blanche actionnait pour faire tomber les cendres, écraser les escarbilles de la chaudière du chauffage central et ce craquement soudain faisait partie de la mauvaise saison. A la cuisine, entre ce feu et celui du fourneau, les bonnes transpiraient. A la salle à manger, l'insuffisance de l'installation était compensée par le feu de la salamandre. *Salamandre* : ce mot émerveillait Olivier car il savait que c'était aussi celui d'une sorte de lézard et il regardait le mica en se demandant comment il pouvait retenir tout ce feu.

Dans la chambre de Marceau, un poêle à bois Mirus répandait une odeur de résine. Le soir, on emplissait avec un entonnoir de grosses bouillottes d'eau chaude en caoutchouc ou en cuivre rouge. Olivier avait droit à une brique réfractaire qu'on retirait du fourneau pour l'envelopper dans du papier journal.

Tout se métamorphosait. La buée des vitres isolait l'appartement. Les bruits venus du faubourg n'étaient plus tout à fait les mêmes. Les marchandes des quatre-saisons, bardées de fichus noirs, leurs têtes enfoncées dans des passe-montagnes, leurs doigts rouges émergeant des mitaines comme des marionnettes, perdaient la voix. Les klaxons des autos eux-mêmes s'enrouaient plus que jamais. Le soir, les grincements des rideaux de fer avaient quelque chose de sinistre. Dans la cour, le moindre bruit s'amplifiait, résonnait comme dans une nef. La rue Eugène-Varlin jetait à la figure de grands paquets d'air froid venu du canal Saint-Martin. Vers la gare de l'Est, les cris des trains devenaient déchirants.

Les chambres des bonnes étaient glaciales. Marguerite dormait dans un manteau de lapin façon murmel et Blanche qui, par crainte des engelures, oubliait de se laver répandait une odeur surette dont se plaignait la tante Victoria. Cette dernière, pour se montrer bonne patronne, avait dit à ses bonnes de descendre une demi-heure plus tard, mais elles, pour retrouver leur chaude cuisine, au contraire, descendaient plus tôt. Elles revenaient à leurs habitudes campagnardes, délaissaient les petits déjeuners de la ville pour de robustes soupes mitonnées, bourrées de pain ou de pâtes, qu'elles partageaient avec Olivier. Marguerite disait d'un ton fataliste :

« Mange ta soupe. Il y a assez de misère dans le monde ! »

Olivier pensait à Bougras. Avec son premier argent de poche, il avait acheté des timbres et entrepris une correspondance. Cela avait commencé par son vieil ami mais la lettre était revenue avec la mention *P.S.A.* Il avait expédié deux autres missives : une à ses cousins Jean et Elodie (*77, rue Labat, Paris XVIII⁰, Seine, France,* avait-il écrit), l'autre à sa grand-mère, à *Saugues, Haute-Loire.* Il s'était appliqué, tirant sur le papier uni des lignes au crayon noir pour les effacer délicatement avec une gomme-lard une fois les phrases écrites, recommençant plusieurs fois la même page, corrigeant ses fautes d'orthographe et signant d'un *Olivier* un peu recherché.

Très tôt, on l'avait accoutumé à certaines règles de banalité : la santé, le temps, les affections stéréotypées. Il se surprit à avoir envie de confier des tas d'autres choses, il parla de ses lectures, de *Poum* et de *Zette,* de *Sans Famille,* bien sûr, mais aussi du *Pauvre Blaise,* du *Mouron rouge,* du *Capitaine Fracasse* et du *Robinson suisse.* Il dit aussi qu'il écoutait du jazz et dut pour cela demander à Marceau s'il fallait deux z. Il faisait exprès de ne parler que de choses gaies et agréables, et, au fur et à mesure qu'il écrivait, il se sentait fier de toutes les tristesses intimes qu'il gardait pour lui. Il ajouta qu'on était très gentil pour lui, que Jami était rigolo et Marceau un type formidable.

Dès lors, il attendit avec impatience chaque arrivée du courrier, se faisant houspiller par la concierge quand il lui demandait, en prenant l'intonation de Marceau : « Rien pour moi ? » Ce fut bien décevant : il y eut d'abord ce *P.S.A.* sur la lettre adressée à Bougras et revenue. Marceau lui expliqua que ce sigle voulait dire « Parti sans adresse », ce qui sentait la tragédie. Puis, Jean qui n'aimait guère écrire répondit par une carte-lettre sur laquelle le timbre avec la Semeuse était imprimé. Il lui conseillait de rester sage et obéissant et ajoutait qu'il était content que tout se fût si bien arrangé. Et Olivier qui s'attendait à apprendre plein de nouvelles de la Rue, de Mado, de Mme Haque, des copains ! Quelle déception! Non, rien. Comme si la Rue était morte avec son départ.

La mémé de Saugues fit ajouter un post-scriptum à une lettre adressée à la tante Victoria par son plus jeune fils, Auguste, le forgeron, celui qui restait au village. Elle parlait à l'enfant de son « pauvre père » et de sa « pauvre mère » et ajoutait qu'elle priait pour eux.

Plus tard, Olivier apprendrait par une autre carte-lettre de Jean et Elodie que le vieux Bougras avait « repris le trimard » (encore un mot à se faire expliquer). Plus jamais il n'entendrait parler du vieil homme. Il ne resterait de lui que des souvenirs et une chevalière faite avec une pièce de monnaie. Sa vie durant, Olivier ne pourrait pas croiser un trimardeur, un vagabond, un clochard sans croire reconnaître son ami des mauvais et des beaux jours. Bougras, l'Araignée, le Sans-Filiste : il allait vivre dans un autre monde que le leur mais une part de lui-même cheminerait toujours auprès de ces vies besogneuses et misérables.

*

Insensiblement, Marceau l'avait pris sous son aile. Il prétendait le protéger et le faisait de manière envahissante, lui demandant en échange une attention de tous les instants. Leur véritable complicité s'affirmait sous le signe des livres. Marceau écrivait des poèmes abscons qu'il déclamait d'une voix sépulcrale. Olivier qui ne comprenait pas écoutait la musique des mots et approuvait gravement de la tête.

« Je suis génial, gé-ni-al, s'exclamait Marceau. Dis-moi que je suis GÉNIAL.

— Heu! ben... oui.

— Mieux que ça! ordonnait Marceau en lui pinçant le bras.

– T'es génial. Ouille ! T'es génial... »

Et jamais son cousin ne le trouvait assez enthousiaste. Il manifestait sa mauvaise humeur, déchirait le poème, jetait les morceaux de papier à la volée, se lamentait :

« Ça vaut rien, rien ! Je vais me buter !

– Non, non, Marceau, fais pas ça ! »

Et Olivier ramassait les morceaux du poème pour les recoller avec du Rubafix tandis que Marceau, apaisé par sa comédie, l'observait du coin de l'œil.

Ou bien, son grand cousin proposait un marché :

« Si tu me lis deux chapitres de ce livre à haute voix, je te passerai un illustré.

– D'ac », disait Olivier.

Mais Marceau se plaignait de son lecteur avec des mines alanguies de vieille demoiselle. Tantôt Olivier lisait trop vite, tantôt trop lentement. Ou encore l'intonation n'était pas juste. Alors, Olivier avalait sa salive et s'efforçait de lire avec conviction des phrases trop difficiles pour lui, il soignait son élocution, en voulait à ce Marcel Proust d'avoir écrit de si longs paragraphes, prenait une voix de speaker, articulait, respectait la ponctuation, chuchotait les lettres muettes comme un acteur du Français.

Ensuite, il repartait avec le livre ou l'illustré donné par son cousin. Il y avait de tout, mais surtout des policiers, des histoires de cape et d'épée. Et aussi de vieux illustrés fripés. Ces illustrés, c'était son repos entre deux vrais livres. Une fantaisie sans bornes y régnait. Un point d'interrogation naissait au-dessus de la tête de *Félix-le-Chat*, à l'image suivante, c'étaient un point d'exclamation, des points de suspension, des tirets, Félix réunissait tous ces signes et en faisait une bicyclette.

Dans les *Pieds-Nickelés* (qu'il fallait lire en cachette car la tante Victoria trouvait cette bande amorale), on jouait sur les calembours : un riche Américain (roi du pétrole ou des topinambours) s'appelait *Harry Cover*, un cheik arabe *L'Emir Abel*, un bandit espagnol *Alonzo Cafebar*. Quand Croquignol, Ribouldingue et Filochard brandissaient une pétoire, ils disaient toujours *Hands up* et le dévalisé levait les mains au ciel. Une manière comme une autre d'apprendre l'anglais...

Il était décidé que Marceau, handicapé par sa frêle santé, poursuivrait des études privées avec l'aide d'un instituteur libre nommé Alphonse, ami de la famille, merveilleux personnage à longs cheveux gris et à lorgnons d'écaille, myope, distrait comme le bon La Fontaine, et qui ne se plaisait qu'en compagnie des enfants.

On l'avait surnommé Papa-Gâteau et il en était fier. Ses poches étaient toujours chargées de trésors : bonbons anglais, berlingots, fouets de réglisse, biscuits, et encore des images, celles des cafés *Gilbert* ou de *Félix Potin*, des cartes en chromo avec une devinette : *Cherchez le voleur !* (Il était généralement figuré par le feuillage d'un arbre.) Olivier reçut le présent d'une carte inoubliable sur laquelle une silhouette était tracée à l'encre, le profil du visage étant remplacé par une chaînette noire : on faisait bouger le jeu et la chaînette pouvait figurer à volonté toutes sortes de fronts, de nez, de bouches, de mentons, composant des visages grotesques qui changeaient à chaque mouvement.

Olivier voyait grossir ses collections de petits papiers : prospectus, buvards, images, tickets de métro ou de tramway, qu'il rangeait dans de vieux cartons de sucre *Say* pliés en forme de portefeuilles.

Papa-Gâteau portait toujours sur lui un microscope qui permettait à partir de rien d'observer tout un univers. Il possédait aussi un kaléidoscope et un ocarina sur lequel il jouait des airs folkloriques. Il fumait des cigarettes Abdulla qu'il allumait avec un gros briquet à essence qui projetait une flamme énorme. Poète, il chamaillait Marceau sur son dédain de la prosodie et surtout de ces bêtes curieuses nommées diérèses et synérèses.

Il s'était pris d'affection pour Olivier dont il avait connu le père. Il disait sans cesse : « Olivier, il faut que je t'apprenne... » et l'enfant, comme le comte de Monte-Cristo, avait trouvé son abbé Faria. Ainsi, il profita de ses leçons, plus volontiers tournées vers l'histoire naturelle, le français et le latin que vers les maths et les sciences. Ainsi, il devait toujours rester un peu boiteux du côté de ces sévères disciplines.

*

Olivier, maintenant, fréquentait l'école. Fin septembre, sa tante lui avait fait la surprise d'un matériel tout neuf : une serviette en cuir jaune pouvant, par un jeu de courroies, être portée aussi bien à bout de bras qu'en gibecière ou en havresac; une trousse de cuir à trois volets remplaça le plumier en carton bouilli; il y eut une boîte de plumes, un jeu de douze crayons de couleur figurant un arc-en-ciel à travers la fenêtre de la boîte, un taille-crayon à lames de rasoir où il glissa une *Leresche*, des compas de précision, des cahiers à réglure Seyès aux tranches jaspées, couverts d'une carte de Lyon moirée, un pimpant carnet de textes et un vilain brouillon, des crayons *Koh-i-Noor* (marqués H pour les mines dures, B pour les mines tendres) et une boîte d'aquarelles avec des pastilles de couleur interchangeables.

Marceau lui offrit un stylo *Gold Starry* en ébonite moirée, avec plume en or et pointe d'iridium. Il ajouta :

« Un stylo, c'est comme une femme : ça se prête pas ! »

La tante Victoria lui donna alors un flacon d'encre irrenversable avec le slogan : « Ecrit bleu, sèche noir. » Malheureusement, le stylo n'était pas autorisé en classe, mais seulement ces plumes *Sergent-*

Major qui paraissaient bien dures et griffaient le papier.

La semaine précédant la rentrée scolaire, il fut invité à se bien vêtir et son oncle Henri lui prit la main pour aller le présenter au directeur de l'école.

Dès le préau, Olivier reconnut des lieux semblables à ceux de la rue de Clignancourt : même petite scène de théâtre, mêmes peintures sur contre-plaqué découpé représentant un rideau rouge retenu par des embrasses dorées, avec figuration des masques tragique et comique, l'un et l'autre également effrayants, trompettes croisées, guirlandes et luth, même jeu de grenouille abandonné, mêmes agrès pour la gymnastique (appelée par les enfants la « gym-boum-boum »), et dans un coin les grosses marmites roulantes de la cantine.

Dans la cour plantée de marronniers, on apercevait la corde séparant la cour des grands de celle des petits, et, sur le côté droit, les portes va-et-vient des toilettes. On pouvait imaginer le maître de service, sifflet en main, marchant en surveillant les jeux tandis que jaillissaient et se mêlaient les cris des enfants.

Ils passèrent devant le long bac dans lequel les filets d'eau pour le lavage des mains se déverseraient, et montèrent l'escalier aux marches usées. Dans le couloir, Olivier retrouva la ligne des porte-manteaux de métal, avec un béret triste oublié sur l'un d'eux, les portes peintes en gris bleuté avec les numéros des classes en lettres rondes de couleur bleue et rouge. Par une porte entrouverte, Olivier aperçut la carte muette de la France de Vidal de La Blache, le tableau noir taché de craie, les armoires dans lesquelles devaient se trouver des cornues, des piles de cahiers et les mesures de longueur et de capacité.

« Pardon de vous avoir fait attendre. Entrez donc, cher monsieur, entrez je vous en prie.

– Merci, monsieur le directeur. »

Sous le buste de Marianne qui voisinait avec le masque mortuaire de Pascal, le directeur, en veste noire et pantalon rayé, une fine moustache grise ornant le dessus de sa lèvre, le front dégarni, arborait le visage sévère d'un homme qui s'est mesuré avec des générations d'écoliers. Autour de lui, des bibliothèques vitrées, des registres, un globe terrestre, des papillons dans des boîtes vitrées.

« Alors, voici le jeune homme. Asseyez-vous donc, monsieur Desrousseaux. Mme Desrousseaux (à qui je vous prie de transmettre mes respectueux hommages) m'a déjà entretenu de cet enfant terrible au téléphone... »

Et Olivier sentit se poser sur lui des yeux inquisiteurs. Embarrassé, il se tortilla sur sa chaise et écouta. Il apprit qu'il redoublerait la classe quittée rue de Clignancourt, que la discipline serait plus sévère qu'à Montmartre et que les fortes têtes étaient rapidement matées.

« C'est bien, cher monsieur Desrousseaux, d'avoir pensé à notre bonne vieille communale. Elle a ses mérites...

– Certes, certes ! » dit l'oncle Henri.

Et se tournant vers Olivier, le directeur demanda :

« Comment se nommait ton ancien maître ?

– Heu... m. Gambier (il pensait *Bibiche*).

– Ah ! tiens. Je l'ai connu. Un bon maître. Il aurait mérité d'être nommé directeur. Ici, tu seras avec M. Joly ou M. Alonzo. Et comment t'appelles-tu ?

– Olivier, m'sieur.

– Bien, dit le directeur en ouvrant un registre, nous disons Olivier Desrousseaux. »

L'oncle Henri leva l'index et rectifia :

« Non, Olivier Chateauneuf. C'est un neveu du côté de ma femme.

« – Ah ! bah ! Très bien, très bien, très bien », fit le directeur en inscrivant le nom à l'encre violette.

Les Papeteries étaient si connues dans le quartier qu'on appellerait souvent Olivier du nom de son oncle. Il devrait rectifier en pensant chaque fois à ces mots peints en anglaise sur la porte de la mercerie : *Virginie Chateauneuf.*

« Vous savez, dit le directeur en les raccompagnant, que nous avons ici le fils de notre député, M. Susset ? J'espère que ce garçon sera bon élève. Il faudra raccourcir sa chevelure.

– Au revoir, mon cher directeur, dit l'oncle Henri.

– Au revoir, cher monsieur. Mes hommages à Mme Desrousseaux. »

Dehors, l'oncle Henri se mit à siffloter. Il s'arrêta devant la boutique de la mercière et regarda les automobiles en fer. Il y avait une Talbot, une Graham-Paige, une Delage.

« Olivier, préfères-tu une auto ou des bonbons ? »

Sachant bien qu'il ne fallait pas répondre « les deux », Olivier dit timidement : « Euh... une auto, mon oncle. » Ils entrèrent et une vieille en fichu mauve leur montra ses véhicules. Olivier tendit l'index vers une 5 CV Rosengart, mais l'oncle lui conseilla :

« La Bugatti est bien belle !

– Oh ! oui, mon oncle !

– Eh bien, elle est à toi. »

L'oncle Henri prit la voiture et fit tourner les roues sur sa paume. Au moment de payer, il tira une sucette à la menthe d'un support conique :

« Tiens, c'est pour toi aussi.

– Merci, mon oncle. »

Mais l'oncle Henri ne cessait de regarder les petites automobiles. On aurait cru qu'il regrettait de ne plus être un enfant pour jouer avec elles.

« Tu vas rentrer tout seul, dit-il. Moi, je passe au bureau. »

Olivier multiplia ses adieux et ses remerciements. Il mit la sucette dans sa poche et revint à l'appartement en faisant rouler son auto contre les murs et en émettant des *Rrrrr-Rrrrr-Broum-Brrroum !* pour imiter le bruit du moteur.

*

Le matin de la rentrée, Blanche l'accompagna jusqu'au coin de la rue Eugène-Varlin. Il se retrouva bien vite dans le préau, gibecière à l'épaule, en compagnie d'une foule d'enfants en tabliers, en blouses ou en pèlerines. Certains chahutaient, se chipaient leurs bérets ou tentaient d'un coup de pied sec de faire tomber les serviettes. Puis un maître fit l'appel classe par classe. A l'énoncé de son nom, il fallait répondre « Présent ! » et se placer dans un rang.

L'instituteur d'Olivier se nommait M. Joly. Son crâne chauve s'ornait de deux touffes brunes au-dessus des tempes comme le bonhomme du *Corector*. Il fumait des cigarettes jaunes en plissant les paupières. Sur son visage de Méridional, rond et bleuté de barbe rétive, sa bouche en fraise arborait un sourire empreint de scepticisme. De temps en temps, il levait une jambe et la secouait pour s'assurer du bon fonctionnement de ses muscles.

Une liste à la main, il répétait à voix basse le nom de chaque écolier rejoignant sa rangée. A la fin, il les compta : trente et un, y compris le fils du député Susset en costume de golf beige, avec une paire de manchettes grises. A côté, dans le rang des petits, un marmot roux pleurait et deux chandelles voyageaient sous son nez. Certains des écoliers paraissaient dormir encore tandis que d'autres, surexcités, ne parvenaient pas à se taire en dépit des injonctions.

Après une montée ordonnée des escaliers, les écoliers entrèrent dans la classe. Le maître désignait à chacun sa place et il devait se tenir debout à côté. Quand la répartition fut terminée, M. Joly tapa dans ses mains et les écoliers s'assirent. Olivier était placé au troisième rang et au quatrième double pupitre près d'un Arménien nommé Bédossian qui lui parlait déjà de son pays d'origine où, disait-il, « les cerises sont grosses comme des prunes, les chiens grands comme des chevaux et les chevaux rapides comme des trains » (Hé... mon œil ! jetterait Olivier). Brun, avec son nez aquilin et ses yeux de biche, Bédossian était en retard dans ses études, mais il rattraperait bien vite tous les autres et sauterait deux classes à la fois.

Sur la droite, au premier rang, le jeune Susset se trouvait seul à un pupitre. Avec son joli costume, sa cravate écossaise, son cran bien dessiné sur sa chevelure, il apparaissait comme le chouchou possible et une petite guerre se préparait dans l'ombre contre ce garçon pourtant doux et tranquille.

Olivier se redressa pour regarder toutes ces têtes au-dessus des tabliers et des blouses. Il y en avait vraiment de toutes sortes : cheveux touffus, gominés ou rasés, tignasses brunes, blondes, rousses. Des maigres comme ce Dumas qu'on appellerait « La Ficelle », des costauds comme Cazaubon le Toulousain, des gros comme Marcirot qui serait fatalement « Bouboule ». Hélas ! ni Loulou, ni Capdeverre, ni Jack Schlack n'étaient là ! Les reverrait-il un jour ?

« Bien, dit le maître, et après un silence au cours duquel il regarda chaque écolier, il ajouta : Commençons ! »

Il devait répéter les mêmes mots chaque matin et les enfants qui les attendaient les murmureraient en même temps que lui.

A travers les vitres, le feuillage roux des marronniers frissonnait. La pendule hexagonale située sur le mur du fond de la classe faisait tic-tac. Les godets en plomb sertis dans le bois des pupitres étaient garnis d'une encre toujours renouvelée par les femmes de service; elles les remplissaient trop et au moindre chahutage un filet noir coulait sur les cuisses.

Sur le bois, Olivier lut des initiales gravées au canif : *F.D.* et il imagina un nom pour l'écolier inconnu qui les avait tracées. Il l'appela, qui sait pourquoi ? François Dupont et lui prêta une existence réelle, n'hésitant pas à dire à Marceau : « C'est mon ami François Dupont qui me l'a dit ! »

L'enfant avait donc pris de nouvelles habitudes. A sept heures un quart du matin, il se précipitait en chemise de nuit ou en pyjama (une semaine sur deux) à l'office où il se débarbouillait sur la pierre à évier en prenant bien soin de brosser ses ongles et de laver ses dents. Deux fois par semaine, le jeudi matin et le samedi soir, il profitait de l'eau du bain de Jami. Sur son pull-over, il enfilait une blouse grise en Vichy qui se boutonnait sur l'épaule gauche, à la russe. Il jetait sa capote sur son dos et relevait le col pour faire plus élégant. Marguerite lui tendait un mouchoir propre sur lequel elle avait fait couler deux gouttes d'essence algérienne (contre le rhume) et il bouclait sa gibecière.

A midi, il revenait pour déjeuner à la cuisine en face de Jami. Tous les deux, ils s'amusaient à faire marcher leurs doigts sur la table, le majeur replié sur le pouce figurant la tête d'étranges petites bêtes qui se chamaillaient. Blanche et Marguerite les traitaient d'innocents de village, mais dès qu'elles avaient le dos tourné, ils recommençaient leurs jeux.

Comme il restait à l'étude après quatre heures, il emportait son goûter dans une valise cubique : deux tartines de confiture serrées l'une contre l'autre ou une tartine beurrée saupoudrée de cacao, et toujours des pommes pour compléter.

Quand Marguerite n'avait pas ses nerfs, elle ajoutait une friandise. En général, elle se montrait maternelle. Un soir, il entendit une conversation dans le couloir, près de sa chambre. Marguerite disait à la tante Victoria :

« Vous savez, madame, quel gentil garçon, Olivier !

– Hum ! répondit la tante. Il a bien besoin d'être dégrossi. Quand je vois mon Marceau auprès de lui, quelle différence ! Et même Jami... »

« Eh ben, je suis arrangé ! » se dit Olivier. Il pensait bien qu'il s'agissait là de la vérité, mais c'était vexant. Il pensa vaguement : « Elle verra un jour... » mais rien, sinon l'enthousiasme que lui apportaient ses lectures et la manière dont d'Artagnan et Lagardère lui fournissaient des exemples impossibles à suivre, ne pouvait l'autoriser à quelque espoir de se distinguer.

Certains écoliers mangeaient à midi à la cantine, des services gratuits étant réservés pour quelques pauvres gosses qu'on appelait « les indigents », et à la sortie de midi le préau répandait une odeur de pois cassés ou de lentilles. C'étaient souvent les mêmes qu'on retrouvait à l'étude, après quatre heures, car les parents, mal logés, les tenaient éloignés d'eux. Pour Olivier, l'étude, c'était la possibilité de se débarrasser des devoirs du soir. On pouvait aussi copier sur le voisin et commencer à apprendre ses leçons par cœur.

Pour les récitations, c'était chose aisée car André Theuriet, Jean Aicard ou Maurice Bouchor avaient pris soin de mettre des rimes, sans doute pour aider la mémoire. Cela devenait plus difficile dès qu'il s'agissait des prosateurs comme André Lichtenberger, Edmundo De Amicis ou Louis Pasteur dont on ânonnait : *O mon père et ma mère, ô mes chers disparus, c'est à vous que je dois tout...* Il y avait aussi les dates d'histoire :

« *732 ?*

– Charles Martel battit les Arabes à Poitiers. »

Et cela continuait : *800, 1515, 1610, 1685, 1789, 1815...* M. Joly souriait de satisfaction chaque fois qu'on tombait juste ou prenait un air scandalisé quand on déplaçait cette *Révocation de l'édit de Nantes* qui ne voulait rien dire pour les écoliers.

Les historiens scolaires parvenaient à émerveiller une longue suite sadique faite de sang et de tueries. Les rois, qu'ils soient fainéants, qu'on les hisse sur des pavois ou qu'ils enferment les gens dans des cages de fer, gardaient grande allure, et des phrases sonores retentissaient : *Ouvrez, c'est l'infortuné roi de France !* ou bien *Arrête, noble roi, tu es trahi !* Vercingétorix se dévêtant devant Jules César inventait le strip-tease historique. A travers le temps, le Grand Ferré tendait sa hache à Jeanne Hachette et Jacques Clément glissait son poignard dans la main de Ravaillac. Jeanne d'Arc et Marie Stuart se rendaient ensemble au supplice, Henri IV brandissait sa poule au pot du dimanche et Napoléon faisait voler ses aigles, Duguesclin et Bayard jouaient aux centurions, ce dernier mourant comme Turenne au pied d'un grand chêne où Saint Louis avait rendu la justice, après avoir défendu le pont du Garigliano première manière pour suggérer à Bonaparte son attitude au pont d'Arcole. Quant aux bourgeois de Calais, ils finissaient par enfiler leurs chemises dans les culottes à l'envers du bon roi Dagobert.

Toute cette petite histoire, cette légende dorée, tentait de faire passer les grands massacres d'albigeois, de jacques, de juifs, de protestants, de chouans, de républicains, de communards, et on appelait à la rescousse Gutenberg, Bernard Palissy, Christophe Colomb, Ambroise Paré, Rabelais, Voltaire et les philosophes pour panser les plaies.

Mais la géographie, comme c'était plus difficile encore, avec le mont Gerbier-des-Joncs, Sète (qu'on écrivait encore parfois Cette), le plomb du Cantal, le puy de Sancy, le ballon d'Alsace, le plateau de

Millevaches, le mont Blanc (tantôt 4807 m., tantôt 4810 m.) et tout un cortège de fleuves navigables ou non, d'affluents, de confluents, de canaux dont il fallait retenir les noms et les caractéristiques !

Et, en grammaire, ces suites de conjugaisons, ces présents, ces passés, ces passés composés, ces imparfaits, ces plus-que-parfaits, ces antérieurs, ces chaînes d'indicatifs, d'infinitifs, de conditionnels, de subjonctifs... qui diable avait inventé tout cela ?

Olivier quittait l'école la tête pleine de mots en désordre qui ne rejoignaient pas toujours la case dans laquelle ils auraient dû se trouver. Mais l'air frais du soir lui frappant le visage lui faisait oublier ses soucis d'écolier trop rêveur. Il fermait son col, passait son cartable en havresac, respirait profondément : une aventure l'attendait et c'était le meilleur moment de la journée.

*

En effet, en sortant de l'école, il se permettait un détour allongé davantage chaque soir. Le canal Saint-Martin l'attirait et il glissait dans ces parages dangereux, puisqu'il risquait d'y rencontrer son oncle et sa tante, comme une ombre, en rasant les murs.

Bientôt, les quais de Valmy et de Jemmapes, les rues Pierre-Dupont et Alexandre-Parodi, le passage Delessert n'eurent plus de secrets pour lui. Côté Jemmapes, en bordure du canal, il restait fasciné par la masse de la *Cité artisanale Clémentel*. Il s'enhardissait à traverser le large portail et à parcourir d'étage en étage des couloirs bruissants de machineries, chargés d'odeurs de métal, d'huile, de carton, de sciure, de mastic, d'encre d'imprimerie, de térébenthine, de peinture. Dans cette ville en réduction, bien répartis dans des pièces cimentées, on trouvait des doreurs, des brocheurs, des opticiens de préci-

sion, des imprimeurs typo, litho et offset, des linoty-
pistes, des fabricants de vêtements de sport, des
miroitiers, des tanneurs, des photographes, des des-
sinateurs industriels dont les panneaux publicitaires
ornaient les portes.

Tout le quartier du canal était composé d'anciens
hôtels particuliers transformés en bureaux, en manu-
factures, en dépôts de fabriques. On trouvait de pro-
fondes cours avec des hangars, des baraquements,
tout un monde de pots de fleurs, de chats, d'oiseaux
en cage, de ferrailles, de pneus usagés, de vieilles
bicyclettes.

En se promenant, Olivier lisait des mots : *Exa-
compta, Marbreries, Poliet et Chausson, Boulonne-
rie, Sablières, Calorifuges et isolations, Transports
rapides, Collège technique...* Sur les vitres embuées
des cafés, sur les calicots, on trouvait *A la halte des
camionneurs, le Voltigeur, Bar du Bon Vivant, Café
de la Marine...*

La vitrine de la Maison Delande le fascinait : c'est
là que les organisations sportives venaient acheter
médailles, breloques, diplômes, insignes, coupes,
statuettes représentant des footballeurs, des rugby-
men, des basketteurs, avec, selon le sport, le ballon
au bout du pied, embrassé ou tenu à bout de bras
au-dessus de la tête. Des coureurs, des sauteurs, des
boxeurs, toutes sortes d'athlètes étaient figés, eux
aussi, dans des poses superbes, et Olivier pensait
aux valeureux rois du stade qui recevraient de telles
récompenses.

Au-delà de la rue Louis-Blanc, le long du quai,
derrière les peupliers et les platanes, l'installation
des établissements Susset, *matériaux de construction*, se dressait, dominée par une longue terrasse
avec une salle de spectacles : on y amenait les élèves
des écoles le jeudi après-midi pour assister à des
représentations populaires des comédies de Molière
et des tragédies de Corneille et de Racine. Olivier

n'oublierait pas ce lieu où il découvrit, de manière inhabituelle, au-dessus des sacs de plâtre et de ciment, des parpaings et des briques, le grand théâtre classique.

Bien sûr, il restait à une honnête distance des *Papeteries Desrousseaux*, apercevant les employés quittant le travail sur leurs bécanes Peugeot ou leurs motocyclettes Monet-Goyon.

Parfois, le froid le saisissait et des idées folles naissaient dans sa tête. Il ouvrait la capote pour recevoir l'air glacé. Il se disait : « Je prends tout le froid, il n'en restera plus ! » Sa manière à lui de vaincre l'hiver. Dans ces moments-là, il ressentait un étrange appétit de liberté, une joie sauvage qui lui donnait envie de chanter, de rire et de pleurer à la fois.

Il marchait, marchait, récitait une fable à voix haute ou fredonnait un refrain à la mode. Puis une soudaine angoisse le tenaillait. La nuit tombante jetait ses ombres, les réverbères crachaient des halos effrayants, l'eau du canal où on repêchait tant de noyés de faits divers devenait un fleuve d'enfer. Il frissonnait alors plus de peur que de froid. Il revenait en courant vers le faubourg encore lumineux. Il prenait l'ascenseur en fraude en craignant que la minuterie ne s'arrêtât avant la cage. Il y délaçait ses chaussures car il savait que l'une ou l'autre bonne lui dirait à son arrivée : « Déchausse-toi, voyons ! »

*

Dans les rayons du placard, en plus des livres et des illustrés, des objets hétéroclites accumulés : tickets glanés dans les corbeilles de la station *Château-Landon*, chutes de papier, boîtes métalliques, bobines, ficelles, poignées en fil de fer et en carton de grands magasins, caoutchoucs de bouteilles de bière, bouchons, se trouvaient des piles électriques mystérieusement brûlées par endroits. Olivier, pour résoudre un important problème personnel, avait dû avoir recours au fameux *Système D*, cher aux habitants impécunieux de la rue Labat.

Tous les samedis, l'oncle Henri lui remettait une pièce de deux francs constituant son argent de poche. Quand il en eut cinq, il les échangea contre un billet de dix francs qu'il rangea soigneusement dans sa boîte à sucre portefeuille. Son premier achat fut celui d'une lampe électrique de poche qu'il ne cessa d'astiquer.

Toujours vigilante, la tante Victoria lui avait concédé une limite de veille. Quand elle frappait deux coups à la porte de l'enfant, cela voulait dire qu'il fallait appuyer sur le bouton de la poire au-dessus du lit de cuivre. De sa chambre, ce veinard de Marceau que n'arrêtaient pas de telles interdictions se mettait à fredonner une antienne radiophonique de circonstance :

> *Dans son petit lit tout rose,*
> *Bébé va s'endormir sans rancune*
> *Car maman lui a donné sa dose*
> *De bon Vermifuge Lune !*

Olivier haussait les épaules et fermait les yeux en se murmurant : « Quel œuf, ce Marceau ! » Cependant, il ne parvenait pas à trouver le sommeil. Interrompre un roman de cape et d'épée riche en rebondissements était fort désagréable. Qu'allaient faire ses amis Cocardasse et Passepoil au prochain chapitre ? Et le Bossu ? Des phrases éparses dans ses livres résonnaient : *Si tu ne viens pas à Lagardère, Lagardère ira-t-à toi !* ou *Par la morbleu, ouvre donc, tavernier du Diable !* Et des dialogues. A l'interrogation *Où vas-tu Orsini ?* une voix altière répondait : *A la tour de Nesle !*

Avec la lampe électrique, il put s'enfouir dans les

draps et lire en fraude. Malheureusement, les piles s'usaient vite et son argent de poche n'y suffisait pas. Ce fut alors que son copain de classe Bédossian lui donna un tuyau : une pile usée, quand on la fait chauffer, peut encore jeter quelques feux. Si bien que, la nuit, Olivier se livrait à d'incessants voyages de son lit à l'office. Il disposait ses vieilles piles sur le fourneau et les emportait dans sa chambre dès que chaudes. La pointe de sa langue touchait les deux éléments de métal et s'ils avaient un goût salé, il savait qu'il disposerait de précieuses minutes de lecture. Enfermé sous ses draps, il étouffait, il s'abîmait la vue, mais il *lisait* !

Un soir, en rentrant de l'école, il trouva dans sa chambre la tante Victoria et ses bonnes qui rangeaient des cartons sales, sentant le moisi. Marguerite et Blanche semblaient y trouver un certain plaisir, tâtant des pelotes de laine *Welcomme Moro* ou jouant à la balle avec ces œufs en buis qui servaient à repriser les chaussettes.

Olivier, après avoir dit bonsoir, rangea son cartable, installa sur la table sa boîte d'aquarelles, alla emplir un verre d'eau et entreprit de peindre une maison dans la verdure. De temps en temps, il suçait son pinceau pour l'effiler, crachotait sur une pastille d'aquarelle et regardait la curieuse couleur de l'eau dans le verre à moutarde.

Il paraissait ainsi plongé dans un travail absorbant quand sa tante lui posa sa main sur l'épaule.

« Sais-tu, dit-elle de sa belle voix chaude, que tous ces cartons t'appartiennent ? »

Olivier avait déjà compris. Il leva la tête et ses yeux verts rencontrèrent ceux de sa tante. Quand cela arrivait, il ressentait la beauté et se trouvait comme un amoureux transi. Comme chaque fois qu'elle travaillait à l'appartement, la tante Victoria portait un pantalon à pont et un gros pull-over. Ses cheveux étaient emprisonnés dans un bonnet à rayures beiges et rouges. Elle faisait très garçon.

« Ça vient de la mercerie ? demanda gravement Olivier.

— Oui. Ton oncle, qui est aussi ton tuteur, a dû vendre la boutique. Quand tu seras majeur, tu auras ainsi un peu d'argent pour te lancer dans la vie. Ces boîtes, l'acheteur n'en a pas voulu. C'est un petit épicier. »

Olivier avait saisi au passage ces mots qui l'étonnaient toujours : *tuteur, majeur.* Il y avait aussi *subrogé tuteur.* Et ces boîtes. Et *se lancer dans la vie.* Il ne sut que répondre et regarda son aquarelle qui gondolait le papier. Tous ces cartons qui, dans le cadre vivant de la mercerie, lui apparaissaient comme autant de boîtes à merveilles, ici, devenaient poussiéreux, misérables.

« Tu nous permettras de nous en servir ? dit la tante.

— Oh ! oui, ma tante.

— Marguerite a promis de te tricoter un pull.

— C'est vrai ? Merci, Marguerite. »

Il vint regarder les boîtes de fil, les centimètres, les dés à coudre, les pochettes d'aiguilles, les épingles de nourrices, les élastiques, les ciseaux, tous ces objets destinés aux gens de la rue et qui venaient échouer dans cette lointaine armoire. D'une longue boîte sortaient des aiguilles à tricoter.

« Je peux en prendre une ? demanda Olivier.

— Prends au moins la paire. »

Il en choisit des vertes, énormes. Il les tint comme des baguettes de tambour, puis mima un tricotage savant, maille à l'endroit, maille à l'envers, les caressa et les rangea parmi ses trésors. On plaça quelques billes de naphtaline dans l'armoire et on la referma.

« Ta mère était une bonne fille, au fond, dit la tante Victoria. Nous aurions pu être des amies. »

Que cachait cette réserve ? Olivier ne le saurait jamais. Quand sa tante lui parlait de son père, elle disait : « Ah ! si Pierre m'avait écoutée... » mais Olivier ne savait pas ce qu'elle lui aurait dit. Les grands n'allaient jamais jusqu'au bout des confidences. Ils émettaient de courtes phrases comme « Ça s'explique ! » ou « Ça va sans dire ! » et se cachaient derrière des airs entendus.

« Dis-moi, dit la tante Victoria, tes notes ne sont guère brillantes. Il faudrait que tu travailles un peu mieux.

– Je vous le promets, ma tante. »

Il avait pris pour répondre une voix sourde. Il promettait toujours, mais voilà, une fois en classe, les choses se passaient différemment. Le grand Bédossian le faisait rire, lui racontait des histoires, parlait sans cesse. Bien qu'Olivier écoutât seulement, le maître les appelait « les deux bavards » et parlait de les changer de place. La lecture aussi l'éloignait des leçons de l'école : il étudiait plus volontiers l'histoire chez Alexandre Dumas que chez Ernest Lavisse. Les cours bénévoles de Papa-Gâteau l'entraînaient bien loin du programme : il l'entretenait du Bon Dieu et de la Sainte Vierge dont il n'était jamais question à la communale, il lui lisait des vies de saints et lui faisait réciter les noms des chœurs des anges. Pour imiter Bougras, Olivier jouait à l'esprit fort. « Moi, je suis zathée ! » dit-il un jour, mais il n'en était pas non plus très sûr et reportait ce grave problème à plus tard.

Le bon Alphonse, dit Papa-Gâteau, parlait aussi de son Saugues natal, d'une rivière appelée la Seuge, du moulin de Rodier, de la cascade du Luchadou, d'un gour de l'Enfer et de mauvaises fées. Il lui faisait chanter des chansons à la gloire du clocher qu'il composait lui-même. Tout cela apportait un supplément d'études mais ne pouvait enrichir le livret scolaire. La tante Victoria lui disait :

« Tu n'es pourtant pas toujours bête !

– Je ne sais pas, ma tante.

– Enfin... », soupirait-elle en faisant un geste gracieux, nous verrons bien.

*

Marceau vivait sa vie. Rarement à l'appartement, il rentrait toujours en retard pour dîner et s'attirait des reproches :

« Ce n'est pas un restaurant ici ! »

Il consultait le *Westminster,* faisait mine de remonter son bracelet-montre, jetait un clin d'œil à Olivier et mangeait son potage exagérément vite.

« Cette vie n'est peut-être pas idéale pour ta santé, disait sa mère, et elle ajoutait à l'intention de son mari : Dites quelque chose, Henri. Vous êtes toujours ailleurs. »

L'oncle Henri s'extrayait lentement d'une gangue de silence et d'immobilité. Son effarement montrait qu'il quittait un univers de pensées secrètes.

« Hum ! faisait-il. Oui. Oui, c'est vrai, ce n'est pas un restaurant. L'heure c'est l'heure... »

Il paraissait si peu convaincu que Marceau se mettait à rire et disait : « C'est la jeunesse, papa ! » et il répondait : « Bien sûr, bien sûr... » avec, finalement, un sourire complice.

Un soir, Marceau était rentré avec des traces de rouge à lèvres sur son visage. Peut-être l'avait-il fait exprès, par défi. Avec un sourire lointain, la tante Victoria avait dit : « Il existe pourtant des rouges de bonne qualité ! »

Après le dîner, Marceau annonçait :

« Je sors. J'ai une réunion.

– Une réunion de quoi ? demandait la tante.

– Une réunion tout court.

– Tu n'es pas communiste, j'espère ? »

Il ne répondait pas. Olivier était le seul confident.

Il connaissait ces airs que Marceau sifflotait : *Le Drapeau rouge* ou *La Jeune Garde* chers à Bougras. Mais les pommettes de Marceau, elles aussi, se coloraient d'un rouge : celui de la mauvaise santé. Il confia à Olivier :

« Tu sais, j'ai une maîtresse ! »

Olivier savait qu'il ne s'agissait pas d'une maîtresse d'école. Il croyait que Marceau se vantait mais il lui montra la photographie d'une jeune femme brune. Elle l'emmenait assister à des conférences, du côté de la place du Combat ou de la République. Il disait à Olivier :

« Je parie que ton instituteur ne t'a jamais parlé du collier de cheval.

— Du collier de cheval ?

— Tu vois : tu n'es pas au courant. L'invention du collier de cheval, c'est une étape de la libération de l'homme. Ça c'est important ! »

Quand Marceau sortait ainsi après dîner, sa mère guettait son retour et, dans l'antichambre, on entendait le bruit des réprimandes. Olivier éteignait bien vite sa lampe électrique.

« Hé ! tu dors ? demandait Marceau.

— Oui, je dors.

— Mais non, puisque tu réponds, face de rat ! Tu lis sous les draps. Si tu ne m'écoutes pas, je le dirai à ma mère. Elle te confisquera la lampe !

— Fais pas ça ! »

Marceau s'asseyait au bord du lit. Il fallait abandonner le chevalier de Pardaillan aux prises avec les sbires du duc de Guise, ou Fantomas ridiculisant Juve et Fandor. Et écouter dans le noir cette voix chuchotante :

« Je reviens de Montmartre. Devine qui j'ai rencontré ? Blanche. Avec un marle. Elle va finir en Argentine, celle-là ! (Un silence.) C'est bath, Montmartre.

— Je sais.

– Il paraît qu'ils vont remplacer le funiculaire par un escalier mécanique.

– Comme dans le métro.

– En plus moderne.

– T'es allé rue Labat ?

– Mais non, à Montmartre, je te dis. C'est chouette. Y'a un climat. »

Car le Montmartre de Marceau n'était pas celui d'Olivier. Il lui parlait de boîtes où des orchestres noirs jouaient du jazz, où il y avait des danseurs à claquettes et des girls portant des chapeaux hauts de forme. Il fredonnait alors en anglais et tapotait en rythme sur n'importe quel objet.

Marceau, par provocation, laissait traîner dans sa chambre des revues osées : *Séduction* ou *Pour lire à deux*. On y voyait des femmes nues aux académies grasses, aux yeux exagérément fardés, avec de grosses bouches sensuelles. Elles apparaissaient dans des tons sépia ou bleu et étaient dotées de prénoms venus de l'Antiquité. Ces Vénus et ces Aphrodites à bon marché étaient entourées de réclames vantant la méthode *Matalba* qui fait durcir la poitrine, un élixir indien permettant la virilité, des cires pour supprimer poils et duvets, et aussi la fameuse annonce de la *Librairie de la Lune*, une vendeuse montée sur un escabeau pour saisir un livre et dévoilant ses jarretelles.

« C'est des trucs de vieux cochons ! » affirma Olivier de manière méprisante.

Olivier ajoutait mentalement *tralala* car, avec Jami, ils bêtifiaient volontiers, terminant leurs phrases par *eu* ou par *tralala*, ce qui donnait :

« Moi j'ai des osselets – *eu !* Et je ne te les prêterai pas – *eu !* C'est bien fait pour toi – *eu !*

– Et moi je te cacherai tes livres – *tralala !*

– Et moi je déchirerai le *Journal de Bébé* – *eu !*

– Je le dirai à ma mère – *tralala !*

– T'es une cafetière – *eu !* »

Cette forme de *bisque bisque rage* pouvait durer longtemps. Le lieu de prédilection des enfants, pour leurs jeux, était l'antichambre. Olivier s'amusait à bloquer les roues de l'*auto-skiff* de Jami avec ses pieds et la dispute qui suivait ouvrait les réjouissances.

« Fais-moi rire ! demandait Jami.

— Non, tu ferais la vilaine chose. »

La vilaine chose, c'était le pipi dans la culotte. Mais Jami acceptait ce risque. Il se hissait sur le canapé de cuir, au cœur de l'ensemble tarabiscoté. Olivier sortait et faisait des entrées comme un acteur sur une scène de théâtre. Il s'inclinait, la main sur le cœur en suggérant :

« Applaudis, voyons !

— Bravo, bravo ! »

Alors, Olivier improvisait. Dresseur de fauves imaginaires, il faisait un fouet d'une ficelle. Jongleur, il regardait voler des balles invisibles. Cavalier, il caracolait en faisant claquer sa langue. Héros de cape et d'épée, il jetait le gant à son petit cousin :

« Fi ! monsieur, vous êtes un bélître, un maraud, un faquin, un laquais. Fi !... Allez, réponds !

— Je réponds quoi ?

— Ah ! quelle noix, ce type. Je sais pas, moi. Tu réponds : « *Mordiable, nous irons sur le pré !* »

— Mordiable, nous irons sur le pré.

— Pas comme ça. Aie l'air en colère...

— *Mordiableu*, hurlait Jami, et Marguerite criait de la cuisine : « Oh ! la barbe, taisez-vous un peu ! » Alors, un ton plus bas : « On ira sur un pré ! » Et maintenant ?

— Sors ton épée, Dégaine ! »

A ces jeux de toute enfance, Olivier mettait une passion singulière. Il imitait encore Laurel et Hardy, Charlot, prenait la voix rocailleuse de Fréhel ou de Damia, devenait le beau Tino en chantant : *Catali, Catali* ou *Vieni, Vieni, Vieni...*

Quand Marceau le surprenait, il se troublait devant son regard narquois et expliquait que c'était pour amuser le petit. Bien sûr, le cousin méprisait la guimauve des chanteurs de charme. Avec lui, il fallait lire des textes difficiles qu'on ne comprenait pas, des poètes qui employaient des expressions bizarres telles que *succube verdâtre* ou *Satan trismégiste*, mais, comme dans l'armée, il fallait bien que le Bleu s'inclinât devant l'Ancien.

*

Cependant, parallèlement à ces jeux, pour Olivier, la folie des livres continuait. Il lisait, relisait, couvrait les plus misérables bouquins de papier bleu, les ornait d'étiquettes aux coins coupés, indiquant sur les lignes de pointillés les noms d'auteurs et les titres.

Ne pouvant, comme Marceau, réclamer de l'argent de poche, il dut trouver des sources de revenus.

« Tout argent doit se gagner », affirmait la tante Victoria.

Elle avait le respect de l'argent, celui des gens qui n'en ont pas toujours eu. Derrière elle se profilait encore l'ombre des jours difficiles : quand elle était institutrice aux Lilas, quand elle avait débuté dans la vie avec l'oncle Henri qui n'était qu'un petit artisan. Il fallait la voir préparant les liasses de billets, les images dans le même sens, avec une épingle en bas à gauche, la pointe bien rentrée pour éviter de se piquer. Ce n'était pas de l'avarice, mais avec trois enfants, un train de vie, les risques de crise, un mari trop rêveur, elle se sentait des responsabilités.

« Tout argent doit se gagner, dit-elle à Marceau. Si tu en veux davantage, viens au Canal. Tu feras des écritures.

— Des queues Marie ! dit tout bas Marceau.

— Je pourrais, moi ? demanda Olivier.

– Pourquoi pas ? »

Ainsi, tous les jeudis matin, Olivier prit le chemin des Papeteries. Il y effectua des travaux à sa portée et recueillit de petites pièces. Et il y avait aussi les chutes de papier dans la caisse, sous le massicot. Antoine, le gros massicotier qui ressemblait à Jim Gérald, en emplissait son cartable. L'industrieux Bédossian en ferait des blocs qu'il vendrait aux écoliers, Olivier partageant les gains avec lui.

Comme il aimait les livres, l'enfant aima le papier. Au service des échantillons, il pliait en huit de grandes feuilles à l'aide d'un large plioir de buis. Ensuite, il collait une étiquette de référence. Il apprit des noms comme *Vélin, Pur Fil, Johannot, Vergé, Rives.* Il connut les formats aux noms poétiques : *Jésus, Raisin, Grand-Aigle, Coquille, Ecu, Pot...* Il sut compter les feuilles après les avoir évasées entre le pouce et l'index, cinq par cinq, très vite, évaluer les grammages, les qualités, léchant par exemple un coin de papier pour affirmer doctement : « C'est du collé écriture ! »

Dans la cour, il aidait à charger le papier sur les appareils Fenwick ou les diables qu'il faisait rouler à grand bruit dans les allées. Il portait de lourds fardeaux : rouleaux serrés de papier d'emballage, rames bien calées au creux de l'avant-bras et contre l'épaule. Il édifiait des tours gigantesques en entrecroisant et en alignant soigneusement les paquets.

Il se rendait parfois dans le bureau vitré qui dominait les Entrepôts comme un mirador. De là, on voyait les buildings de papier, les manœuvres qui s'affairaient, les clients au comptoir de vente. Il frappait avant d'entrer, saluait la dactylo à chignon pointu et à bésicles qui tapait avec ardeur sur sa Corona. Le copie de lettres délaissé trônait lourdement sur le coffre-fort Fichet. De grosses lampes jaunes à abat-jour verts pendaient à des fils munis de balanciers en porcelaine blanche. Les classeurs à rideaux souples en bois, les fichiers métalliques Kardex, les dossiers chargés de documents, les catalogues d'échantillons, les bottins, les registres lui paraissaient pleins de secrets précieux et respectables.

Il découvrit un nouvel aspect de sa tante Victoria. Celle qu'il voyait le matin en kimonos ornés de chrysanthèmes mauves, d'ibis noirs et de dragons jaunes apparaissait avec une simple blouse blanche et d'épaisses lunettes d'écaille tombaient sur son nez. Elle témoignait d'une activité intense, téléphonant, vérifiant des factures, établissant des prix de vente, des devis, ayant l'œil à tout. Au bureau, elle était toujours de bonne humeur, quiète, apaisée, débarrassée de tout vernis mondain. Olivier l'admirait et elle le sentait bien. Une sorte de complicité était née entre eux. Olivier ne disait plus « ma tante » et le mot « patronne » naissait à ses lèvres. Lui-même portait une salopette bleue, et, au repos, il croisait ses mains sur sa poitrine, sous le tissu, comme un débardeur costaud.

« Quand tu seras grand, disait la tante, tu pourras être chef de magasin ! »

Mais Olivier se sentait bien indigne d'une telle promotion. Il admirait les grands, tous, quelle que soit leur fonction. Ils connaissaient tant de choses. Ils arboraient des mines graves, chargées de certitude. Entre les piles de rames, l'enfant assistait à des conversations. Jacquet, préposé aux stocks, était Croix-de-Feu et, comme Gastounet, l'ancien combattant de la rue Labat, il parlait sans cesse de la guerre :

« On verra ce que vous ferez, vous les jeunes, à la prochaine !

— La crosse en l'air ! jetait Zizi qui était anar.

— Petit salaud.

— Les salauds, c'est pas ceux qui sont contre la guerre. »

Mais parfois, aussi, on se taisait à l'arrivée d'Olivier. Candidement, il en demanda la raison et Guitou, un gamin d'une quinzaine d'années, ne lui mâcha pas ses mots :

« C'est parce que t'es le neveu du singe. »

Il haussa les épaules. Puis, peu à peu, les choses s'arrangèrent. La tante Victoria maintenait un principe d'égalité et le chef avait ordre de traiter Olivier comme les autres.

« S'il fait quelque chose de mal, punissez-le : corvée de nettoyage ! »

Les employés ne s'en privaient pas. Olivier tassait les chutes de papier dans des sacs avec un gros pilon de bois, le blanc et la couleur séparés, et ce qu'on appelait « le gros », les déchets salis, était roulé dans des macules. Chaque fois, le massicotier disait : « Il faudrait une presse à balles ! » Sans trop savoir de quoi il s'agissait, un jour, Olivier dit à son oncle :

« Mon oncle, il faudrait une presse à balles. »

A sa surprise, l'oncle Henri lui répondit : « Tiens... en effet, ma foi ! » et les employés félicitèrent Olivier de son initiative.

L'oncle Henri ne séjournait guère aux Entrepôts. Il préférait visiter les clients, ce qui lui donnait l'occasion de s'attarder à l'extérieur. « Le patron, il se balade ! » disait le chauffeur et les employés ajoutaient : « Il les a un peu à la retourne, non ? » Parfois, ils essayaient de monter la tête à Olivier, l'appelaient Poil-de-Carotte, lui montraient les différences existant avec son cousin Marceau, mais Jacquet lui conseilla de ne pas écouter ces « boniments ».

Pour économiser des frais de poste, la dactylo l'envoyait distribuer dans les endroits pas trop éloignés des factures ou des relevés de comptes placés sous une enveloppe à vitrail jaune. Parfois aussi, il livrait à des détaillants des paquets de papier inquarto qu'il serrait dans une toilette verte, deux des coins tortillés formant une bride qu'il passait à son épaule. Il devait prendre le métro avant huit heures pour bénéficier du ticket aller-retour à prix réduit. Là, il énumérait les stations d'une voix chantante :

Château-Landon, Gare de l'Est, Poissonnière,
Cadet, Le Peletier, Chaussée-d'Antin
Opéra...

Aérien ou souterrain, le métro était une réjouissance. Il changeait de wagon à chaque station ou bien descendait d'une rame pour attendre la suivante, observait le jeu des deux employés, en tête et en queue de train, leurs doigts posés sur les boutons actionnant les portes. Il se répétait *Dubo, Dubon, Dubonnet,* comptait mentalement les secondes entre deux stations, parcourait le Paris du dessous, retenant des noms comme *Petits Ménages, Torcy, Place des Fêtes* ou *Filles du Calvaire.* Quand il apprit que, vers la Cité, le métro passait sous la Seine, il ne fut pas loin de se prendre pour le capitaine Nemo.

Il entrait dans les bureaux d'affaires ou chez les papetiers de détail en proclamant : « Papeteries Desrousseaux ! », faisait vérifier la marchandise, signer le double du bon de livraison, et, souvent, repartait lesté d'un pourboire de cinquante centimes qu'il faisait sauter dans sa main.

Lors des repas, les noms des firmes ne lui étaient plus étrangers. Il considérait les gens qui y travaillaient. Son regard croisait celui de sa tante et il prenait un air entendu. Ses cousins Marceau et Jami restaient en dehors de tout ça, eux !

Un matin, il fit une lourde livraison rue de Rochechouart, près du cinéma Roxy, où, l'année précédente, il était aller louer des places pour Jean et Elodie. Il poussa jusqu'à la place du Delta, là où le métro s'enfonçait sous terre, et regarda vers la rue de Clignancourt. Pourquoi se mit-il à trembler ? Il avait dû trop se charger : ses jambes le portaient mal. En quelques minutes, il pouvait se rendre rue

Labat. Mais il n'osait pas, il traînait les pieds, une émotion insoutenable l'étreignait.

Il voulut traverser la rue mais un mur invisible l'en empêcha. Il s'appuya contre les grilles du métro. Au *Delta*, on jouait *Raspoutine*, avec Conrad Veidt. A la *Gaieté-Rochechouart*, c'était *Tarzan l'homme-singe*. Le ciné : y retournerait-il un jour ? C'était chouette, le ciné. Il s'arrêta devant les photos : Tarzan face au lion, Raspoutine à la cour de Russie...

Mais les regardait-il vraiment ? A ces images se substituaient d'autres images, intérieures celles-là, des êtres qui apparaissaient et disparaissaient, aux-quels il aurait voulu demander pardon, mais de quoi ?

Comme un indigène chassé de sa tribu et qui rôde autour des cases du village, il n'osait trop s'appro-cher de sa Rue. Etonné par tout ce qu'il éprouvait, il redescendit la rue de Rochechouart, tournant le dos à Montmartre, sa toilette vide autour du cou, comme un fort des halles.

Six

Parfois, Marceau errait toute une matinée durant dans l'appartement, le pyjama ouvert, les cheveux sur les yeux, les mains pendantes comme des loques au bout des bras, hagard et chiffonné. Il refusait de faire sa toilette et ses joues ombrées d'un duvet brun paraissaient sales.

« Monsieur Marceau, il faudrait vous habiller, disait timidement Blanche, je dois faire votre chambre... »

Il répondait grossièrement et ajoutait une explication à l'intention d'Olivier :

« C'est exprès... »

Il s'asseyait sur le lit de l'enfant, contemplait ses longues mains blanches, saisissait sa tête et restait immobile, dans un état d'accablement ou de profonde concentration.

« Qu'est-ce que t'as ? finissait par demander Olivier.

– Tais-toi. Je pense.

– Ah ! bon. »

Olivier apprenait ses leçons, se répétant un nom de montagne qui lui plaisait : *Gaurisankar*, en ajoutant *8840 mètres*. Après de petits regards de côté, Marceau lui dit d'une voix aux intonations lasses :

« Tu ne penses pas, toi ?

– Si. Des fois.

– Qu'est-ce que tu penses ?

– Des trucs. »

Mais Marceau voulait en savoir davantage et tor-
turait l'enfant de questions, du genre : « Qui tu
aimes mieux, mon père ou ma mère ? » ajoutant
perfidement :

– Que penses-tu d'eux ?

– Y sont gentils. Y font *des sacrifices* pour moi.

– Tu parles ! »

« Des sacrifices. » Ce mot revenait couramment
dans toutes les bouches. La tante disait à ses amis :
« Que voulez-vous. Il fallait bien faire quelques
sacrifices... » Et les bonnes, elles aussi, parlaient des
sacrifices occasionnés par Olivier. Alors, tout naturellement, il reprenait le mot.

Il arrivait à Marceau de se montrer cruel, de pousser Olivier dans ses retranchements secrets, de l'obli-
ger à faire monter à la surface de lui-même ses
peurs, ses obsessions, ses doutes. Il demandait à
l'enfant :

« C'est vrai que ta mère avait des amants ? »

Et quand Olivier était au bord des larmes, il changeait totalement d'attitude, le serrait contre lui, affirmait son amitié, lui donnait des livres. Un jour, il
avait écrit sur un papier cloué au mur : *Je veux vivre
pathétiquement !*

Il ouvrait pour Olivier des abîmes métaphysiques :

« Et si la Terre n'existait pas, qu'est-ce qu'il y
aurait ?

– Le soleil, les étoiles...

– Et s'il n'y avait ni soleil, ni étoiles, ni rien ?

– Ben, ben, y aurait rien.

– Et rien, c'est quoi ?

– Ben, disait Olivier, c'est rien. Du tout noir.

– Idiot. Le tout noir, c'est encore quelque chose.
Alors ? »

Olivier fermait les yeux, tentait d'imaginer le vide

absolu, la non-existence, et il n'y parvenait pas. Alors, il regardait Marceau avec un air tragique.

« C'est angoissant, non ? » disait Marceau.

– Olivier réfléchissait encore. Des amas de nuit s'amoncelaient dans sa pensée. Et soudain, la lumière :

« Non, c'est pas angoissant !

– Pourquoi ?

– Parce qu'il y a quelque chose, tiens ! »

Marceau entrait alors dans une colère violente, traitait Olivier de cancre, de sagouin, de résidu, de peau d'hareng, de « triple terrine de gelée d'andouille ». « Marceau est dingue ! » se répétait Olivier en revenant à son Gaurisankar ou mont Everest (8 840 m).

Une autre fois, Marceau arriva, tenant à la main une reliure à feuillets mobiles. Il la posa devant Olivier, sur sa table, et attendit. Comme Olivier ne disait rien, il dit avec une emphase feinte :

« J'écris un roman ! »

Déjà prêt à l'admiration, Olivier secoua sa main droite à hauteur de menton :

« Ça, alors ! Ça doit être dur. »

Avec un geste de modestie, Marceau ajouta :

« Mais j'ai des doutes. Et, plus brusquement : tiens, lis, lis ! » Et il repartit dans sa chambre.

Il avait seulement écrit quelques phrases qu'Olivier lut à mi-voix : *Je suis né, comme tout le monde, d'un père et d'une mère. Et pourtant je ne suis pas comme tout le monde. Une question me hante : mon père et ma mère s'aiment-ils ? Si je devais être né d'une union sans amour, il vaudrait mieux que je meure.*

Olivier, dans l'attitude du *Penseur* de Rodin, se mit à réfléchir. Bien sûr que tout le monde naissait d'un père et d'une mère. Quelque chose disait à l'enfant que c'était bête de dire cela, mais en même temps il comprenait qu'on eût envie de le dire. Il pensa à son père à lui, à Virginie, sa mère. Ils étaient morts et lui vivait. Etait-ce juste ?

Mais il n'eut pas le temps de poursuivre sa réflexion car Marceau rentra en trombe :

« Tu as lu ?

– Heu... oui.

– Eh bien, il ne fallait pas. Tu es un salaud !

– Mais, tu m'as dit...

– Il ne fallait pas. Tu n'avais qu'à comprendre qu'il ne fallait pas. C'était un secret. Tiens ! »

Et Olivier reçut un coup de poing en haut du bras. Il poussa un gémissement de douleur et serrant les poings à son tour, il menaça :

« Fais gaffe ! C'est pas parce que t'es plus grand que moi...

– Et il frapperait un malade ! s'exclama Marceau en retournant dans sa chambre. Quel salaud, ce type ! »

Olivier répéta plusieurs fois pour lui seul une suite vengeresse de mots : dingo, cinglé, loufetingue... et, dégoûté, glissa ses mains dans les poches de son blouson. Il monta sur sa chaise, se regarda dans la glace, bomba le torse et dit :

« Je suis le costaud des Batignolles ! »

Cela n'effaça pas tout à fait sa mauvaise humeur. Il rejoignit Jami dans sa chambre. Le petit agitait une paille dans l'eau savonneuse, puis soufflait des bulles. A ses pieds, les morceaux de bois d'un jeu de construction figuraient des maisons, une gare, une mairie avec une pendule peinte en trompe l'œil sur sa façade. Olivier d'un coup de pied détruisit l'édifice, puis, prenant un cahier sur lequel couraient des bâtons, il dit en soulevant la lèvre avec mépris :

« Y sont pas droits ! »

La bouche de Jami se gonfla, son menton trembla et il se mit à pleurer, silencieusement d'abord, puis en amplifiant graduellement de fortes lamentations.

« Une vraie gonzesse ! jeta Olivier et, en sortant, il fit exprès de faire claquer la porte.

– Oh ! là ! là ! Quelle ménagerie là-dedans ! cria Blanche. Vous allez voir si je m'en mêle... »

Olivier jugea bon de faire un détour par le couloir pour l'éviter. Il chipa une cigarette dans le coffret de sa tante et alla s'enfermer dans les cabinets, s'amusant à tirer sans cesse la chasse d'eau comme si elle devait emporter tout ce qui en lui le mécontentait.

*

La tante Victoria distribuait des coussins versicolores sur les canapés. L'oncle Henri, assis sur un fauteuil de bridge, parcourait la chronique théâtrale de Pierre Brisson dans *Le Temps*, avec des attitudes de clubman. Marceau, assis en tailleur sur le tapis, lisait un livre de poèmes. Tout cela composait une harmonie assez agréable. L'oncle se leva pour régler le cinédyne-secteur qui diffusait une scie publicitaire : *K.L.G. oui-oui-oui, K.L.G. non-non-non, K.L.G. c'est bien la meilleure !* Il tourna le bouton, cela fit piiiouittt et on entendit : *Marie, tes foies gras, Marie, tes foies gras. Tes foies gras, Marie, sont splendides...* Il ferma cette T.S.F. bavarde et dit à l'intention de la tante Victoria qui lisait un numéro de *L'illustration* plein de généraux et de gens du monde :

« C'est assommant à la fin. Cette publicité, on se demande jusqu'où elle ira.

– Tiens, dit la tante, Johann Strauss va diriger le grand orchestre du *Rex*. »

Et l'oncle Henri sauta sur l'occasion pour parler de théâtre. Olivier, par la porte entrouverte, les regardait. La tante Victoria avait une manière de poser le bout des doigts de sa main droite sur son épaule gauche pleine de grâce et l'enfant observa que c'était la pose du tableau qui se trouvait derrière elle.

A l'office, Blanche prenait un bain de pieds dans une bassine, ajoutant de temps en temps une poignée de *Saltrates Rodell*. Elle avait les yeux rouges et Marguerite, qui appuyée à la barre de cuivre du fourneau lisait un roman de chez Tallandier, la regardait avec un air embarrassé.

Dans l'antichambre, Jami marchait au pas cadencé en chantant à tue-tête *Dansons la Capucine*.

« Tu zozotes ! » lui dit Olivier.

Et désinvolte, il poursuivit sa promenade dans les couloirs. Marceau était sorti, bien habillé, bien coiffé, avec un cran dans sa chevelure fait avec l'index et le majeur. Quand on sonna à la porte de l'office, Marguerite dit :

« C'est jeudi. Réglé comme du papier à musique. »

Avant d'ouvrir, elle laissa à Blanche le temps de s'essuyer les pieds. Avant même de tirer le verrou, elle appela sa patronne :

« Madame, madame, c'est Nestor.

— Servez-lui un verre de vin. J'arrive. »

Quelques instants après, elle entra à l'office où un grand gaillard de sexagénaire à moustaches grises et tabac lampait un verre de vin rouge. Il s'essuya la bouche et s'inclina en prononçant d'une voix de rogomme :

« Mes respects, madame.

— Bonjour, monsieur Nestor. A la bonne heure ! Vous avez mis la chemise. Très bien. Vous êtes très propre, monsieur Nestor. Avez-vous enfin trouvé un travail ? Non, vous n'avez pas cherché. Ce n'est pas bien...

— La vie est dure ! dit l'homme.

— Et le vin généreux, je sais ! Tenez, dit la tante, voici deux paquets de gris et un billet. Marguerite va vous préparer un paquet...

146

– Le Bon Dieu vous le rende !

– Je ne lui en demande pas tant. A la semaine prochaine, monsieur Nestor. »

Olivier se disait : « Elle est quand même bien gentille ! » mais sa tante lui jeta :

« Que fais-tu là, toi ?

– Rien, ma tante. »

Une fois leur patronne sortie, les bonnes rabrouèrent le bonhomme :

« Allez, partez, espèce de pochard, on vous a assez vu ! »

« Et allez donc ! » se dit Olivier. Il se promena dans l'antichambre, fit mine de s'intéresser à un tableau jusqu'à ce que Jami prononçât une phrase qu'il attendait :

« Tu zoues avec moi ?

– Mais non, dit Olivier, mais non. Nous n'avons pas le même âge...

– Tant pis », jeta Jami, et il fit dérailler son train.

Après un temps, Olivier dit sur un ton affecté :

« Oh ! et puis, après tout, si tu veux. Mais assois-toi sur le canapé. Je jouerai et tu regarderas. »

Avec des contorsions de visage, Olivier parvint à se faire la tête de Michel Simon, celle de Fernandel, prit l'attitude du vieux noble d'André Lefaur, singea Sacha Guitry et Saturnin Fabre. Il était en plein numéro quand il s'aperçut de la présence de l'oncle Henri.

« On s'amuse, mon oncle.

– Je vois bien. Et tu as même des dons. Qui sait s'il ne faudrait pas cultiver cela ? Quand ton spectacle sera au point, il faudra m'inviter. »

Quant il fut sorti, Jami demanda :

« Encore, encore, fais le singe...

– J'en ai plus envie », dit Olivier.

Il croyait que son oncle s'était moqué de lui et cela le rendait mélancolique.

« Olivier, Olivier, et la corvée de chaussures ?

147

– J'arrive ! »

Il brossa, cira, lustra avec ardeur, s'abrutissant dans ses mouvements rapides. Blanche mangeait une nonnette à l'orange. La bouche pleine, elle faisait :

« Mmmm ! Mmmm ! Qu'est-ce que c'est bon ! »

Devant elle, sur un magazine, Aimée Mortimer souriait pour vanter le Dentol. Il étira ses lèvres pour l'imiter et Blanche le traita de grimacier. Marguerite triait des lentilles du Puy, tas par tas, écartant les cailloux mis par le Diable.

« Ça et les plombs du gibier... dit-elle.

– Le caoutchouc du robinet est crevé, dit Blanche.

– Tu as vu les chaussons en cygne de madame ?

– J' les aime pas ! »

Sur un carton, le gros père Lustucru des pâtes alimentaires avançait un ventre en forme d'œuf quadrillé. Dans la cour, on entendait un peintre qui chantait :

Le pharmacien l'a dit à la bouchère
Et la bouchère l'a dit au cantonnier,
Le cantonnier l'a dit à monsieur le maire...

Olivier rangea ses chaussures et dit :

« Y chante faux et c'est bête !

– Oh ! celui-là pour qui il se prend ? lui dit Marguerite. Tiens tu essuieras les tasses. »

Olivier se retint de jeter une insolence. Il répéta :

« Les tasses, bien sûr, bien sûr, bien sûr...

– Ne répète pas ça ! » cria Blanche en tapant du talon sur le carrelage.

Pour se venger, Olivier reprit une phrase de Marceau : « Celle-là, quand elle bouffe pas, elle râle. C'est une hystérique ! » et il se mit à rire pour lui tout seul.

Et les Desrousseaux donnèrent une grande réception. Ni Jami ni Olivier n'y furent admis. De sa chambre, l'enfant entendait les échos des conversations, les tintements de verres, les bruits de sonnette. Il se disait : « C'est le grand monde ! » et continuait sa lecture de *Tartarin de Tarascon*, le chasseur de casquettes. Marguerite lui apporta de délicieux petits fours frais qui fondaient dans la bouche et du champagne au fond d'une coupe. Il lui confia qu'il en avait déjà bu deux fois et leva galamment son verre à sa santé.

Marceau faisait des allées et venues et disait au passage à son cousin :

« Si tu pigeais cette bande de chnoques ! »

Il devait démentir lui-même cette phrase. Il fit un nouveau voyage et revint à sa chambre en passant par celle d'Olivier. Il paraissait à la fois heureux et intimidé par la présence d'un monsieur bossu, au grand nez, au regard pétillant et vif, qui le suivait en fumant sa pipe.

Olivier entendit des bruits de papier, et un peu plus tard, Marceau tout excité, confia à son cousin :

« Tu as vu qui c'était ?

— Non.

— Charles Dullin. Je lui ai fait lire mes poèmes. »

Mais Olivier ne savait pas encore qui était Charles Dullin et il dut se forcer pour avoir l'air impressionné.

Comme il avait envie de voir « comment c'est une réception » il se glissa dans la salle de bain, traversa le bureau de son oncle, entrouvrit la porte et regarda tout un monde bruyant et élégant.

La tante Victoria portait hardiment un ensemble de velours rouge de Chanel, avec une écharpe en drapé se terminant par un gros nœud retombant sur la poitrine. Des bandeaux faisaient ressortir la ligne délicate de son visage et son teint était plus chaud encore qu'à l'ordinaire. Près d'elle, une jeune femme blonde, très liane dans une robe de lamé noir, paraissait se trouver là pour lui faire opposition et la mettre en valeur. Et, disséminés dans les grandes pièces, se pressaient des groupes d'hommes et de femmes de tous âges qui riaient, s'animaient, échangeaient des propos vifs.

Un extra en veste blanche agitait un shaker (comme au ciné, pensa Olivier) et servait des cocktails à la mode : *Alexandra, Rose* ou *Side-Car*. Marguerite, Blanche et une de leurs amies venue à la rescousse, tablier blanc et nœud dans les cheveux, allaient d'un groupe à l'autre présentant des coupes, des canapés, des gâteaux sur des plateaux d'argent.

Quelle curiosité et quel trouble apportait ce spectacle à l'enfant ! Tous ces gens arboraient un air tellement ravi, heureux. Et pourtant, ce n'était pas la même gaieté que celle de la Rue dans ses grands jours. Ils paraissaient être prisonniers de quelque chose, pour les dames de leurs belles robes, pour les messieurs de leurs costumes bien coupés. Oui, ils craignaient de se tacher et c'est pour cela qu'ils se tenaient raides.

Un phonographe diffusait un jazz harmonique discret. Des parfums flottaient et tout paraissait plus scintillant encore que de coutume. Les cheveux des hommes, bien gominés, brillaient sous la lumière des lustres. Les maquillages des dames luisaient de la bouche aux ongles. On aurait cru que les meubles eux-mêmes étaient heureux d'être là.

La tante Victoria parlait d'une vente de charité. Elle répéta plusieurs fois : « Quel bonheur d'être entre soi ! » Un petit pommadé allait de groupe en groupe en bourdonnant comme une mouche par temps d'orage. Deux dames âgées, penchées comme des écoutilles de navire, engloutissaient tout ce qui arrivait à portée de leurs mains. « Tiens ! elles parlent la bouche pleine... », observa Olivier qui se souvenait des leçons de l'oncle Henri. Une demoiselle jouait avec les perles de son collier en murmurant : « Alors, on ne danse pas ? on ne danse pas ? » Un grand beau gosse avec des moustaches à la Clark Gable lui dit : « Quelle délicieuse party ! » et elle répondit : « Oui, mais on ne danse pas ! »

Avec son costume cintré, l'oncle Henri paraissait plus grand encore. A ses pieds, Olivier vit les bottines pointues qu'il avait cirées la veille et il pensa qu'il était pour une part dans tous ces émerveillements.

« Des cigares ? Que penseriez-vous d'un Manille ? »

Vite, Olivier recula et se cacha derrière la porte du bureau. Son oncle passa devant lui sans le voir, prit un coffret d'étain, un coupe-cigares et revint vers la grande pièce. Discrètement, Olivier le suivit et se glissa derrière le grand rideau fermé, près du philodendron. De là, il pouvait assister au spectacle sans être vu. Il se revit entrant à la resquille avec Loulou et Capdeverre au *Marcadet-Palace*.

L'oncle préparait lui-même des cigares pour ses invités qui poursuivaient une conversation politique. L'un d'eux, un monsieur aux cheveux savamment ramenés d'arrière en avant pour cacher sa calvitie, battait l'air du tranchant de la main en affirmant que tout était affaire de pots-de-vin. Puis il changea de sujet et prit un air important pour parler de *paneuropisme*. Un maigrichon essayait vainement d'attirer l'attention en répétant :

« Oui mais, oui mais, oui mais, attendez, attendez donc... »

L'oncle leur tendait les cigares qu'on allumait aux bougies tout en les écoutant avec une fausse attention.

« Oui mais, ce sont eux qui nous accusent de

réarmer, ce sont eux, et je ne suis pas sûr que ce ne soit vrai... En tout cas, c'est un grand peuple, mon cher, et...

— Ils ne tiendraient pas quinze jours ! dit le faux chauve. A moins qu'ils ne reconstruisent la Grosse Bertha, en plus grosse...

— Et en plus Bertha », dit l'oncle Henri.

Olivier se glissa de l'autre côté de la fenêtre et s'assit sur le rebord du grand pot d'où partait le second philodendron. Une dame répétait : « Vous voyez le genre, vous voyez le genre... » et un monsieur lui répondait : « J'en suis baba, littéralement baba... » Une péronnelle s'indignait :

« Oui, un match de boxe de femmes. C'était affreux ! »

Et la voix grave de la tante Victoria :

« Et pourquoi n'aurions-nous pas le droit de nous battre, nous aussi ?

— Mais, ma chère, parce que vous êtes une femme, une femme !

— Seriez-vous vieux jeu, Léon ? »

Le nommé Léon lui baisa la main et la conversation roulait sur les revendications féminines au droit de vote. Mais Olivier déjà naviguait derrière son observatoire, saisissant au passage des bribes de conversation. Ici, on parlait des exploits de Mermoz sur *L'Arc-en-Ciel*. Là des anarcho-syndicalistes de Barcelone. Plus loin d'un roman dû à un certain Céline : *Voyage au bout de la nuit.*

« Mais est-ce une écriture ? demanda une voix précieuse.

— C'est mille fois mieux que ça ! »

Cette voix agressive, enthousiaste, c'était, bien sûr, celle de Marceau, mais il se heurta au mur de la bonne éducation.

« Ah ? Croyez-vous ? Alors... »

Et une voix très douce :

« Je file, Victoria, j'ai rendez-vous chez Jouvet.

152

– Au revoir, ma jolie. Fais-moi une bise, tiens ! »

Olivier commençait à être un peu effrayé de se trouver là et se demandait comment rejoindre le bureau de son oncle sans être vu.

« Les palaces flottants sont condamnés !

– Ce serait dommage. Mon mari les adore. Dire qu'il aurait pu se trouver sur ce paquebot !

– Ah ! Vous parlez de l'incendie de *L'Atlantique*. Auparavant, il y avait eu le *Georges-Philippar*, et il y en aura bien d'autres, croyez-moi ! Bah ! nous voyagerons en dirigeable, en Zeppelin...

– Le professeur Piccard est plus malin, lui. Il va dans la stratosphère...

– Ou il essaie ! C'est un peu Nimbus, vous savez. »

Le rideau bougea et Olivier se cacha dans le feuillage. Une blonde platinée coiffée à la garçonne et moulée dans une robe à losanges entra furtivement derrière le rideau. Un jeune homme la rejoignit et ils se collèrent l'un contre l'autre, s'embrassant avec avidité. Olivier reconnut Marceau. Il s'accroupit, mais son cousin le vit et lui adressa un clin d'œil.

Qu'il en apprenait des choses, Olivier ! A sa manière, il faisait son entrée clandestine dans le monde.

« Julie ! Julie ! Où est ma femme ? »

La dame blonde se dégagea en riant des bras de Marceau et sortit à l'autre bout du rideau. Marceau, un peu rouge, remonta sa cravate et s'essuya les lèvres avec ostentation. Il se pencha vers Olivier :

« Qu'est-ce que tu en dis ?

– Moi ? Rien. »

Devant si peu d'admiration, le jeune Don Juan s'indigna :

« C'est quand même quelque chose, ce morveux ! Et si je disais à ma mère que tu espionnes ?

– J'espionne pas, protesta Olivier, je regarde. C'est chic, hein ?

– Peuh ! fit Marceau, pas assez cosmopolite pour être parisien. Et puis, pas très « dans le train » !

– Je voudrais partir.

– Passe derrière mon dos. Allez, caltez volaille ! »

Olivier se glissa vers le bureau de son oncle sans voir le sourire qui passait sur les lèvres de sa tante. A la salle de bain, des dames refaisant leur beauté l'obligèrent à faire un détour par le couloir coudé de la chambre de Marceau.

Il y régnait un étonnant désordre et Olivier dut enjamber des disques, des journaux, des livres, des vêtements. Près du Mirus, il vit une cagette de bois dont le dessus était grillagé. Il s'approcha :

« Oh ! Ça alors... une tortue ! »

Il passa son index mais l'animal continua à manger sa salade. Olivier pensa que c'était sans doute bien agréable d'avoir sa maison sur son dos. Il lui demanda :

« Comment tu t'appelles, tortue ? »

L'animal rentra la tête et se déplaça de côté.

« C'est pas une réponse, dit Olivier. Moi, je m'appelle Olivier Chateauneuf. Enchanté ! »

Que faisait une tortue dans la chambre de Marceau ? Décidément, chaque jour apportait ses énigmes.

*

Olivier pouvait-il se douter qu'insensiblement sa place dans le cercle familial grandissait ? L'oncle Henri l'intimidait. La tante joignait la froideur hautaine à la beauté. Ni l'un ni l'autre n'apportaient de témoignages d'affection, ou même d'intérêt.

Marceau lui faisait jouer le rôle du confident, de l'admirateur, mais aussi du groom toujours prêt à satisfaire des caprices dissimulés sous l'alibi de la mauvaise santé. Les bonnes allaient du maternalisme vague à l'agacement. A la plus légère anicroche, Marguerite était prête à le consoler, mais elle en voulait secrètement à l'enfant d'avoir une condition plus privilégiée que la sienne. Blanche l'accablait de travaux, choisissant pour les lui confier le moment où il paraissait le plus passionné par sa lecture.

« Olivier, faut moudre du café ! »

En pareil cas, Olivier plaçait son livre ouvert sur la table de la cuisine et poursuivait sa lecture tout en tournant la manivelle avec nonchalance.

« Les gens qui lisent trop, ça fait rien de bon ! » jetait Blanche.

Olivier lui tirait rapidement la langue. Il tenait la petite rousse pur un peu dingue-dingue. Tantôt elle hurlait une chanson idiote à tue-tête, tantôt elle éclatait en sanglots et parlait interminablement à Marguerite de ses problèmes de cœur. Elle avait attaché à son corsage un brin de buis cueilli sur la tombe d'Héloïse et Abélard au Père-Lachaise car cette pratique était réputée faire venir un mari.

Sans le savoir, Olivier passait pour un enfant pas tout à fait comme les autres. Ses réactions inattendues suscitaient la curiosité. Le mal qu'il se donnait pour dissimuler ses tournures argotiques faisait sourire.

Ses véritables complicités s'établissaient avec Jami. Elles consistaient à s'accroupir dans un coin et sucer son pouce de concert, à courir dans les couloirs en brandissant un pistolet figuré par deux doigts tendus en faisant « Tah ! Tah ! », à se dandiner devant une glace, à se provoquer en duel. Prenant modèle sur une lecture du capitaine Mayne-Red, Olivier se fit même une coupure au poignet pour mêler son sang à celui du petit qui s'était couronné le genou.

Le jeudi après-midi, Olivier avait le choix : ou aller aux Papeteries, ou suivre Marguerite et Jami au jardin public. Il choisit souvent le jardin qui lui permettait la lecture. C'était parfois au square maigrelet donnant sur les écluses du canal, au bout de la rue Eugène-Varlin. Le décor était misérable : sable grisâtre, gazon mort, kiosque de gardien branlant comme le tuyau de poêle qui le surmontait, règlement des lieux publics racorni sous sa grille verte. L'enfant regardait vers les Papeteries et parfois se ravisait.

Aux beaux jours, cela changea. Ils se rendirent fréquemment aux Buttes-Chaumont. Ils remontaient le faubourg Saint-Martin, traversaient la rue Louis-Blanc d'où l'on apercevait, au coin de la rue Lafayette, l'immeuble de la C.G.T., passaient devant *Claverie* à la grande façade vieillotte. Les instruments orthopédiques annoncés sur des panneaux : *Ceintures, Bandages, Lombostats, Corsets,* effrayaient. Ils atteignaient Jean-Jaurès où la ligne du métro aérien effectuait un virage et arpentaient le large trottoir de l'interminable avenue. Là, c'était, sur le côté, le règne des passages puants, des dédales suintants d'humidité, des masures lépreuses où se pressaient les familles pauvres, les gîtes à clochards, les gourbis arabes. Tout un peuple de vieillards affamés, d'artisans besogneux, de chômeurs, de gosses chétifs aux crânes rasés à cause des poux, de fillettes aux jambes maigres.

La chaussée vibrait sous le poids des camions, des voitures à chevaux, des transports de bestiaux en route vers la mort à la Villette. Le monde du travail se mêlait à celui du dégoût et les mastroquets jouaient le jeu du « remettez-nous ça ! »

On trouvait des cinémas aux façades délavées, affichant des westerns, des films de gangsters, avec des durs en chapeau mou et des stars dégoulinantes de peinture rouge. Marguerite tenait Jami par la main, le secouant parfois pour le faire avancer, et Olivier restait un peu en arrière, les mains dans les poches de son blouson et sifflotant avec un air crâne, pour faire semblant d'être seul et libre comme les gamins qu'il croisait.

« Olivier, ne roule pas les épaules ! »

Si un livre le passionnait, il lisait en marchant, s'arrêtant parfois sur un passage, puis repartait en courant pour rattraper Marguerite qui criait :

« Traîne-la-grolle ! »

La montée de l'avenue Laumière apportait de l'air pur, de la clarté. Les immeubles se dessinaient dans le ciel, plus beaux, plus spacieux. Aux abords du parc, des clients étaient assis aux terrasses, dans les espaces délimités par des fusains en pots. Installés sur des fauteuils de jonc devant les tables en obsidienne bordées de cuivre, ils commandaient des demis sans faux col qu'ils buvaient avec satisfaction. Derrière eux, on lisait l'inscription : *Salles pour noces et banquets.*

A l'entrée des Buttes, le marchand de glaces, penché sur son triporteur préparait des merveilles colorées, emprisonnant entre deux gaufres des parallélépipèdes de pistache, de fraise, de café, de noisette ou de chocolat. Le kiosque du marchand de jouets proposait un étalage de cerceaux à musique, de cordes à sauter, de ballons en baudruche, de balles-mousse, de poupées, de cerfs-volants, de seaux à sable avec des petits plats gondolés, une pelle et un râteau retenus par un filet, des tambourins, des girouettes en mica au bout d'un bâtonnet.

Dans le parc vallonné, le marchand de ballons multicolores paraissait prêt à s'envoler, le marchand d'antésite criait « Coco frais ! » et, de son bidon accroché aux épaules, tirait sur le côté, d'un geste précis, des gobelets de boisson jaune. Les retraités nourrissaient les pigeons et les piafs. Sur une voiture tirée par un mulet arrivait un bouquet d'enfants joyeux. Du pavillon venait une odeur de gaufres et de vanille. Le théâtre Guignol jetait ses rires et ses cris par saccades.

Et toutes les Buttes-Chaumont étaient faites pour rêver, errer, voyager. Le lac évoquait une navigation romantique. Les stalactites artificielles de la grotte inclinaient à la spéléologie et les faux rochers à l'alpinisme. La passerelle des Suicidés jetait sa note de tragique populaire, le kiosque à musique répondait par des flonflons, et, au rendez-vous de la Sibylle, des mystères planaient sur les ruines inventées.

Olivier aimait particulièrement consulter la colonne de bronze qui est à la fois horloge, thermomètre, baromètre. Il lisait les directions du vent, le point géographique, latitude, longitude, altitude. La table d'orientation faisait de ses yeux des projectiles pour fouiller Paris avec un arrêt plus long pour le Sacré-Cœur.

Assis sur un banc près de Marguerite, il lisait. Parfois, il levait les yeux et pensait aux courses folles de la rue Labat, aux gendarmes et aux voleurs, aux cow-boys et aux indiens, au *Bol d'or de la marche,* aux soirées où les gens prenant le frais devant les portes devenaient les spectateurs des exploits sportifs des enfants, aux commentaires des matches de boxe à l'Elysée-Montmartre ou des courses cyclistes à Buffalo. Il se demandait ce qu'il faisait là, assis à côté de la bonne qui se disait nurse pour faire bien. Il pensait que c'était trop absurde, trop loin de lui pour durer, mais les jours, les semaines s'écoulaient sans apporter de changement. Personne ne le délivrerait. Comme si tous ses amis étaient morts !

Pourquoi remuait-il ces idées noires ? Tout était calme autour de lui. Derrière leurs arceaux de métal, les pelouses jetaient un vert ardent; le sable des allées, en craquant sous les pas, apportait une gentille musique; un cygne immatériel glissait sur le lac et des oiseaux voletaient joyeusement.

Parfois, une nounou offrait un sein rose et blanc à un bébé et des messieurs détournaient pudiquement le regard. Il arrivait aussi que des acteurs du studio Gaumont, tout proche, vinssent se promener entre deux prises de vues, et on apercevait des évêques, des princesses, des militaires, des marquis jaillis d'une séquence historique et qui venaient partager un casse-croûte avec les oiseaux.

Un après-midi qu'il était assis à côté de Marguerite, sur un banc vert, tandis que Jami construisait un château de sable, il posa Fenimore Cooper et bâilla. Marguerite, après lui avoir conseillé, en pareil cas, de mettre sa main devant sa bouche, lui demanda :

« Tu t'ennuies ? Qu'est-ce que tu faisais de mieux dans ta rue à la gomme ? »

Ce qu'il faisait de mieux ? Il revit des galopades dans les rues, la fête foraine avec ses copains, les parties de billes, les farces, les virées avec Bougras, les discussions... Il eut un sourire entendu. Qui pouvait comprendre ?

« Tu pourrais répondre !

— Ben, ben... j'allais au ciné.

— Seul ?

— Des fois avec des potes à moi.

— On dit : des amis.

— Moi, j'aime bien le ciné !

— Moi aussi », convint Marguerite.

Ce court dialogue devait être à l'origine d'une complicité qui, sans Jami, témoin gênant et bavard, aurait été parfaite. Marguerite connaissait le gérant du cinéma *Nord-Actua*, boulevard de Denain, en face de la gare du Nord.

« S'il n'y avait pas Jami... »

Elle répéta plusieurs fois cette phrase avant de répondre à l'interrogation muette d'Olivier :

« S'il n'y avait pas Jami, on pourrait aller au cinéma.

— Mais... le pèze ?

— J'ai une combine. »

Olivier fredonna la chanson de Milton : *J'ai ma combine...* mais Marguerite leva les yeux au ciel.

« Oui, reprit-elle, quelqu'un de mes relations

dirige un cinéma. Je peux y aller tant que je veux...
— A l'œil ?
— On dit : gratuitement. Et on ne dit pas le pèze, mais l'argent.
— Y'a qu'à y aller.
— Il ne faudrait pas que Madame le sache.
— Y'a qu'à pas lui dire.
— *Yacapa, Yacapa*... et Jami ?
— Ah ! oui... »

La semaine suivante, Jami, un livre de lecture à la main, ânonnait : *Le... pe... tit... chat... a... bu... tout... le... lait.*

« Il est avancé pour son âge ! » dit Marguerite.

Olivier ajouta : « Il est fort en lecture, hein ? » et pensant ainsi s'être mis dans les bonnes grâces de Jami, il l'entraîna vers la cuisine. Pour arriver au but, la conversation prit un chemin tortueux, mais, finalement, Jami promit tout ce qu'on voudrait.

« Tends la main, dis : « Croix de bois, croix de fer, si je mens, je vais en enfer ! »

Et Jami jura et cracha. Une nouvelle ère s'ouvrait. Le jeudi après-midi, le gérant du cinéma les guidait lui-même dans la salle. Les leçons prises dans les cinémas de Montmartre, en quelque sorte, reprenaient. Olivier retrouvait une part de son éducation extrêmement importante. Et, de jeudi en jeudi, les films se succédèrent : il y eut les rencontres avec Frankenstein et Fantomas, avec Tarzan et avec Topaze. Si Marguerite préférait les fadeurs intitulées *La Folle Nuit, Le Lieutenant souriant* ou *Princesse à vos ordres,* Olivier s'émerveillait avec *Les Seigneurs de la jungle,* de Franck Buck et, voyant par hasard *Boudu sauvé des eaux* ou *A nous la liberté,* recevait des impressions durables.

Tout était intéressant : les dessins animés avec Mickey, les documentaires sur la nature, et même les actualités annoncées par un coq s'égosillant. Dès qu'il s'agissait de politique, il n'était pas rare de voir un monsieur glisser deux doigts dans sa bouche pour siffler tandis que d'autres applaudissaient et que sa femme faisait : « Chut ! Chut ! je t'en prie, Jojo ! »

Personne ne devait être au courant. Pas même Marceau. « Surtout pas lui ! » pensait Olivier qui connaissait les caprices de son cousin, capable selon ses humeurs d'être ange ou démon. Au retour, Marguerite faisait dîner Jami très tôt pour qu'il fût couché avant l'arrivée de ses parents. Mais des imprudences furent commises. Un jour, Olivier chantait et il se souvenait que *Ce n'est que le chant d'un marin...* était l'air du film vu la veille. Une autre fois, il entonna pour Jami :

> *T'en fais pas, Bouboule.*
> *Te casse pas la boule,*
> *N'attrape pas d'ampoules...*

Horrifiée, la tante Victoria s'écria :

« Ce que tu chantes faux ! Et où as-tu pu apprendre de telles stupidités ? »

Olivier rougit. Jami ouvrait déjà la bouche pour répondre quand il lui donna un coup de pied sous la table.

« M'man, Olivier y m'a donné un coup de pied !

– Que me cachez-vous tous les deux ? Olivier, regarde-moi bien en face. »

Quel supplice ! Ces grands yeux inquisiteurs qui s'enfonçaient dans les siens, qui lisaient en lui. Il bredouilla :

« Heu... Heu... rien, ma tante.

– Olivier, mentirais-tu ?

– Oui, ma tante.

– Et pourquoi mens-tu ?

– Je peux pas le dire, ma tante.

– A ta guise, mais pas de dessert avant que tu n'aies changé d'avis.

– Bien, ma tante. »

Il tint cinq jours, y compris celui des tom-pouce au marasquin. Parfois, sa tante demandait :

« Pas changé d'avis, Olivier ?

– Je ne peux pas, ma tante.

– Très bien. »

Jami, en mangeant son dessert, souffrait pour lui. Dans sa tête, des sentiments contradictoires devaient s'agiter. En mangeant sa part de tarte ou de crème, il paraissait avoir envie de pleurer. Finalement, il n'y tint plus. Tout rouge, la bouche gonflée, le menton tremblotant, il annonça :

« M'man, le zeudi, on va z'au cinéma. »

Olivier toisa le parjure. L'oncle Henri qui retenait une envie de rire se pencha sur son assiette. Marceau jeta un œil courroucé vers son cousin qui ne l'avait pas fait entrer dans la confidence.

« C'est cela, Olivier ?

– Oui, ma tante. Je pouvais pas le dire. On avait juré croix de bois, croix de fer. Et Jami aussi. »

Le petit hésitait entre les pleurs et les sarcasmes. Il choisit l'indifférence et redemanda du gâteau de riz..

« Tends ton assiette. Toi aussi, Olivier.

– Merci, ma tante. »

Le jour même, hors de la présence des enfants, la tante Victoria demanda une explication à sa bonne qui, toute confuse, avoua tout.

« Après, on s'étonnera qu'ils aient mauvaise mine ! J'espère que vous ne les emmenez pas voir n'importe quoi ?

– Oh ! non, madame, jeudi dernier, c'était un film avec Gaby Morlay et... »

A la surprise générale, la tante pardonna tout, et même accepta le cinéma, « de temps en temps, quand il pleut, et à condition que le film... »

*

Il arrivait que le jeudi, en plus de Julienne, un convive fût annoncé. La tante disait qu'une ambiance familiale est plus efficace qu'un repas d'affaires. « Nous déjeunons en famille. Soyez des nôtres ! » proposait-elle. Quand Marguerite recevait un appel téléphonique : « Vous ajouterez un couvert ! », elle savait ce que cela signifiait : on prenait le service en argent massif, on choisissait la vaisselle en Saxe et les cristaux.

Olivier adorait ces arrivées impromptu. Il écoutait de toutes ses oreilles, observait, retenait tout : les attitudes, les gestes, les intonations. Les conversations roulaient sur l'actualité, la politique, les affaires, et l'oncle s'entendait à les faire dériver vers le spectacle. Bien sûr, à la fin du repas, on parlait de choses pratiques et cela devenait ennuyeux, mais le dessert arrivait à point nommé pour vous distraire.

L'enfant s'était aperçu que Marceau et Julienne échangeaient des regards interrogatifs suivis d'une affirmation ou d'une négation selon qu'ils jugeaient l'invité acceptable ou pas. Olivier aurait bien voulu entrer dans cette complicité qui l'agaçait.

Un jeudi, un invité ainsi annoncé eut la défaveur immédiate. Il n'était guère réjouissant : une tête d'oiseau gras et déplumé, des poils en touffes dans les narines et les oreilles, un long nez de renifleur triste au long duquel voyageaient des lunettes à double foyer, des lèvres se contorsionnant comme deux limaces, une peau grasse et suante.

Bien tassé sur sa chaise, il émettait sans cesse un bref ronflement chargé de significations méprisantes, un *Pffrron, Pffrron* qui laissait l'interlocuteur perplexe.

Pour lui, tout allait mal et la faute en incombait à des groupes de pression. Quand la tante Victoria parla de la formation du nouveau cabinet ministériel, il jeta :

« On tourne en rond. Painlevé, Tardieu font les marionnettes. Laval fait des gaffes. Derrière tout cela, il y a Mandel. *Pffrron Pffrron.* Encore un de la *Grande Famille* ! »

Olivier se demanda quelle était cette « grande famille ». L'oncle Henri répondit par une phrase qui lui semblait intéressante :

« C'est la droite de la Chambre contre la gauche du Sénat. »

Vainement la tante Victoria tenta-t-elle de faire dériver la conversation vers Sonja Henie et les Jeux olympiques d'hiver, parla-t-elle du théâtre chinois à l'Exposition Citroën, ce n'étaient que des parenthèses qu'on lui concédait.

« Tenez, mon cher Desrousseaux, les Allemands, eux, savent ce qu'il faut faire. Ils mettent de l'ordre dans leurs affaires et quand tout sera prêt, ils feront une restauration monarchique. Les Cobourg... Et ils nous attaqueront. Et ils gagneront.

— Vous oubliez la S.D.N.

— Sans Briand ? De la crotte de bique !

— Notre frontière à l'est est devenue une vraie muraille de Chine. »

Cela n'en finissait pas. Les regards de Julienne et de Marceau disaient : « Quel raseur ! » et la tante Victoria n'en pensait pas moins.

« Avez-vous vu *La Mandarine*, d'Anouilh ? demanda-t-elle.

— Non, nous les hommes nous avons tant à faire ! »

Et le visiteur revint à sa manie. Il citait un nom connu et ajoutait : « La Grande Famille, la Grande Famille... » Dans ce cercle, il faisait entrer les juifs, les francs-maçons, et, dans une zone en marge, ceux qu'il appelait rastas, négros ou bicots. Selon lui, ils avaient inventé l'usure, les compromissions, le vice, la drogue, la biguine et le tango argentin. Il jetait ses exemples à coups de : « Tenez, moi qui vous parle... » et de « La vérité n'est peut-être pas toujours bonne à dire... »

L'oncle Henri écartait les mains avec un bon sourire :

« Allons, allons, il y a des bons et des mauvais partout !

— Mais pas du tout, pas du tout, pas du tout. Ces gens-là vous enterreront, vous entendez, vous en-ter-re-ront ! »

« Il a l'air vraiment en colère ! » se disait Olivier. Cette verrue sur son nez bourgeonnant devait toujours le mettre de mauvaise humeur. C'était une île avec trois poils qui devenaient trois palmiers.

La tante Victoria réprima un bâillement. Julienne avait du mal à tenir son buste droit. Parfois, elle rejetait ses épaules en arrière et arborait un sourire triomphant ne s'adressant à personne. Mais Olivier savait que c'était pour Marceau qu'elle faisait ses mines. « Si elle apprenait qu'il l'appelle Sidonie Panache ! » pensait-il. Jami prenait le rebord de la table pour le clavier du piano. Ses lèvres remuaient et Olivier savait qu'il fredonnait intérieurement la gamme suivie d'une réplique qu'il lui avait apprise :

Do ré mi fa sol la si do
Gratt'moi la puce que j'ai dans l'dos.

L'homme reprit :

« *Pffrron Pffrron*, quel monde pourri. Et la jeunesse... Ah ! là ! là... Hier, la canaille défilait en scandant *Les Soviets partout !* »

Il répéta trois fois : Oui ! *Les So-viets par-tout !* et Jami qui avait mal compris devait répéter : Les assiettes partout !

« Blanche, le dessert. »

Tout le temps du service, on suspendait les

conversations. Les bonnes s'en apercevaient et croyaient qu'en leur absence on parlait d'elles. L'oncle découpa la tarte aux pommes.

« *Pffrron Pffrron*, la belle tarte. »

Blanche se demanda si ce gros bonhomme allait tout goinfrer, ce qui risquait de lui coûter sa part, puis elle se souvint d'une chute de pâte réservée à tout hasard par Marguerite.

La tante amena la conversation sur les affaires. On discuta de quantités et de pourcentages. Finalement, on se mit d'accord sur un tonnage important et Marguerite servit du malaga.

« Enfin, dit l'homme en levant son verre, tant que les rats ne quittent pas le navire ! »

Pendant tout le repas, Marceau s'était enfermé dans son mutisme. Il fut pris d'une quinte de toux qu'Olivier, immédiatement, imita et ils dirent ensemble : « Je m'étrangle ! » Et maintenant que le repas se terminait, Marceau prenait un air qu'Olivier connaissait bien. Ses regards l'avertissaient, et aussi Julienne, qu'il y aurait un spectacle. Que préparait-il ?

Comme on parlait d'une affaire concurrente, l'invité jeta son expression favorite : « La Grande Famille, quoi ! » C'est à ce moment que Marceau bâilla en faisant beaucoup de bruit et en tapotant sa bouche avec sa main. Il dit avec un sourire engageant : « Pardonnez-moi, mais je suis comme vous tous... » et il ajouta très fort :

« Je me rase, mais je me rase. Oh ! ce qu'on peut se raser ! »

Un pénible silence suivit. Marceau défiait toute la tablée. Le visage de l'oncle Henri devint rouge. Il pouvait tout pardonner sauf une incorrection. Julienne tordait le ruban de sa natte. C'est la tante Victoria qui dénoua la situation :

« Encore un peu de malaga, cher ami ? »

Elle servit elle-même son hôte et dit négligemment :

« Marceau, tu avais un travail à terminer, je crois ? Nous t'excuserons... »

Marceau esquissa un sourire ironique, mais sa bouche se crispa. Sa mère répéta un ton plus haut « Nous t'excuserons... » et il se leva brusquement et sortit, vexé.

« Je vais chercher les cigares », dit l'oncle Henri.

Olivier regarda sa tante à la dérobée. Elle souriait comme si rien ne s'était passé. Son long cou, le dessin de son menton, la longueur de ses mains, chaque mouvement, tout en elle fascinait. Elle posa ses jolis doigts sur la manche de son invité et dit d'un ton enjoué :

« Henri, ce cognac promis ? Vous manquez à vos devoirs, mon cher ! »

Les bonnes avaient ouvert la porte à larges battants du salon et Jami s'efforçait de grimper sur le tabouret tournant du piano. Julienne regardait vers la porte par laquelle Marceau était sorti. Elle daigna adresser un demi-sourire à Olivier qui plissa son nez en une grimace gentille. Alors, elle ferma son visage. « Les filles, c'est bizarre ! » constata l'enfant.

La tante faisait les honneurs du salon. L'oncle Henri allumait les cigares. Ils agissaient tous comme si aucun incident n'avait troublé le repas. Olivier admirait de plus en plus sa tante. Quel sang-froid, quelle élégance ! Elle avait remporté une victoire sur Marceau, sur tout le monde. Et le vilain bonhomme avait quand même pris son paquet. Bien sûr, Olivier éprouvait l'impression de trahir Marceau. Il se dit que c'était la faute de ce type avec ses histoires de grande famille. Il décida alors de s'éclipser.

Dans l'antichambre, Julienne se passait de la pommade Rosat sur les lèvres. Il lui dit en secouant la main droite à hauteur du visage :

« Eh ben ! quel type, ce Marceau...

– Je me suis aperçue de rien, dit Julienne.

– Si. Quand il a dit que...

– Tout cela ne m'intéresse pas ! »

Quel ton péremptoire ! « Pan ! mets ton mouchoir par-dessus, mon pote ! » se dit Olivier et il prit le parti de rejoindre sa chambre en faisant exprès de siffloter un air de java.

Il rangea ses livres, ses cahiers, joua un peu avec sa canne de jonc et, se tournant vers la glace, il entreprit d'imiter sa tante :

Henri, ce cognac promis ? Vous manquez à vos devoirs, mon cher...

Il rit de sa mimique et décida d'aller porter son soutien à Marceau. Mais en poussant la porte de communication, un spectacle inattendu lui fut révélé : Julienne l'avait précédé et les deux adolescents s'embrassaient sur la bouche comme au cinéma.

« Oh ! ça alors... » Il tira rapidement la porte et se sentit de très mauvaise humeur. Il donna un coup de pied contre le placard, puis contre les claies des pommes. Il se tira la langue dans la glace et fit d'affreuses grimaces dédiées à tout le monde : à cette mijaurée de Julienne, à cet idiot de Marceau, au vilain bonhomme. Il mima de façon grotesque les deux jeunes gens s'embrassant. Il se sentait agacé, furieux, jaloux :

« Celui-là, celui-là, il charrie dans les bégonias, il embrasse tout le monde. Quel dégoûtant ! »

Il s'assit rageusement à sa table et dessina Julienne en Bécassine et Marceau en chien savant. Cela l'apaisa. Il se dit qu'il allait lire et se trouva tout content. Il déchira ses dessins, eut encore une pensée pour sa tante et répéta : *Henri, ce cognac promis...*

*

L'emmanchage d'un balai posait bien des problèmes : le bois était farci de clous mal plantés, le bout du manche rongé, et réunir ces deux parties inconciliables, balai et manche, devenait impossible.

« Tu parles d'un truc à la mords-moi-le-doigt ! » jeta Olivier agacé.

Marguerite cherchait dans *L'Auvergnat de Paris* la rubrique consacrée à son village. Trouver imprimés des noms de personnes qu'elle connaissait la ravissait. Ces échos du pays devenaient la gloire des humbles. Elle annonçait avec gravité :

« La fille Fabre s'est mariée... Le père Cubizolles a vendu son pré... Castanier s'est fait une entorse en conduisant un veau au foirail... »

Blanche fit « Hmm ! Hmm ! » et Marguerite lui dit : « Oh ! arrête de faire « Hmm ! Hmm ! » et machinalement son amie lui répondit : « Hmm ! Hmm ! » avant de jeter sur la table la dernière livraison des *Veillées des Chaumières.* Puis Blanche dit d'une voix rêveuse :

« Je t'assure que je ne regrette pas Gustou. Mon fonctionnaire, lui, il m'a emmenée dans sa *Citron.* On s'est fait tirer en photo et on a dîné au bar automatique de la gare Saint-Lazare. Tu te rends compte. Et après ça, ben, on a... »

Elle regarda du côté d'Olivier et arrêta sa phrase. Marguerite demanda avec un sourire impudique : « C'était bien ? » et elle répondit : « Oh ! toi, dis donc ! »

« Et ma salade ! réclama Marceau en entrant.

— Tu saurais pas emmancher un balai ? demanda Olivier.

— Non mais... tu m'as regardé ? Alors, ma salade ? »

169

Blanche lui tendit un numéro de *L'Auto* qui supportait des épluchures.

« Bâââh ! fit-il. La prochaine fois, je veux un cœur de laitue. »

Quand il fut sorti, Blanche dit :

« Celui-là, avec sa tortue... Il est bien de la ville ! »

Olivier donna quelques coups de marteau et Marguerite dit : « Pas si fort ! » Dans la cour, on entendit des éclats de voix.

« La scène de ménage du troisième ! » annonça Blanche.

Les deux bonnes s'installèrent à la fenêtre. Olivier en profita pour taper sur son clou, mais celui-ci se tordit et il l'enfonça tant bien que mal. Cela avait l'air de tenir. Il profita de l'inattention pour quitter l'office.

« Allons chez l'illustre Marceau ! »

Il était intéressant de voir manger une tortue. Il frappa trois coups avant d'entrer.

« Entre, mon petit », dit Marceau d'une voix évanescente.

« Pourquoi y m'appelle *mon petit ?* » se demanda Olivier. Il n'avait pas fini d'être étonné. Marceau parlait d'une voix changée, à la fois lasse et lointaine, avec des intonations recherchées.

« Assieds-toi, ô mon ami, prends place... »

Il avança une chaise avec des langueurs de prince exilé. « Qu'est-ce qu'il lui prend ? Il a des chauves-souris dans le beffroi ? » se demandait Olivier.

« Tu n'oublieras pas les moments que tu vas vivre, mon cher enfant. »

Il fit un geste de tragédienne et ajouta :

« Mais sauras-tu les apprécier ? »

Puis, se reprenant :

« Oui, oui, tu sauras les apprécier car tu es pur, enfant sauvage, enfant des rues, ô enfant ! »

« Y se paie ma fiole ! » se dit Olivier, résigné.

« Vois-tu, reprit Marceau en balançant les mains devant lui comme s'il bénissait des foules, nous allons vivre des instants mémorables. Cette femme m'a abandonné. Je quitte ma période militante. J'entre dans un nouvel univers. Suis-moi, Dante, je serai ton Virgile...

– Ben, ben..., fit Olivier.

– Tu sais. J'ai demandé à Victoria de m'excuser pour l'insulte à ce pauvre homme.

– Le vilain raseur ?

– Ne dis pas cela. Ces gens-là ne savent pas. Ce sont des commerçants, vois-tu. Et la Divine a été merveilleuse. »

Tiens ! Non seulement il appelait sa mère par son prénom, maintenant, mais il lui donnait des drôles de noms. Olivier se tint sur la réserve. Marceau plaça un disque sur la plate-forme du phonographe et annonça :

« *La Mer* », de Claude Debussy.

Il prit deux pipes en terre et les bourra d'un tabac qui répandait une curieuse odeur. Il en tendit une à l'enfant :

« Ne l'allume pas tout de suite. »

Il disposa des livres sur le lit en déclamant leurs titres d'une voix pédante :

« *Gaspard de la Nuit*, d'Aloysius Bertrand, les *Poèmes* de Stéphane Mallarmé, Pétrone, Apulée...

– Ça sent drôle ton tabac ! observa Olivier qui tenait la pipe entre ses doigts.

– C'est du tabac arrosé de benjoin.

– Ah ?

– Oui, le fin du fin ! »

Il sortit sa tortue de la caissette pour la poser sur le sol. Olivier ouvrit de grands yeux; sa carapace disparaissait sous une étrange décoration : éclats de porcelaine, de verre, de mica, billes de verre, bijoux de pacotille retenus par de la *Seccotine* ou du papier collant transparent.

« Marche, bijou vivant, marche ! ordonna Marceau. Allume ta pipe, cher enfant ! »

Au moment de tirer la première bouffée, il mit le phono en marche, s'allongea sur son lit dans une pose lascive et parla :

« Debussy, Montesquiou, le tabac au benjoin, le bijouvivant, *tout n'est qu'ordre et beauté.* »

Olivier voulait bien entrer dans le jeu. Il avait toujours rêvé de fumer la pipe et il regardait la fumée avec délectation, oubliant presque le goût désagréable du tabac. Il demanda pourtant :

« C'est quoi ton tabac ?

– Un mélange.

– Ah ! et il sent comme ça ?

– C'est le benjoin.

– C'est quoi du benjoin ? »

Marceau ne répondit pas tout de suite. Il regardait vers le plafond les volutes qui montaient. Finalement, il dit :

« Justement, je ne sais pas bien. J'ai demandé au pharmacien du benjoin. Il m'a renvoyé au droguiste qui m'a dit : " Ça doit être de la teinture de benjoin... "

Et il montra un flacon ambré. Il fit attendre son explication, puis condescendit à la donner :

« Vois-tu, mon petit. Il existe des êtres d'exception, ceux qui refusent le vulgaire, qui prennent de la vie ce qu'elle a de plus rare, qui composent leur existence comme une œuvre d'art. Etoffes rares, fleurs étranges, parfums exquis, musique divine... Enfant sauvage, quelle chance tu as eue de me rencontrer. Sans moi... »

Olivier écoutait avec intérêt. Il se disait : « C'est parce qu'une femme l'a abandonné qu'il est devenu comme ça... » Marceau continua à parler comme s'il récitait des vers.

« ... Je partagerai avec toi, mon ami, ce monde

exceptionnel. Il y aura eu Des Esseintes, toi et moi. »

Il ajouta avec exaltation :

« Ah ! nous sommes de fameux types !

– Qui c'est *Téséssinte* ? »

Le phonographe tournait à vide. Marceau le remonta, puis il tendit un livre à son cousin. Il avait un curieux titre : *A rebours*, et l'auteur avait un nom difficile : Huysmans.

« C'est un étranger ? demanda Olivier.

– Quelle question stupide ! Ta pipe est éteinte... Fais donc attention ! Des Esseintes, c'est un aristocrate. Il déteste la banalité. Il a une tortue-bijou et il fume du tabac au benjoin.

– Mais il n'existe pas ? C'est seulement dans un livre ?

– Tout ce qui est écrit dans un bon livre, dit Marceau en levant un index de mage, finit par être réalité. »

Olivier pensa à Vitalis et à Rémi. C'était vrai qu'ils existaient puisqu'il pensait à eux comme à des personnes vivantes. Ah ! s'il pouvait les rencontrer un jour, pour de vrai !

Marceau prépara deux autres pipes. Il continua à tenter d'initier son cousin à l'art décadent, s'empêtrant dans des mots précieux venus d'un peu partout.

« Il devait être drôlement crâneur..., observa Olivier.

– Qui ça ?

– Heu... je veux dire que... Enfin, y'a des gens qui le trouveraient un peu... heu, orgueilleux, Des Esseintes...

– Désespérant ! »

Marceau désigna le phonographe et Olivier tourna la manivelle. Il faisait très chaud. L'enfant s'assit et prit un livre. Cette fumée l'incommodait mais il ne voulait pas le montrer et tirait consciencieusement sur sa pipe. Enfermé dans son rôle, Marceau parlait doucement, devenait un personnage romanesque. Et ces pipes au benjoin, c'était d'un chic ! cela faisait opium.

Mais pourquoi Olivier prenait-il cet air ? Son visage était celui d'un Pierrot enfariné. Pourquoi ressentait-il lui-même une oppression inattendue ? Il se dit qu'il jouait avec le feu.

Brusquement, Olivier se leva, la main sur l'estomac, et au mépris de tout esthétisme, dit d'une voix mourante :

« Je crois que, què je vais dég... dégobiller ! »

Il courut vers la salle de bain, hoquetant et frissonnant et se pencha sur un lavabo. Paternel, Marceau le rejoignit et lui essuya les yeux avec une serviette. Il tendait les mains vers la pharmacie pour y prendre un flacon de sels quand il sentit tout tourner autour de lui. Il dut se pencher sur le deuxième lavabo. Ils souffrirent ensemble, firent couler de l'eau et Marceau affirma :

« C'est du mauvais benjoin !

– Quelle... cloche ! »

Il n'osa ajouter « ton Des Esseintes ». Ils se regardèrent piteusement et sortirent sans un mot, chacun par une porte. Ce Joris-Karl Huysmans qu'Olivier lirait beaucoup plus tard n'aurait sans doute pas imaginé un tel dénouement.

Sept

A PAQUES, les cloches s'envolèrent pour Rome, ou, du moins, Marguerite essaya-t-elle d'en persuader Olivier. En la voyant se tordre le cou pour guetter dans le ciel, l'enfant eut un rire gouailleur : c'était encore l'histoire du fil à couper le beurre ou celle du cheval blanc d'Henri IV. Il se souvenait aussi d'une matinée où, rue Labat, il courait après les pigeons, une salière à la main, pour leur mettre du sel sous la queue. S'était-on moqué de lui !

Les fêtes virent une dispersion de la famille. La tante Victoria répondit à l'invitation d'une amie de Cannes. Auparavant, elle avait fait maints essais de costumes de bain et de larges pyjamas de plage, ce qui avait conduit Marceau à appeler sa mère « la Madone des sleepings ». Lui-même partit pour Lausanne où son médecin devait faire un examen de routine. Quant à Jami, il fut conduit par le chauffeur, en compagnie de Blanche, chez la bonne dame Cornu, à Montrichard.

Olivier resta donc à Paris avec l'oncle Henri. Le samedi à midi, Marguerite, seule rescapée, avait dressé un couvert à la grande table. L'oncle regarda son assiette solitaire et demanda qu'un couvert « pour le petit » fût ajouté. L'enfant dut s'arracher à ces obstacles d'un jeu de l'oie qui se nomment le *puits*, le *pont*, le *labyrinthe*, la *prison* ou la *mort*. Il replia le carton, rangea les dés et après s'être lavé les mains et coiffé, il pénétra dans la salle à manger.

« Bonjour, mon oncle. »

L'oncle jeta l'hebdomadaire *Le Haut-Parleur* sur une chaise, dit distraitement : « Bonjour Marceau ! », se reprit : « Olivier, veux-je dire... » et ajouta gaiement :

« Eh bien, à table, mon garçon. C'est le jour du haricot de mouton. Et j'ai demandé : avec beaucoup d'ail !

– Ça va être bon, mon oncle », dit Olivier, tout heureux d'être appelé « mon garçon ».

Il posa sa serviette sur ses cuisses comme on le lui avait appris. Ils commencèrent à manger des œufs durs aux épinards. L'oncle Henri n'était pas vêtu comme habituellement. Il portait un costume en toile, usagé et fripé. Une cravate mal nouée pendait à une chemise à col tenant dont une pointe rebiquait. Ses cheveux n'étaient pas lissés et deux touffes se relevaient derrière la tête. Il n'était pas rasé et quand il passait sa main sur son menton, cela crissait.

Il parla de ses voyageurs et Olivier imagina la tante Victoria marchant sur la plage avec son vaporeux pyjama sur un fond de mer et de ciel bleus. Marceau, en culotte de golf et en pull, gravissait une montagne. Jami et Blanche se promenaient au bord du Cher.

« Il paraît que tu lis beaucoup ? dit l'oncle.

– Oui, mon oncle.

– Tu lisais aussi beaucoup, rue Labat ?

– Non, mon oncle, un tout petit peu.

– Et pourquoi lis-tu davantage ici ? »

Olivier réfléchit. Si ses amis de naguère s'étaient trouvés là, il aurait couru les rues avec eux. Peut-être qu'il n'aurait pas pensé à lire. Il finit par répondre :

« Rue Labat, j'avais pas le temps.

– Tu étais donc si occupé. Que faisais-tu ?

– Ben... je jouais », dit Olivier.

Cela le rendit pensif. Tandis que son oncle lui resservait un demi-œuf dur, il pensa qu'avec Bédossian, qu'on appelait « le zèbre » depuis qu'il portait un maillot à rayures jaunes et noires, ce n'était pas comme avec ses copains de la Rue. Leur camaraderie se limitait aux heures de classe. Et aussi avec Susset qui se montrait bien gentil. Et de même avec Marcicot, Cazaubon, Dumas, Roudoudou, un petit garçon mulâtre aux cheveux crépus. Peut-être était-ce sa faute à lui, Olivier : il restait souvent dans le préau, s'asseyait sur une marche de l'estrade et lisait. M. Joly lui disait qu'il était « sauvage » et ajoutait : « Comment veux-tu bien travailler en classe ? Tu passes tout ton temps à lire ! »

« Tu aimes le haricot de mouton ? demanda l'oncle.

– Oui, mon oncle. »

Tandis que Marguerite servait le plat fumant, l'oncle Henri se demandait comment faire pour dégeler l'enfant, pour qu'il oubliât ses « oui, mon oncle » de convenance. Il fit avancer son index vers la poitrine d'Olivier, puis le retira d'un mouvement rapide et comique.

« Chiche qu'à nous deux nous mangeons tout le plat !

– Chiche ! » dit Olivier.

L'oncle fit exprès de prendre des airs gloutons et Olivier pensa qu'il ressemblait à une illustration du *Général Dourakine.*

« Il est bien, monsieur, le ragoût de mouton ? demanda Marguerite.

– Il est parfait, Marguerite. Oignon, ail, bouquet garni, tomates, navets, haricots, tout est parfait..

– Merci, monsieur. »

C'était succulent. Olivier se laissa servir une deuxième assiette en pensant : « Si ma tante nous voyait... » A un moment, il faillit s'étouffer.

« Doucement quand même ! » dit l'oncle.

Il ajouta qu'il aimait qu'on eût de l'appétit à sa table. Comme Louis XIV. Il évoqua les repas gargantuesques de jadis avec faconde, citant des menus du XIXᵉ siècle, parlant de hors-d'œuvre, d'entrées, de rôtis, de gibiers, de volailles, de fromages, de crèmes, d'entremets, de gâteaux en grand nombre. Olivier observa qu'ils « s'en mettaient plein la lampe » et l'oncle ne le reprit pas.

« Encore un peu de hochepot ? Oui, cela s'appelle aussi hochepot.

– Oh ! mon oncle, j'étouffe.

– Pour tout dire, moi aussi, dit l'oncle en s'essuyant délicatement les lèvres, et revenant aux livres, il ajouta : Pourquoi ne te ferais-tu pas inscrire à une bibliothèque ? Tu aurais un choix plus vaste.

– Ah ?

– Tu irais une fois par semaine. Cela te ferait une sortie de plus. Tu aimes bien sortir, je le sais. Si tu veux, j'irai avec toi cet après-midi et je te ferai inscrire. Peut-être es-tu un peu jeune pour la grande bibliothèque, mais cela doit pouvoir s'arranger. Tu as, j'ai vu, des lectures parfois au-dessus de ton âge.

– Oh ! merci, merci bien, mon oncle. »

Comment connaissait-il tant de choses le concernant ? On avait servi du munster et l'oncle le parfumait de grains de cumin. Il buvait un bourgogne corsé et son teint de blond s'agrémentait de roseurs.

« Tu te trouveras bien encore une petite faim pour un gâteau ? Marguerite, le tom-pouce pour mon neveu. Moi je prendrai directement le café. Et mon cognac. »

Que c'était bon ! La partie glacée du gâteau résistait un peu sous la dent, puis la crème au marasquin vous envahissait toute la bouche et on fermait les yeux de plaisir.

« Que feras-tu quand tu seras grand ?

– Je travaillerai aux Papeteries ?

– Si cela te plaît, bien sûr. Mais tu auras peut-être

178

envie de faire autre chose. Il faut toujours faire ce dont on a envie. Sinon, on le regrette toute sa vie...

– Hmmm, mon oncle, fit vaguement Olivier.

– Et à part la papeterie, qu'est-ce que tu aimerais faire ?

– Plein de choses ! » jeta Olivier.

Tandis qu'il ramassait les dernières miettes du tom-pouce, un cortège se formait dans sa tête, un cortège composé de tous les Olivier Chateauneuf qu'il portait en puissance : Olivier chanteur d'opéra (mais, tu chantes faux, lui disait sa tante), Olivier marin (tant pis pour le mal de mer), Olivier coureur automobile (sur *L'Oiseau bleu*, comme Campbell), Olivier boxeur (comme Marcel Thil), Olivier montreur de chiens savants (comme Vitalis dans *Sans Famille*), Olivier champion de tennis (les quatre mousquetaires), et encore médecin, explorateur, cavalier, acteur...

« Plein de choses, mon oncle ! Je voudrais être... tout ! »

L'oncle Henri fit passer la flamme d'une allumette suédoise le long de son cigare. Il laissa le bout s'embraser, le regarda et tira la première bouffée. Sur la boîte, on lisait *Monte-Cristo Especial* et Olivier pensa au héros d'Alexandre Dumas.

« Vois-tu, dit l'oncle, l'ennui c'est de n'avoir qu'une vie. Et comme on passe toujours à côté de quelque chose, vient le moment où il faut choisir. En aveugle.

– Hmmm, Hmmm, fit Olivier.

– Pendant toute une partie de sa vie, on se dit : « Quand je serai grand, je ferai... » ou : « Plus tard, « je deviendrai... », et puis, un matin, en se faisant la barbe, on se regarde dans le miroir et apparaît une évidence dictée par le temps : « Quand je serai grand... », mais c'est maintenant que je suis grand, et je suis un marchand de papier, je ne suis pas un acteur, ni un chanteur, ni un auteur de théâtre... Et,

si tout va bien pour vous, les autres affirment : « Il a
« réussi ! » alors qu'on n'a réussi qu'une chose, celle
qui vous intéressait le moins, et manqué toutes les
autres. »

Et, disant cela, l'oncle Henri tirait des bouffées
rapides de son cigare et paraissait mélancolique. Olivier se sentit gêné. Un peu comme s'il avait écouté
aux portes. Alors il se dandinait sur sa chaise, passait le doigt sur la tête ronde des clous dorés retenant le cuir, reconnaissait celui qui bougeait, le retirait, le replaçait...

« Veux-tu un canard ?

– Oui, mon oncle. »

Il reçut dans sa bouche le sucre imbibé de cognac
et fit une grimace heureuse. Sur le cadran du *Westminster*, la pointe menaçante des aiguilles piqua, la
petite le II, la grande le XII, et quand le carillon
retentit, l'oncle Henri fit écho : « Deux heures ! »
dit-il.

*

Olivier crut que son oncle allait s'occuper de ses
papiers, titres et obligations, mais non ! il n'oubliait
pas sa promesse. Il but d'un trait son verre de
cognac et dit :

« Allons ! Prépare-toi. Nous sortons. »

L'enfant ne se le fit pas répéter. Il courut vers la
cuisine, amorça une glissade maladroite qui le jeta
contre la porte et dédia à Marguerite cette étonnante
information : ,

« Je vais me balader avec mon oncle !

– Y' a pas de quoi en faire tout un plat ! »

Mais déjà Olivier se dévêtait, enfilait un pantalon
gris, passait la veste pied-de-poule à soufflet et à martingale, écartait son col de chemise et se précipitait à
la salle de bain pour se coiffer en arrière en mouil-
lant bien les cheveux et en chipant de la brillantine.

Après quelques grimaces dans la glace, il rejoignit son oncle dans l'entrée. C'était vraiment exceptionnel de le voir sortir ainsi, sans canne, sans guêtres et sans gants. Il prit une casquette de sport et s'affubla d'un imperméable olive que l'enfant ne connaissait pas. Il glissa les mains dans les poches de son pantalon. A sa bouche, le cigare avait été remplacé par une longue pipe canadienne.

« En route ! Il fait beau. »

Dehors, il marcha, le nez en l'air, sa pipe vide serrée entre ses dents, les lèvres étirées sur un sourire à la Pierre-Richard Wilm. Il respirait amoureusement et paraissait avoir des rêves plein la tête. Où était le monsieur tiré à quatre épingles comme une gravure de mode ? Olivier trottinait près de lui en parcourant parfois du regard toute l'étendue de ce long corps. Ils marchèrent ainsi, en direction de la gare de l'Est, et, sans que rien n'eût pu le laisser prévoir, ce fut, dans la suite des jours, un après-midi que l'enfant ne pourrait plus oublier.

« Mon oncle, pourquoi les autobus sont verts ?

– C'est à cause de la campagne.

– Ah ?

– Oui, la campagne est verte. »

Le ciel, lui, était bleu. Et Olivier pensa que c'était à cause de la mer. Il se sentait un peu comme autrefois, dans la rue, avec Bougras. Mais c'était tellement différent. Au coin de la rue du Terrage, un camelot, la casquette retournée, visière sur le sol comme l'aviateur Blériot, vendait à la sauvette des bas de soie ou de rayonne qu'il extrayait d'une valise jaune. Il criait : « Indémaillables, qu'ils sont, indémaillables... » et des femmes se groupaient autour de lui. A l'angle de l'avenue de Verdun, devant l'hôpital Villemin, des tirailleurs sénégalais allumaient des cigarettes de troupe avec de grands rires blancs. Un mendiant laissait glisser le gros ongle de son pouce sur les cordes d'un banjo. Il ne connaissait qu'*Un soir à La Havane* et répétait l'air interminablement. En face du chevet de l'église Saint-Laurent, la devanture d'un marchand de couleurs, fardée de bariolages cubistes, jetait un carnaval aigu.

Aux terrasses bien garnies, les familles buvaient de la bière alsacienne tandis qu'un Arabe proposait des cornets de cacahuètes. Les arceaux formés par la sciure de bois artistiquement balayée délimitaient le territoire et le vélum rayé d'orange protégeait les méditations. Au loin, on entendait le sifflet des trains.

« Ce quartier paraît ingrat à certains, dit l'oncle. Moi, j'ai fini par m'y habituer, puis par l'aimer. »

Il expliqua que tout enfant il était venu de Lille, avait pris pied à la gare du Nord, et qu'il ne pourrait l'oublier. Il s'amusa à dire quelques mots en chtimi et parla du temps où son père s'occupait d'une revue satirique patoisante qui s'appelait *La Vaclette*, puis il fredonna une chanson de ducasse :

> *Allons veux-tu venir compère*
> *A la ducasse de Douai ?*
> *Elle est jolie et si tant gaie*
> *Que de Valenciennes et Tournai,*
> *De Lille, d'Orchies et d'Arras,*
> *Les plus pressés viennent à grands pas.*

Dans le souvenir d'Olivier, un curieux petit instrument devait rythmer ces heures mémorables. Boulevard de Strasbourg, à hauteur du magasin *A la source des inventions*, ils virent le premier groupe de joueurs de yo-yo. Il y avait là des gens de tous âges, graves, concentrés sur leur jeu et dont les visages se détendaient lorsqu'ils réussissaient un coup.

Par la magie de ce disque évidé qui montait et descendait le long d'un cordonnet, tout Paris devenait une fête enfantine et l'on chantait :

On jouait à l'horizontale, à la verticale et les plus habiles tentaient le grand looping. Il existait des variantes : tantôt le cordonnet était attaché à son axe par un point fixe, tantôt par une boucle et il devenait « à roue libre ». Les vendeurs ambulants en proposaient en bois, brut ou peint de couleurs moirées, en métal, en celluloïd, en os, mais le plus prisé, celui dont rêvait Olivier, était le fameux *Duncan*. Et les badauds oubliaient les soucis, les crises, les risques de guerre. Autour de ce curieux ludion, la communication s'établissait, les solitaires s'incorporaient à des groupes. Cela ne devait durer que quelques semaines, mais tous ceux qui les connurent en gardent le souvenir.

Ils prirent la rue du Château-d'Eau, à gauche, pour rejoindre la mairie du Xe arrondissement dans laquelle ils pénétrèrent. Avec son escalier central en marbre, ses arcades, ses colonnes, sa pendule imposante, ses lustres de fer, ses drapeaux tricolores, elle était, pour Olivier, grandiose comme un palais. Seuls ses avis placardés et ses inscriptions murales peintes la ramenaient à des dimensions municipales. Le grand escalier était barré par un gros cordon rouge – « sans doute pour ne pas l'user », pensa l'enfant.

Ils montèrent par un des escaliers latéraux, fort triste, et, au deuxième étage à droite, tout au fond d'une galerie, ils distinguèrent l'indication *Bibliothèque municipale de prêt.* Là, ils attendirent leur tour devant le bureau d'une dame en blouse qui maniait avec dextérité un crayon sur lequel était fixé un tampon-dateur en caoutchouc. Les piles de livres toilés, les lecteurs se déplaçant entre les rangées de rayons métalliques, la manière convenue de chuchoter comme dans une église, tout cela plut à Olivier.

« C'est pour inscrire le jeune homme ! dit l'oncle Henri avec un sourire courtois.

– Mais... il est bien jeune. »

Olivier se souvint de l'époque où il prenait le métro avec sa maman. Là, pour bénéficier de la gratuité, il devait se faire petit. Ici, c'était le contraire. Il se hissa sur la pointe des pieds et prit l'allure grave d'un fort en thème.

« Il est avancé pour son âge, dit l'oncle Henri.

– Que lit-il ? »

L'oncle Henri consulta Olivier du regard et l'enfant répondit bien vite :

« Ben... des livres d'Hector Malot, d'Alexandre Dumas, de Théophile Gautier... »

Il réfléchit un peu, élimina Arnould Galopin et Jean de La Hire, et ajouta :

« Y' a aussi Honoré de Balzac, et Victor Hugo, et Molière... et pis, plein d'autres ! »

– Je suis un ami de M. le maire, ajouta l'oncle. Henri Desrousseaux...

– Les Papeteries ?

– Oui, les Papeteries.

– Cela doit s'arranger, mais il faudra bien prendre soin des livres. Nom ? Prénoms ? »

Elle rédigea une fiche et Olivier vit son nom en écriture de ronde.

« Ce sera notre plus jeune abonné, dit-elle. Vous pouvez choisir deux livres. Et vous me les rapportez ici pour que je les enregistre. »

L'oncle le fit avancer parmi les rayons et lui recommanda de bien choisir. Pendant ce temps, il parcourut un *Dictionnaire du théâtre* et en nota soigneusement les références. Olivier regardait tous ces livres avec ravissement, promenant son index à hauteur des titres dorés, glissant jusqu'au bout des rayons, revenant en arrière, ne sachant pas très bien lequel choisir. Brusquement, ces livres se refusaient à lui, les titres devenaient abstraits, les volumes compacts comme les briques d'un mur, les cartonnages uniformes sans attrait. Et devant tant de lettres, tant de mots, il se sentait saisi par une sorte d'angoisse.

Heureusement, l'oncle Henri s'attardait devant les rayons marqués *Théâtre*. Olivier, intimidé par des mots comme *Philosophie, Théologie*, se cantonnait à la partie *Romans*. Il revint lentement de la lettre Z à la lettre A, et, un peu à la manière de cet autodidacte que créerait plus tard Jean-Paul Sartre, il inventa sa méthode : il prendrait un livre au début de la lettre A, un autre à la fin de la lettre Z et se donnerait rendez-vous au milieu, mais dans combien d'années ?

Il tendit à la bibliothécaire : Edmond About, *Le Nez d'un notaire*, et Emile Zola, *Le Ventre de Paris.* Ce Zola dont Bougras lui avait tant parlé ! La dame marqua les indications de prêt sur deux fiches, l'une glissée dans un fichier, l'autre dans une poche triangulaire à l'intérieur de la couverture du livre.

« Tout est en ordre ! »

– Merci, madame. »

Désormais, il viendrait là chaque semaine et pourrait flâner dans les rues autant que dans les livres. La porte Saint-Martin était à deux pas, tout près de sa jumelle, la porte Saint-Denis. Des portes dressées dans le vide, cela amusait Olivier. Et puis, devant elles glissaient ces boulevards qui évoquaient ceux de Montmartre : à Rochechouart et à Clichy succédaient Saint-Martin, Saint-Denis, Bonne-Nouvelle et Poissonnière. Là, un spectacle se déroulait, permanent, sans cesse renouvelé par la foule des acteurs bénévoles de la rue.

*

L'oncle Henri marchait à longs pas élastiques. Il était si grand qu'il tanguait comme un navire. Parfois, une femme le regardait avec intérêt, mais il ne devait voir que les plumes, les fleurs ou les fruits de son chapeau. Il s'arrêta sous le grand portique de la porte Saint-Martin, et, à la stupéfaction de son neveu, il déclama :

Ah ! vous endiablerez, mon vieux cousin maudit !
Quoi, ce bohémien ? ce galeux ? ce bandit ?
Ce Zafari ? ce gueux ? ce va-nu-pieds ?... – Tout juste !
Don César de Bazan...

Sous la voûte, sa voix s'amplifiait, paraissait surgir d'un très vieux théâtre noble et sépulcral.

« Tu vois, là-bas, nous allons trouver l'agent de la porte Saint-Denis. »

En effet, le sergent de ville à barbe de sapeur était là, bâton blanc en main pour régler la circulation. Célèbre et le sachant, il sortait tout droit d'une imagerie d'Epinal et les gens faisaient exprès de lui demander leur chemin pour pouvoir dire ensuite : « J'ai parlé à l'agent de la porte Saint-Denis ! »

L'oncle s'arrêta pour donner du feu à sa pipe, puis il entraîna Olivier dans son folklore. Passage du Prado, passage Brady, le courant d'air gonflait les manteaux, les robes, les gabardines pendus dehors à des portemanteaux de bois pour en faire des fantômes, de grotesques épouvantails citadins. L'homme et l'enfant zigzaguaient dans ces boyaux qui unissent le faubourg Saint-Martin et le faubourg Saint-Denis au boulevard de Strasbourg : passage de l'Industrie où l'on ne voit encore aujourd'hui que des fournisseurs de matériel pour coiffeurs, avec perruques, postiches, peignes, épingles, fers, ciseaux, bigoudis, rasoirs, qui font penser à Jack l'Eventreur ou à d'obscures tortures; rue Gustave-Goublier où sont les éditeurs de partitions populaires, les imprésarios, les gens de music-hall ou de cabaret; et chaque passage apportait un relent différent, paraissait plein de mystérieuses présences, d'inimaginables secrets.

Et partout, le monde de la lutherie où trônaient la guitare hawaïenne, le banjo, l'accordéon, avec des portraits de Léon Raiter et de Fredo Gardoni. On lisait des noms familiers : Marc-Cab, Bixio, René-Paul Groffe, Vincent Scotto, gens de chansons qui communiquaient les états d'âme populaires.

Boulevard de Strasbourg où l'on revenait pour chercher un autre filon, ils regardèrent scintiller les bijoux de l'orfèvrerie Cléper, chatoyer les fourrures de Brunswick, sourire les portraits artistiques du photographe Antoine, s'animer les mannequins du pédicure Galopeau, et criaient les affiches des cinémas *Scala* et *Eldorado*, grinçaient les violons des grands cafés, crépitaient les postes de T.S.F.

Les boulevards étaient fleuris de baraques coloriées qui canalisaient la circulation des piétons, leur adressaient des clins d'œil canailles, les obligeaient à l'attention. Olivier et son oncle s'arrêtèrent devant l'une d'elles, toute en miroirs biseautés sur un fond blanc et baroque comme des monuments de saindoux, où dégoulinait sur un support doré la guimauve rose et verte parmi des noix de coco sculptées en forme de têtes de singes, des bataillons de nougats de Montélimar, du bois de réglisse, des pralines bouillonnant dans un chaudron de cuivre. Le patron cassait au marteau des rochers de bonbons des Alpes tandis que sa femme calligraphiait des prénoms sur des cochons en pain d'épice.

« Choisis une friandise », proposa l'oncle Henri.

Les yeux d'Olivier brillèrent de convoitise, se promenèrent sur cet éventail gourmand, et il se souvint de sa première sortie avec son oncle lors de la visite au directeur de l'école de la rue Eugène-Varlin. Il regretta le roudoudou, mais en souvenir, il dit :

« Une sucette à la menthe, mon oncle. »

Et l'oncle Henri demanda : « Une sucette à la menthe ! » tandis que le marchand répétait :

« Une sucette à la menthe ? Voilà, mon petit gars.

— Merci, m'sieur. Merci, mon oncle. »

Plus loin, un imprimeur margeait des cartes de visite « à la minute » sur une machine à pédale. La voyante Paquita convoquait le Destin dans un espace étroit comme une cabine de bains. Les bonimenteurs étiraient des bretelles super et extra-souples jusqu'au ciel et les faisaient claquer sur leurs pectoraux, proposaient des nœuds de cravate tout faits ou des peignes pliants. Sur une tablette s'étalaient des pieds en cire farcis de cors, durillons et œils-de-perdrix : c'était le marchand de pommade Cochon, qu'on vendait dans des boîtes rondes en bois mince. Le casseur d'assiettes réunissait le public le plus nombreux, brisant en même temps que sa vaisselle le cœur économe des ménagères, et tournaient, tournaient dans un ronronnement d'abeilles les grandes roues des loteries dispensatrices de kilos de sucre et de fades vins mousseux.

On faisait cercle autour du leveur de poids en maillot de coton reprisé. L'artiste du muscle faisait rouler des biceps monstrueux et l'on voyait danser sur sa peau une fatma tatouée en rose et violet. Il exagérait ses efforts, s'essuyait le front de l'avant-bras et secouait dans le vide une main au dos humide. Dans l'effort, il poussait des han ! han ! caverneux tandis que les badauds s'écartaient au passage du gamin qui quêtait dans un porte-voix métallique retourné et muni d'un bouchon.

Des camelots qui se nommaient le « Père la Souris » ou le « Père la Cerise », coiffés de chapeaux melons, présentaient le dernier cri en matière de jouets mécaniques, oiseaux picorants ou petites motocyclettes, d'appareils à aiguiser les lames de rasoir, de couteaux à éplucher les pommes de terre, ou bien proposaient un bonneteau fait de demi-coquilles de noix et d'un petit pois.

Malgré la douceur du temps, les femmes continuaient de porter leurs brillants chinchillas, leurs renards argentés, roux ou miteux, et cela leur faisait des bosses sur les épaules. Une fillette en costume marin à jupette blanche poussait un cerceau à musique. Des galopins jonglaient avec leurs bérets ou se bousculaient en heurtant les passants. Parfois, il y avait une algarade et les hommes menaçants de se battre regardaient autour d'eux si on les retiendrait.

L'oncle Henri dominait de la taille tout ce peuple bon enfant et joyeux. A sa pipe correspondait la sucette d'Olivier enfoncée dans la bouche, le bois dépassant, laissant un goût de sucre et de menthe sur les lèvres. Parfois, ils échangeaient un regard pour dire : « On s'amuse, hein ? »

Dans la foule se glissaient des hommes-sandwiches en uniforme bleu à galons rouges, portant des panneaux vantant des restaurants à prix fixe, des écoles de conduite automobile, des pédicures chinois. Devant un magasin de confection, ils trouvèrent ce personnage disparu : l'homme-mannequin, visage passé au bronze, en frac, avec un haut-de-forme qu'il soulevait par à-coups avant de distribuer des prospectus avec une élégance automatique.

Des vieillards s'installaient sur les bancs comme sur des barques et des conversations se nouaient. Les automobiles évoquaient des phoques, des gazelles, des chiens, et on avait une impression de circulation intense, d'embouteillages inextricables, les trompes, les klaxons fonctionnant en toute liberté, avec parfois la note plus forte et plus grave des autobus impatients. Les sergents de ville jouaient du sifflet et faisaient de véritables parades avec leur bâton blanc.

Olivier léchait sa sucette qui s'amincissait, devenait pointue. Il contemplait les bulles dans la menthe translucide. Il finit par croquer ce qui restait et regarda le bâtonnet de bois, hésitant à le jeter.

Dans la limite d'une grille d'arbre, ils trouvèrent

un îlot paisible et l'oncle Henri désigna de la pipe les lettres gothiques du journal *Le Matin* :

« Tu vois. C'est là que j'ai débuté dans l'existence... »

Il secoua la tête, posa sa main sur l'épaule de l'enfant et continua :

« J'étais un grouillot, un arpète. On m'envoyait faire des courses, livrer les colis de la clicherie, chercher la copie. Tiens, Zévaco, dont tu lis *Les Pardaillan.* Toujours en retard pour donner son feuilleton, celui-là ! On m'envoyait chez lui en catastrophe. Un sacré type ! Comme son Pardaillan, au fond. Je tirai la sonnette. Il m'ouvrait les bras et m'appelait « Sacré bougre ! », m'offrait un demi-londrès. C'était un cigare. Pendant que je fumais en toussotant, il écrivait les lignes qui paraîtraient le lendemain. « Bon sang ! Où j'en étais ? disait-il. Ah ! oui, « *La Fausta,* attends donc ! »

– Ça doit être chouette... euh, je veux dire : bien, d'écrire des livres », dit Olivier.

Il réfléchit et ajouta :

« Et après, vous avez fait des économies et vous êtes devenu riche, mon oncle.

– Ce n'est pas tout à fait ça, dit l'oncle en riant. Je t'expliquerai un jour. »

En face, sur une longue palissade, des affiches luisantes de colle s'étalaient : centaure en goguette du Cinzano, semelles Wood-Milne, crème Eclipse, cirque Fanni. Ils passèrent devant un petit restaurant plein de poésie avec ses nappes à carreaux rouges, son menu tenu par un marmiton de bois découpé, son zinc bien astiqué. L'oncle s'arrêta devant la brasserie du Nègre, puis il dit : « J'ai une idée ! » et, une fois de plus, ils revinrent sur leurs pas. Au passage, Olivier respirait des odeurs de beurre chaud, de brioche, de café torréfié, de cannelle, de chocolat. Il avait l'impression d'avoir cons-

tamment faim et il suça le bâtonnet de sa sucette qui
n'avait plus qu'un goût de bois.

*

« J'ai une idée, reprit l'oncle Henri, nous allons
boire un verre au *Petit Casino* ! »

C'était le dernier caf'conc' de Paris. Pendant le
spectacle, on y consommait des demis de bière que
des garçons en grands tabliers blancs posaient sur
un plateau fixé au dos du fauteuil se trouvant devant
soi. Une clientèle vieillissante y applaudissait entre
deux attractions – l'homme-aquarium, le ventriloque
ou l'illusionniste – les vieux succès de la Belle Epo-
que. Il arrivait qu'un chanteur célèbre vingt ou
trente ans auparavant vînt pousser son chant du
cygne. Que de mimiques, de gestes arrondis, la main
sur le cœur et les sourcils en accent circonflexe pour
souligner les accents pathétiques de la romance !

Olivier et son oncle étaient assis dans les premiers
rangs et, après chaque numéro, l'enfant se faisait
mal aux mains à force d'applaudir. Puis venait une
dame très décolletée qui annonçait le prochain
artiste avant de quitter la scène en poussant de petits
cris. Soudain, à une annonce, toute la salle applau-
dit et l'oncle Henri, enthousiaste, dit à Olivier :

« Mayol, le vieux Mayol, en représentation ! »

Il apparut, le ventre arrondi, mais se tenant tout
de même assez droit, avec son célèbre toupet blond
et son brin de muguet à la boutonnière. Il salua son
public et dit : « C'est ma représentation d'adieu ! »
mais personne ne voulut le croire. Il chanta :

> *Cousine, cousine,*
> *Tu es fraîche comme une praline.*
> *Cousine, cousine,*
> *Embrasse ton cousin germain.*

Ce fut un triomphe. Heureux, il en retrouvait son souffle d'antan. Des spectateurs revivaient leur jeunesse et parfois des yeux se mouillaient. Il chanta ensuite des chansons grivoises : *Les Petites Bonniches* et *Ma doué, mon pé*, mais les admirateurs réclamèrent *Les Mains de femme* et il fut bissé. Il s'excusa de ne plus être tout à fait ce qu'il était autrefois et le public démentit. Il quitta la scène sous les ovations et on annonça l'entracte.

L'oncle Henri entraîna Olivier dans les coulisses ombreuses et poussiéreuses jusqu'à la loge où se trouvait Mayol. Assis sur un tabouret devant un miroir ébréché, il pinçait une serviette avec ses lèvres et on y voyait des traces de rouge gras. Son visage marqué par la sueur et le maquillage paraissait fondre comme de la cire. Près de lui se trouvait un corset qu'il venait de retirer et cela ajoutait à l'aspect lamentable du lieu.

« Ah ! mais c'est Desrousseaux, mon ami Desrousseaux, le baryton-martin !

— Hélas ! c'est bien loin tout ça, loin comme la jeunesse, dit l'oncle Henri tout ému.

— Et ce joli petit garçon ?

— C'est mon neveu, Olivier. »

Interdit, Olivier reçut de petites claques affectueuses derrière les cuisses.

« Mais, c'est qu'il est mignon ! dit Mayol d'une voix de tête.

— Vous êtes incorrigible ! dit l'oncle Henri.

— Jusqu'à la mort, mon cher. »

Mayol donna des coups de pinceau sur son front et un nuage de poudre de riz l'entoura. Tandis que la conversation portait sur toutes sortes d'artistes inconnus de l'enfant, il regardait les photographies sur les murs. Qui étaient ce comique à la bouche si grande, cette dame au profil chevalin, ce gros homme avec son œillet, ces duettistes maigres se clignant de l'œil, cette beauté grasse parée de bijoux orientaux ? Ces portraits racornis, retenus par des punaisses rouillées, provoquaient un malaise. L'encre grasse des dédicaces faisait mal à voir. Olivier eut l'explication de son trouble quand son oncle et Mayol se mirent à parler de certains d'entre eux.

« Sais-tu comment il a fini ?

– Dans la misère ?

– Oui, à l'asile. »

D'autres, au contraire, s'en étaient tirés. Mais ils plongèrent dans le passé, dans les moments glorieux et prononcèrent des noms : Esther Lekain, Perchicot, Cora Madou, Dréan, Dalbret, Choof, Serjius, Georgel.

« Là, c'est Paulus, et là, Fragson, le jeune Chevalier..., disait l'oncle Henri.

– Il y a heureusement de bons jeunes, dit Mayol, Fred Gouin, Guy Berry, Max Trebor...

– Et aussi Bruno Clair, Jean Sorbier que ma femme adore, mais le grand Mayol, c'est autre chose : la voix, le geste... »

Maintenant, le visage du chanteur était enduit de vaseline qu'il essuyait à petits coups.

« Au revoir, Mayol, *le plus grand* ! dit l'oncle d'un ton pénétré.

– Au revoir, Desrousseaux. Au revoir, mon petit ! »

En quittant, le *Petit Casino*, l'oncle dit à Olivier :

« Plus tard, tu te souviendras que Mayol t'a serré la main !

– Oui, mon oncle », dit Olivier qui ne mesurait pas l'importance de la chose.

*

La promenade reprit. Dans le passage, Olivier guignait le Musée Grévin dont il avait entendu parler rue Labat où on le nommait avec un respect égal à celui du Louvre. Mais l'oncle alla au fond du passage pour fouiller dans les boîtes d'un bouquiniste. Les poches gonflées par les deux volumes de la bibliothèque municipale, Olivier resta un peu à l'écart. Puis ils parcoururent d'autres passages couverts, ceux où plus tard Olivier rencontrerait certain *Paysan de Paris* d'Aragon, lieux chers où officiaient des fabricants de timbres en caoutchouc, des modistes, des pipiers, des marchands de farces et attrapes, de jouets, de gants, de maroquinerie, de cannes et parapluies. Dans ces écrins chargés de passé préservé, le silence régnait et on y marchait à pas feutrés.

« Ma balade préférée ! dit l'oncle Henri, et il ajouta : Un vrai théâtre ! »

En effet, le moindre badaud devenait un acteur. Comme à la piscine des Amiraux où Olivier, tout petit, oubliait ses soucis, ici, on se trouvait loin de tout. La rue Labat se multipliait par la ville entière. La bière du Petit Casino provoquait une griserie et Olivier se sentait plein d'exubérances contenues. Il se parlait à lui-même, s'adressait à son oncle, à Bougras, à son cousin Marceau, et tout cela dans une sorte d'ivresse. Brusquement, il dit à haute voix :

« Merci, mon oncle ! »

Et l'oncle Henri ne comprit pas très bien.

Sur les grands boulevards, il leva la tête et lut des mots : *Neptune, Parisiana, Gymnase, Variétés, Rex.* Ils semblaient venir d'une autre planète et, au bout de la rue Rougemont, le Comptoir d'Escompte, apparaissant comme un palais doré, ajoutait à la magie. Chaque immeuble devenait impressionnant, plein de secrets, de mystères, de couloirs et de toits où glissaient Arsène Lupin et Fantomas.

« Il serait peut-être temps de rentrer, observa l'oncle Henri, Marguerite va nous attraper... »

Il ne détestait pas se soumettre à la tyrannie d'une bonne. A la maison, il fallait qu'une femme commandât. Olivier avait envie de dire : « Elle est gentille, Marguerite ! », mais il voulait éviter de penser à l'appartement.

« Il est pas tard, mon oncle.

– Non ? Eh bien, je t'emmène au café. »

Ils entrèrent dans l'un d'eux, près de la porte Saint-Martin. Là se traitaient les affaires du théâtre : figurations, tournées provinciales, doublures, emplois modestes.

La chaleur et la fumée les saisirent au visage. Les buveurs paraissaient envahis par les personnalités multiples de leurs rôles. Certains acteurs affichaient des tenues de ville copiées sur leurs tenues de scène. Hésitant entre côté cour et côté jardin, ils parlaient volontiers à la cantonade, et même lorsqu'il s'agissait de banalités, ils semblaient déclamer quelque tirade.

L'oncle Henri avait ses habitudes. C'est là qu'il se rendait quand il désertait les Entrepôts. C'était son secret, un secret que la tante Victoria ignorait ou feignait d'ignorer. Il distribua des poignées de main, s'assit sur une banquette en moleskine et jeta :

« Holà, cabaretier, un vermouth-cassis, et une grenadine pour le petit ! »

Fier de son emphase, il y avait dans ses yeux la lueur malicieuse d'un homme qui s'amuse. Assis sur sa chaise, Olivier se tenait très droit.

« Fameuse journée ! dit l'oncle. Pas trop fatigué ?

– Oh ! non, mon oncle.

– J'aime bien les grands boulevards, les passages, les petits cafés... Toi aussi ?

– C'est un peu comme... rue Labat, dit Olivier.

– Tu vois, tous ces gens-là sont des comédiens.

– Même ceux qui jouent aux cartes ?

– Oui, eux aussi. »

On oubliait les murs jaunis, les marbres gluants, les tâches de mouches sur la glace, le zinc crevé du comptoir. Dans une lumière pauvre, les comédiens devenaient des gnomes. Un bossu qui ressemblait au clown Grock dédia une grimace à Olivier. Un géant à visage de Polichinelle étirait lentement sa mâchoire sur le côté gauche tandis qu'un sourcil se relevait. Un père noble à barbe de chèvre rajustait son monocle. Une vieille dame tenait un long fume-cigarette et jouait les Marlène Dietrich. Et que d'originaux, de Chevaliers à la Triste Figure ! Tel aurait pu jouer Cyrano sans faux nez, tel autre n'avait pas dû se démaquiller depuis des jours et tout un crépi se déplaçait avec les mouvements de son visage.

Tout près de l'oncle Henri, des fumeurs de pipe parlaient du métier, se prenant réciproquement à témoin, jurant de leur sincérité la main sur le cœur, s'esclaffant en se tapant sur les cuisses, entamant des discussions orageuses, tempérées par des « Allons, messieurs, allons... » et des phrases fusaient :

« C'est à l'Opéra-Comique en 1927.

– Non, 28 !

– Pardon ! J'y étais... »

Ils parlaient des comédiens célèbres à qui ils s'étaient frottés au hasard des figurations, se prévalant de leur gloire pour se rehausser, employant des superlatifs : la *grande* Réjane, le *grand* Mounet-Sully, la *grande* Sarah Bernhardt, le *grand* Coquelin auxquels s'ajoutaient des noms plus actuels : Cécile Sorel qu'on appelait Célimène, Pierre Bertin, Marie Bell, Henri Rollan, Marguerite Deval, Moreno, Dussane, Yvonne Printemps... et toutes ces conversations formaient une rumeur, un brouhaha étrange d'où se détachaient des exclamations, des tirades, des mots sonnant comme des pièces de monnaie.

Ceux qui entraient n'hésitaient pas à se présenter d'une voix tonitruante et, quand ils ne le faisaient pas, l'oncle Henri glissait des noms dans l'oreille d'Olivier, en ajoutant comme un titre nobiliaire un nom de théâtre : Untel, de Daunou, du Studio de

Paris, de l'Ambigu, des Variétés ou, plus simplement, « des concerts parisiens ».

Et l'oncle continuait à tirer sur sa pipe avec une joie béate. Il trempait ses lèvres dans le vermouth avec une grimace, comme s'il n'aimait pas ce breuvage, ne l'ayant commandé que pour les souvenirs.

« Tiens ! l'Espagnol... »

Un personnage se dressait, interminable et squelettique, avec de longs cheveux gris dégoulinant sur les tempes. Il tendit à l'oncle Henri une longue main sèche et regarda autour de lui, avec hauteur. Sur ses maigres épaules, il portait une pèlerine qu'il faisait voltiger comme une cape. Soudain, sans mot dire, il sortit précipitamment.

L'oncle Henri dit :

« Si on te demande un jour si tu as rencontré Don Quichotte, tu répondras que tu l'as rencontré !

– C'est lui ? Il n'est pas mort ?

– C'est lui. Il est immortel. »

L'oncle se moquait-il ? A une table plus bruyante, un nain ne cessait de répéter : « J'arrose mon cachet ! » et Olivier crut qu'il s'agissait d'un médicament.

Un homme jovial vint s'asseoir à la table de l'oncle Henri. Avec l'accent bruxellois, il parla, lui aussi, de vieilles choses du théâtre, se disant « un pur enfant de la balle », répétant : « Le théâtre, c'est ma monnaie de la sainte farce ! » Il ragota sur des acteurs de cinéma en ponctuant chaque rosserie d'un vigoureux coup de tête en avant et en ajoutant : « Et toc ! » Il répéta :

« Quand j'étais " l'original Léon "! Tu te souviens, Henri ?

– Si je me souviens...

– Personne ne peut savoir ce qu'était le grand théâtre de Lille. Mais oui, mon petit garçon. La représentation commençait à six heures du soir : une comédie, un vaudeville, un drame, et tout cela à la suite... Je jouais dans chacun. Ton oncle venait me voir de Paris. A ce moment-là, il était déjà dans le papier, mais il rêvait de chanter. Un fameux baryton-martin...

– Bah ! Ma voix m'a quitté » !

« Peut-être qu'il était devenu muet ! » pensa Olivier en sirotant le fond sucré de sa grenadine.

Mais pourquoi l'oncle Henri perdait-il de sa taille, se tassait-il sur lui-même ? La conversation avec l'original Léon se perdait dans un murmure, une mélopée triste, regrets du temps passé, vocation perdue, amis oubliés.

« Cette année-là, je suis passé premier trial ! Et toi...

– J'ai dû m'éloigner de tout cela.

– Tu as eu bien raison. Au moins, matériellement... »

Un peu plus tard, Olivier vit son oncle glisser discrètement des billets dans la poche de son camarade.

« Il ne fallait pas, Henri.

– Qu'est-ce que ça peut bien faire ? »

Le café se vidait. Les uns iraient jouer leur rôle, les autres cuver leur amertume. Déjà, l'éloquence gesticulaire remplaçait l'éloquence verbale. La fumée des pipes s'immobilisait dans l'air, la lumière faiblissait. Olivier bâilla, se frotta les yeux. « L'original Léon » avait allumé un crapulos qui lui tachait les lèvres. En sortant du café, il fredonna :

> *En amour il n'est pas de grade,*
> *L'important c'est d'avoir vingt ans !*

Il fit un salut de scène et s'éloigna. Dehors, l'air était léger. En levant les yeux, Olivier vit un ciel flambant de lettres lumineuses et d'ampoules colorées. Paris nocturne allumait son grand registre de lumière. L'oncle Henri appela un taxi rouge et noir.

A l'intérieur, on lisait sur un panneau la réclame d'un appartement à louer.

« Allez jusqu'à la République, commanda l'oncle. Ensuite nous reviendrons par ici. »

Il allongeait le voyage, pour le plaisir, pour voir le boulevard du Crime, penser aux tréteaux, à la farce, aux mimes.

Olivier s'aperçut que son Zola avait déchiré sa poche droite. Il regardait de côté l'oncle Henri. Que de changements depuis son arrivée rue Labat. Et Bougras qui courait après le taxi pour lui donner la bague...

« Tu as passé un bon après-midi, mon garçon ?

– Oh ! oui alors. C'était, c'était...

– C'était bien ?

– Oui, mon oncle. »

Et tandis que l'oncle Henri souriait à cette répétition de « mon oncle », Olivier ajouta d'une voix chantante :

« *Merci, mon oncle !* »

Alors, l'oncle Henri se redressa, sortit son portefeuille pour payer le taxi. Il retrouva sa taille, son élégance et son air de jeunesse. En ébouriffant les cheveux d'Olivier, il lui dit :

« Très bien, *mon neveu !* »

En agitant comiquement la main, il ajouta :

« En attendant, qu'est-ce que Marguerite va nous passer ! »

Et le même sourire se dessina sur leurs lèvres.

Huit

A son retour de Suisse, Marceau convoqua Olivier dans sa chambre, lui demanda de s'asseoir au pied du lit dans lequel il était couché et lui fit une confidence : le médecin de Lausanne ayant décelé un voile au poumon droit lui avait remis un pli cacheté pour ses parents, mais Marceau l'avait lu et s'était contenté de cacher la lettre sous une pile de linge.

« C'est quoi un voile au poumon ? demanda Olivier.

— Tu ne vas pas moucharder, j'espère ? Si tu le faisais, je te détruirais. D'ailleurs, c'est rien, ça passera tout seul. C'est pas comme si c'était une caverne. »

Sans comprendre, Olivier approuva de la tête. Le mot « voile » lui paraissait tellement aérien, tandis que « caverne »...

« Et puis, reprit Marceau, quand je tousse, ne tousse plus en même temps. Tu es trop lourdaud pour que Victoria ne comprenne pas.

— Qu'est-ce que je ferai ?

— Je ne sais pas. Renverse ton verre, par exemple, ou casse une assiette.

— Mais on m'attrapera !

— Tu es un pote, oui ou non ?

— Oui. »

Marceau restait au lit jusqu'à dix heures du matin, ne se levant que pour recevoir en robe de chambre Papa-Gâteau qui venait lui donner sa leçon. Il l'écoutait avec un sourire ironique, disait que le latin était inutile, et orientait la conversation vers des sujets de son choix que le vieil homme connaissait mal. Ensuite, il déclarait :

« Ce gars ne sait rien de la vie ! »

Il apostrophait Olivier :

« Tu comprends, je suis un type dans le genre de Lafcadio. Je pratique l'acte gratuit. »

Et il jetait une pomme par la fenêtre.

Olivier se faisait expliquer, mais Marceau passait vite à autre chose, devenait le prince Muichkine ou Julien Sorel.

A tout cela, Olivier ne comprenait rien. Il se contentait d'être d'Artagnan, Pardaillan ou Lagardère, se déplaçant dans les couloirs par bonds en faisant reculer, avec des mouvements d'escrimeur, des spadassins qui ne parvenaient pas à le défaire.

Avec Jami, les jeux devenaient de plus en plus absurdes. Ils marchaient à quatre pattes, sautaient comme des grenouilles, miaulaient, aboyaient, glapissaient. Ou bien, Olivier tournait la manivelle d'une caméra imaginaire en criant au petit : « Sunlichtes ! » avec la prononciation de Blanche quand elle désignait le savon portant cette marque.

Jami avait déclaré avec sérieux :

« A Montrichard, j'ai vu des zouaves !

– Des Zouaves ? »

Et Blanche rectifiait :

« Il veut dire « des oies » !

– On dit : une oie ! fit remarquer la tante Victoria.

– J'ai vu « une noie », reprit Jami.

Le soir, vers six heures, Marceau se rendait au café *Le Floréal*, sur le terre-plein du métro Louis-Blanc, et il y tenait ses assises, entouré de garçons et de filles, jusqu'à l'heure du dîner. Olivier fut admis deux ou trois fois à ce quartier général où l'on commandait précieusement Martini-gin, gin-fizz et un inattendu diabolo-rhum. Pour se donner l'air de durs, les copains de Marceau portaient des feutres dont ils rabattaient les bords. Les filles étaient belles. L'une d'elles ressemblait à Mado la Princesse. Toutes s'efforçaient de copier une actrice à la mode : il y avait ainsi une Meg Lemonnier, une Simone Simon et une Annabella qui se lançaient des rosseries sur un ton acidulé.

Marceau portait une chemise bleu marine et une cravate jaune. Il parlait aux demoiselles avec supériorité, faisait des citations littéraires et elles le regardaient avec admiration.

La tante Victoria, l'ayant vu en compagnie de l'une d'elles, lui dit froidement :

« Pas mal ta petite amie, mais elle devrait soigner son maquillage. Elle s'attife comme une matrone.

— Et pour vous, tout va bien ? demanda Marceau sur un ton impertinent.

— Olivier qui vient de la rue est mieux élevé que toi ! »

Après de telles répliques, Marceau devenait désagréable, entraînait Olivier dans sa chambre en lui faisant « une course à l'échalote », lui donnait « un savon » en passant son poing refermé dans ses cheveux. Lassé, Olivier se mit en garde comme son ami le beau Mac le lui avait appris. Marceau recula et jeta une antienne pathétique et indignée :

« Tu frapperais un malade ? »

Il lui reprocha d'être le chouchou de l'oncle Henri qui le défendait toujours, et ordonna :

« Toi, qui-viens-de-la-rue, tu vas cirer toutes mes godasses, tu brosseras mes vêtements et tu... tu me confesseras tous tes péchés !

— T'es pas un curé !

— Si. »

Olivier exécuta les ordres avec un sourire narquois. Quand il se fut occupé des chaussures et des vêtements, il cracha dans ses mains, les frotta et dit joyeusement :

« Le boulot, ça ne m'a jamais fait peur !

– Tais-toi, tu es vulgaire. »

Encore une fois, Olivier brandit ses poings et fit mine d'attaquer, mais Marceau lui saisit les poignets et l'obligea à se mettre à genoux.

« Confesse-toi !

– J'ai rien fait.

– En cherchant bien ?

– En cherchant bien : zut !

– Répète cette phrase : « J'ai attaqué mon cousin « bien-aimé qui a un voile au poumon... »

– Aïe ! Tu me fais mal. Bon ! « J'ai attaqué mon « cousin... hum ! bien-aimé qui a un voile au « poumon... »

Quand Marceau l'eut lâché, il s'enfuit bien vite et, avant de refermer la porte, ajouta :

« ... Et qui est complètement toc-toc ! »

*

Dans l'appartement régnait un important personnage : le piano. « La première chose que j'aie achetée avec mes économies de jeune fille ! » disait la tante Victoria.

Ce piano Pleyel se situait au début d'une ascension sociale. Elle l'abordait avec respect et jouait Chopin ou Schumann avec une révérence froide. Marceau, après quatre ans de leçons, s'était détaché. Jami se hissait parfois sur le tabouret rond avec envie et sa mère lui disait :

« Bientôt, tu recevras tes premières leçons. »

Elle ajoutait à l'intention d'Olivier :

« Toi, tu n'as pas d'oreille. »

Comme l'oncle Henri qui avait perdu sa voix en somme ! Olivier portait ses mains des deux côtés de sa tête pour vérifier si les deux membranes étaient toujours là et sa tante lui disait :

« Tu te crois drôle, petit bêta, va ! »

Les contacts d'Olivier avec le piano se situèrent sur un autre plan. Il avait remarqué le bandeau rose en soierie damassée qui protégeait les touches. Un dimanche matin qu'il se rendait à la bibliothèque municipale, il l'emprunta pour s'en faire un cache-col qu'il jugeait élégant.

Mais rien n'échappant à la tante Victoria, il dut avouer son méfait, s'attendant à une sévère semonce. En fait, ce fut une ironie perlée qui l'accueillit.

« Un vrai chiffonnier ! » ajouta Marguerite.

Un autre épisode devait confirmer le bien-fondé d'une telle appellation. Olivier, très tôt influencé par Bougras, ne laissait rien perdre. Un jour de grand nettoyage par le vide, il récupéra de vieux chapeaux de sa tante : un panama entouré d'un nœud de taffetas rayé, un chapeau bergère, un tricorne avec calotte en résille, et même une chapska de cosaque en fourrure.

Quelques semaines plus tard, la tante Victoria n'ayant pas son chauffeur descendit à pied vers la gare de l'Est en quête d'un taxi. Au coin de la rue du Terrage, les baraques de la chiffonnière attirèrent son attention. Quelle ne fut pas sa surprise de reconnaître ses anciens chapeaux, une antique garniture de cheminée, des vieilles bottines de son mari et un vieux manteau de breitschwanz !

Le soir, au dîner, elle raconta la chose sur un mode enjoué et ajouta d'un ton rêveur :

« N'est-ce pas étrange ? »

Chacun fixait Olivier qui se cachait comme il pouvait derrière le vase de fleurs.

« Ça doit être un coup monté par un type qui a besoin d'argent de poche ! dit Marceau.

– Hi ! Hi ! fit Jami, un type qui achète des livres. Y'en a plein partout dans la chambre d'Olivier. Et y sentent la pomme ! »

L'oncle Henri ajouta doucement :

« De toute façon, ce n'est pas un vol puisque

c'était promis à la poubelle. Non, c'est quelqu'un ayant le sens du commerce...

– Un mercanti, quoi ! » dit Marceau.

Alors, Olivier, rouge comme la tomate farcie qu'on venait de glisser dans son assiette, se leva, et, avec un geste de martyr, se frappa la poitrine :

« C'est moi, ma tante ! Je les ai refourgués...

– Oh ! *refourgués*... le joli mot ! »

Olivier resta tellement interdit qu'il en bredouilla, cherchant le mot exact et ne le trouvant pas. Quelle serait la sentence ?

« *Refourgués*, c'est de la langue verte, dit l'oncle Henri. Après tout, François Villon... »

La tante Victoria eut un sourire. Son mari faisait bon ménage avec l'enfant. Tant mieux, au fond.

« Bon, dit-elle à Olivier, assois-toi, grand benêt, au moins tu nous auras fait rire ! »

L'enfant ramassa sa serviette qui était tombée sur le tapis et se rassit avec dignité.

« Tu les as vendus combien, les galures ? demanda Marceau.

– Je les ai pas vendus, dit Olivier. Je les ai échangés contre des bouquins. »

Il attaqua sa tomate farcie. Avec son petit couvercle, on aurait dit une marmite. A côté de lui, Marceau cherchait une rosserie et ne la trouvait pas. Un peu plus tard, au moment où son cousin toussait, Olivier détourna l'attention en faisant tomber sa fourchette. Il lui adressa ensuite un regard significatif pour souligner son manque de rancune et sa grandeur d'âme.

*

Le lendemain, un jeudi, Marguerite fut chargée d'emmener Olivier au cimetière de Pantin-Parisien pour qu'il se recueillît sur la tombe de sa mère. A la surprise de la tante Victoria, Olivier s'assombrit et dit avec un mauvais regard :

« Non, je ne veux pas ! »

Il observa ensuite un silence buté. Il n'osait avouer que la pensée de se rendre dans un cimetière le terrorisait. Au fond de lui était caché le souvenir de ce réveil auprès de Virginie glacée, et aussi de ces horribles cauchemars qui le visitaient dans l'alcôve de Jean et d'Elodie.

Parfois ces peurs le rejoignaient. Par exemple, quand il descendait la boîte à ordures par l'escalier de service si sombre en chantant pour se donner du courage *Pour être fort, il faut faire du sport.*

« Comment tu ″ ne veux pas ″ ? dit la tante Victoria. Viens au salon, j'ai à te parler. »

Elle le fit s'asseoir près d'elle sur le canapé. Elle portait une robe noire en soie et s'était parfumée.

« Olivier, lève la tête, veux-tu ?

— Oui, ma tante. »

Elle l'obligea à la regarder bien en face tout le temps qu'elle lui parla. Il écouta un discours sur les devoirs envers la famille et le culte des morts. Il apprit que son refus était inqualifiable et la tante Victoria répéta deux fois « in-qua-li-fi-a-ble ». Et lui ne savait comment exprimer ce qu'il ressentait. Alors, craintif, il marqua son acceptation par des signes de tête affirmatifs mais peu enthousiastes.

Il prit donc le métro en compagnie de Marguerite qui avait enfilé un tailleur sombre et un chapeau noir. Au cimetière, ils durent se renseigner au bureau de la Conservation où un employé chercha le nom de Chateauneuf dans un épais registre plein de morts.

« Si encore vous me disiez la date du décès ! Le petit doit savoir ça puisque c'est sa mère.

— Au mois de mai, murmura Olivier.

— Quelle année ?

— L'année dernière. »

Tandis qu'un index glissait sur les colonnes, Olivier avait envie de s'enfuir, mais bientôt l'employé inscrivit les indications sur un papier.

Ils parcoururent les allées. Olivier regardait avec effroi toutes ces pierres tombales, ces chapelles, ces inscriptions. Aux carrefours, des noms de rues étaient inscrits, comme dans la ville des vivants. Il se demanda s'ils ne trouveraient pas « Rue Labat », avec sa mère enterrée là. Marguerite s'arrêtait parfois, lisait un nom, une date. Elle lui dit :

« Tu vois : là, c'est une toute petite fille de six ans... »

Il était horrifié. Une sueur froide inondait son front. Il se sentait essoufflé, éprouvait du mal à marcher.

« Nous sommes bientôt arrivés. Encore trois divisions... »

Finalement, ils se retrouvèrent dans l'endroit le plus dénudé du lieu devant un rectangle de terre sèche avec des mottes de chiendent. Sur une croix de bois, on lisait ces mots : *Virginie Chateauneuf* et des dates déjà effacées par la pluie.

« Arrache les mauvaises herbes ! »

Marguerite alla chiper des fleurs sur une autre tombe pendant qu'Olivier faisait le guet, et, tant bien que mal, les replanta. Ensuite, ils prirent une de ces boîtes de conserves vides qu'on trouve derrière les pierres tombales et qui servent pour l'arrosage. A la fontaine, au bout de l'allée, il fallut attendre son tour. Tout près, un tas de fleurs jetées répandait une odeur de pourriture.

Olivier dut faire quatre voyages pour arroser la terre.

Marguerite fit un signe de croix et ses lèvres remuèrent. Puis, elle se pencha sur Olivier :

« Fais comme moi... tu ne sais même pas faire un signe de croix ! Si ce n'est pas malheureux ! Donne-moi ta main, je vais te montrer. »

Olivier laissa sa main toucher son front, sa poitrine, ses épaules. Il regarda la terre. La mercerie. Les rires des clientes. Le chignon blond de Virginie. L'arrière-boutique. Le bec-de-cane. Le nom en lettres anglaises sur la vitre. Les rayons. Les boîtes. Le mètre de bois fixé au comptoir. La rue pleine de soleil. Et lui, assis sur un petit banc jouant avec des bobines. Et cette terre.

De courtes images le traversèrent. L'enterrement. Les gens qui chuchotaient en le regardant. L'oncle et la tante dont il avait peur. Le retour avec la mère Haque, toute poussive. Le brassard noir mal cousu. La cueillette des pissenlits sur les fortifs. Sa gorge se nouait, il avait mal à la poitrine mais il ne pleurait pas.

Il fixa la terre, cette sale terre. Il dit :

« Ma mère, ma mère... elle est pas là-dessous !

– Elle est au ciel, dit Marguerite.

– Non ! Non ! Elle est... rue Labat, à la mercerie.

– Ne dis donc pas de bêtises ! »

Il leva sur elle un regard suppliant :

« Je veux partir. »

Marguerite se sentit toute remuée. Elle lui dit qu'elle comprenait mais qu'il fallait « regarder les choses en face ». Elle fit un dernier signe de croix et ils s'éloignèrent.

A la sortie du cimetière, elle lui acheta du bois de réglisse.

*

Dans les jours qui suivirent, la bonne se rapprocha de lui. Elle le regardait amicalement comme si, brusquement, elle l'avait reconnu d'une race proche de la sienne. Cet arrêt devant une tombe la rendait maternelle. Elle dit à la tante Victoria :

« Il a bien changé. Il est devenu un petit garçon bien élevé. »

Cela agaça Olivier, mais il savait que la remarque de Marguerite partait d'un bon naturel. Elle faisait tout son possible pour que son protégé fût bien habillé, bien tenu, et, pour lui, elle lavait, repassait, tricotait, voulait le coiffer trois fois par jour. Elle lui glissa dans l'oreille :

« Quand nous serons seuls, tu pourras me tutoyer.

« Oh ! là ! là ! celui-là... », disait Blanche. Elle ne l'aimait pas, ne lui parlait pas, regardait à travers lui. Depuis quelque temps, elle enlaidissait, ses taches de rousseur se détachaient sur une pâleur de plus en plus laiteuse et son visage était bouffi. Parfois, elle se réfugiait dans un coin de porte, debout, et se mettait à pleurer. Alors, Marguerite venait lui caresser les cheveux. Il y eut un drame au cours duquel elle cria qu'elle voulait mourir.

Plus tard, Olivier entendit une conversation à son propos. Marguerite disait à la tante Victoria :

« Si elle savait que je vous l'ai dit, madame ! Elle a le masque. C'est le type à la Citron. Il a disparu...

— Pauvre fille ! Et elle veut le garder ?

— Elle est croyante, madame. »

Olivier ne retint qu'un mot : « *le masque* ». « Quel masque ? » se demandait-il. Un autre jour, Blanche pleurait et riait en même temps. Marguerite lui disait :

« Madame te gardera. Elle t'aidera. Elle a les idées larges, tu sais ! »

Puis Blanche travailla moins, passa des heures assise sur un tabouret de cuisine en regardant le carrelage d'un air accablé. Olivier dut aider Marguerite dans de nouvelles tâches. Il passait le balai électrique, la nénette sur les meubles vernis, astiquait les cuivres, brossait les tapis, épluchait les légumes, essuyait la vaisselle, faisait briller les vitres au Buhler.

« On croirait que tu aimes ça ! s'indignait Marceau. Un vrai larbin ! Envoie-les aux pelotes, ces bonnes femmes ! »

Olivier s'appuyait sur son balai et disait d'un ton bravache :

« Toi, tu les as à la retourne, hé ! Moi, je gagne ma croûte ! »

Marceau passait d'une originalité à l'autre. Parfois, il se contraignait à l'immobilité et au silence. Dans une attitude de sage oriental, ses longues mèches cachant ses yeux, il entrait en méditation, ne dédaignant pas cependant de jeter de temps en temps un regard en direction d'Olivier pour s'assurer qu'il remarquait, et sans doute admirait, son attitude. Mais Olivier pensait : « Quel empoté, ce Marceau ! » puis il se rappelait la bête qui mangeait la poitrine de son cousin, ou la recouvrait de ce « voile » qu'il imaginait comme une toile d'araignée. Alors, il lui disait :

« Marceau, t'es un type ! »

Il filait vite vers Jami, l'obligeait à retirer son pouce de sa bouche et à participer à ses jeux. Il parcourait les couloirs en disant :

« Suis-moi et fais tout ce que je fais ! »

Et Jami l'imitait fidèlement : un bras en l'air, l'autre, les mains sur la tête, à cloche-pied, la danse du scalp, et ils chantaient ensuite une version écolière de *La Marseillaise :*

Allons enfants de la marmi – ite
La soupe aux choux est écumée !

Un geste maladroit et voilà que la statuette de la Sagesse tombait du secrétaire Empire et se brisait. C'était la catastrophe. Les deux enfants, la main devant la bouche, se regardaient avec effroi : « Qu'est-ce qu'on va prendre ! » Une idée : la Seccotine. Olivier rafistola la déesse et la ligne de la cassure ne se voyait pas dès qu'on tournait la statuette de côté. Mais elle était maudite : cela recommença et il fallut de nouveau recoller des morceaux.

Olivier vivait dans une terreur constante. Un jour où Marceau était de bonne humeur, il courut le risque de se confier à lui. Marceau se mit à rire :

« La statue de la Sagesse ? Mon père la trouve laide et ma mère la déteste. C'est un cadeau d'une idiote ! »

Le soir même, Marceau se cogna contre le secrétaire et quand la Sagesse tomba, il chanta :

> Un p'tit peu d'papier collant
> Pour qu'ça tienne, pour qu'ça tienne,
> Un p'tit peu d'papier collant
> Pour qu'ça tienne en attendant !

Et il appela sa mère :

« Madame ma mère, j'ai cassé la Déesse. Il faut fêter ça !

— Tu l'as fait exprès ?

— Oh ! non jamais je n'eusse osé, ma chère !

— Eh bien, enterrons-la et n'en parlons plus ! »

C'est à ce moment-là que Jami fit la gaffe :

« M'man, m'man, y a qu'à la réparer avec la Seccotine. Olivier, y sait ! »

« Tiens tiens... », dit la tante Victoria et Olivier pensa : « Elle savait, elle savait », et il s'enferma dans sa chambre pour méditer sur l'incident.

Sa chambre. Il l'aimait pour les trésors qu'il y accumulait. Des colliers d'attaches-trombones, des élastiques pendaient à l'intérieur des portes du placard. On trouvait des calendriers avec vide-poches, des prospectus, des buvards. Les bonnes appelaient cela ses « fouillis » et menaçaient parfois de tout jeter. Mais il s'était ménagé ce coin bien à lui et se sentait décidé à le défendre. Et puis, une fois assis devant sa table, il était son maître. Inutile de placer une pancarte sur sa porte avec l'indication *Please no disturb* comme ce snob de Marceau.

Les gens pouvaient entrer, il s'en moquait. Il se tenait face à la fenêtre, la tête entre les mains, un livre devant lui et il disparaissait aussitôt dans le temps et l'espace. Quand il émergeait, il regardait de l'autre côté de la cour ces personnages proches et lointains : la fillette qui berçait des poupées et lui tirait la langue dès qu'elle en avait l'occasion, la couturière myope et ses gestes éternels, le couple en dispute, le fumeur de pipes. Parfois, il entendait Marguerite qui, de la fenêtre de l'office, hélait les gens d'en face :

« Alors, ça marche, l'appétit ? »

Elle disposait d'une réserve de phrases toutes faites et qui, généralement, touchaient à la nourriture, du genre *Avec de bons restes on fait de bons repas*, ou *Long à manger, long à travailler*, ou bien *Encore un repas que les Boches n'auront pas*. A Olivier, elle disait d'un ton convaincu :

– « Faut manger, faut manger, faut manger !

– J'ai pas faim, disait Olivier.

– Comment tu n'as pas faim ?

– Non, j'ai pas faim.

– Je voudrais bien voir ça ! »

Elle affirmait : « Chez les Desrousseaux, on peut critiquer, comme partout, mais pour une bonne table, il y a une bonne table ! »

Il est vrai que l'oncle Henri maintenait la double tradition du bien-manger et du beaucoup-manger. « Pour nourrir un si grand corps... », disait Marguerite.

La tante Victoria ne pouvait admettre qu'on n'aimât pas un mets. Ainsi Olivier avec les endives. Il les haïssait. Il aurait fait n'importe quoi pour ne pas en manger. Il regardait piteusement le légume braisé dans son assiette, l'écrasait comme s'il avait pu ainsi le faire entrer dans la porcelaine.

« Olivier, mange tes endives. C'est bon, les endives. Les petits Chinois seraient bien contents d'en manger.

– Oui, ma tante. »

Le temps passait. Il chipotait et finissait par dire :
« J'peux pas, ma tante, j'peux pas !

– Grimacier ! Au fait, si nous parlions des piles électriques ? »

Olivier avalait vite une bouchée. On avait découvert son stratagème et confisqué la lampe de poche. Heureusement, Marceau, au nom de la Culture, lui confectionna une baladeuse minuscule avec une lampe qui se dévissait. Le fil passait sous le tapis, montait le long du lit, et, dans le creux des draps, à la moindre alerte, il suffisait de dévisser l'ampoule d'un coup de pouce et d'index. Certes, on se brûlait les doigts, mais dans le silence de la nuit, étouffant et l'oubliant, Olivier continuait son aventure livresque.

*

Les visites à la bibliothèque municipale, les commissions, les courses pour les papeteries lui fournissaient des possibilités répétées de randonnées parfois abusivement prolongées.

« Madame, il est rentré à " pas d'heure " ! » disait Blanche qui ne pouvait plus dissimuler son gros ventre.

Olivier parcourait les rues comme un Indien sur le sentier de la guerre, ramenait l'école buissonnière aux dimensions urbaines. Le nez au vent, il flairait les quartiers, détaillait les plaques de rues, s'attardait dans les cours, les passages, les marchés couverts. Là, il retrouvait sa liberté de parole, son ton goguenard, ses saillies de titi parisien.

De retour à l'appartement, ses deux livres sous le bras, l'un d'eux recouvert d'une liseuse en cuir repoussé avec un dessin représentant Florence, il tentait de retrouver le ton de la bonne éducation, mais un écart de langage venait toujours tout gâcher. Ce n'était pas vraiment de l'argot, mais quelque expression fleurie que la tante Victoria n'appréciait pas. Quant à Marceau, sa période argotique passée, il usait des préciosités du langage estudiantin d'époque :

« Cela m'est parfaitement équilatéral ! » disait-il.

« Quel œuf, madame ! » faisait Olivier. Ou encore, il lui jetait : « Tu yoyottes de la touffe ! »

« Olivier, tu as vu l'heure ? Où étais-tu ?

– A la bibliothèque, ma tante, et en rentrant, y'avait du ciné dans la vitrine du coiffeur, un Charlot, et même qu'il laissait tomber une glace dans le cou d'une grosse dondon, et que...

– Ce n'est pas une excuse.

– Et après, tout le monde lui courait après, un gros avec des moustaches et qui louchait...

– Là n'est pas la question ! Ne prends pas cet air ahuri et ne louche pas ! »

Et le soir, au cours du repas :

« Henri, vous devriez sévir. Cet enfant est impossible. Il a une mentalité de vagabond.

– Un vrai clodo, ajouta traîtreusement Marceau.

– Il faut écouter ta tante, dit platoniquement l'oncle Henri.

– Oui, mon oncle. »

Depuis la promenade sur les grands boulevards, il savait bien que l'oncle Henri le comprenait. Dans sa pensée, Mayol apparaissait avec son visage maquillé. L'original Léon claironnait. Don Quichotte surgissait. Et il ne rêvait qu'à de nouvelles escapades, braconnant des boîtes de cigarettes vides, des clefs de sardines, du papier d'Arménie, des chansons imprimées sur mauvais papier qu'il fredonnait :

> *Les vieux pyjamas*
> *C'est pour mon papa.*
> *Les dessous troublants*
> *C'est pour ma maman.*

Il enfilait la rue Lafayette, s'arrêtait devant le curieux ovale de la cour des *Grands Bains Lafayette*, la devanture de *Meyronne, tailleur, fournisseur des Chemins de Fer du Nord*, la Maison des Religieuses de Saint-Charles, les cafés *Henri Large*, tournait rue Louis-Blanc devant la C.G.T., passait devant la librairie Benoit, les téléphones Picart-Lebas où il avait livré du papier, s'arrêtait sur les ponts des chemins de fer de l'Est et du Nord, s'amusant à recevoir en pleine face la fumée des grands voyages.

A l'angle du boulevard de la Chapelle, le théâtre des *Bouffes du Nord* montrait des photographies d'acteurs, plus loin le magasin de *Farces, attrapes et cotillons* était bien intéressant avec le fluide glacial et les gaufrettes caoutchoutées. Le magasin *Aux Enfants de la Chapelle* lui suggérait un slogan de T.S.F. :

> *Aux Enfants d'la Chapelle*
> *Vas-y Théodore,*
> *Toi qui as un cœur d'or...*

Dans les quartiers du Xe arrondissement, si peu faits pour le plaisir, mais pour des labeurs artisanaux opiniâtres, avec pour entractes les guichets du P.M.U. et les zincs où la mousse de bière humectait la monnaie des pourboires, Olivier cherchait son bien, errait avec des curiosités d'explorateur.

Où allait-il ?

Une force inconnue le poussait à marcher, à marcher, à dévisager les passants, les commerçants, comme s'il devait les reconnaître, à chercher quelque chose d'ignoré et qui, sans doute, se trouvait enfoui au fond de lui-même.

Peut-être aussi cherchait-il *sa* rue sans oser s'y rendre. Il ne franchissait guère la ligne du boulevard de la Chapelle et se glissait plus volontiers vers d'autres arrondissements que le XVIIIe. Les grands boulevards, la République, les Buttes-Chaumont lui révélaient des secrets moins redoutables. Il aimait monter au-delà de la place du Combat, enfiler le boulevard de la Villette en direction de Belleville, l'avenue Mathurin-Moreau ou la rue de la Grange-aux-Belles. Les cours et les passages artisanaux, les quartiers à meetings, à vocation sociale, où fleurissent les écoles techniques, dispensaires, crèches, syndicats, tout cela qui tourne autour de la place du Combat l'intriguait délicieusement.

Un matin, il pénétra dans un couloir d'immeuble et, guidé par un sûr instinct, il alla de cour en cour et finit par découvrir un escalier de pierre, très raide, avec une rampe comme celle des escaliers Becquerel, qui conduisait à une rue surélevée avec l'indication : *Voie privée.* Sur ses côtés, apparaissaient de luxueuses villas cernées de jardins fleuris. Il s'arrêta émerveillé : pour lui, c'était la campagne. Il se sentit très loin, à ce point qu'il regarda derrière lui si l'issue le conduisant en un tel lieu n'avait pas disparu.

Devant des enfants qui jouaient au ballon, il eut un mouvement de recul, celui qu'il aurait eu autrefois devant des garçons et des filles des beaux quartiers. Il ignorait que ses vêtements ne le distinguaient plus d'eux. A sa surprise, une fillette dont il n'oublierait ni la robe rose, ni les nattes, ni le redresse-dents de métal, lui proposa :

« Tu joues avec nous ? »

Elle avait un accent étranger. Il resta muet, tout gêné, et il fallut qu'elle insistât pour qu'il se décidât à répondre affirmativement d'un brusque mouvement de tête.

Il joua comme dans un rêve. Il s'efforçait de bien lancer le ballon rouge pour que les autres le rattrapent facilement. Ils paraissaient tous très gentils, très calmes, et ne se disputaient pas. Petit à petit, il se sentit à son aise. Il aurait voulu que ce jeu durât éternellement.

Quand ils se fatiguèrent, ils s'appuyèrent contre une grille. La petite fille n'avait guère plus de sept ans, mais elle montrait un air volontaire et malicieux qui la rapprochait de son âge à lui. Il lui dit :

« T'as un drôle d'accent. C'est ton truc sur les dents qui fait ça ?

— Non, c'est parce que mon père il est un Anglais. »

Olivier pensa à Lise, la petite Anglaise de *Sans Famille.* Il sentit qu'il était Rémi et cela lui fit un drôle d'effet, comme s'il s'était trouvé dans les lignes d'un roman.

Mais la fillette, avec un mélange de coquetterie et de dédain, ajouta :

« Et mon protège-dents, on l'enlèvera et j'aurai de belles dents bien droites. »

Olivier porta la main à sa bouche. Il avait une légère cicatrice à la lèvre et une incisive légèrement cassée, souvenirs du coup de poing d'un « voyou de la rue Bachelet ». Il fit exprès de dire :

« Et tu sais parler l'engliche ?

— Oui, et aussi le français, et on va m'apprendre l'allemand...

— Rien que ça ? Comment tu t'appelles ?

— Kate. Et toi ?

— Olivier.

— Tiens ! C'est joli.

— Tu trouves ? »

Une nurse ouvrit la porte d'un jardin et appela :

« Kate, le goûter. Herbert aussi a faim !

— J'arrive ! Au revoir, Olivier.

— Herbert, c'est ton frère ?

– Oh! non, dit-elle en riant, c'est mon chat, un gros chat tout noir! Tu ne veux pas goûter? »

Olivier aurait bien voulu, mais la nurse l'intimidait. Il dit :

« Non merci, j'ai pas faim. Au revoir! »

Il s'en alla très vite.

Le soir même, il devait déclarer à Marceau :

« Eh bien, moi, eh bien, moi, aujourd'hui...

– Aujourd'hui quoi?

– Aujourd'hui, j'ai joué au foot avec des Anglais!

– Quel menteur!

– Crois ce que tu veux », dit Olivier, et il leva le menton avec dignité.

Dans sa chambre, il détordit une attache-trombone pour placer le fil métallique sur ses dents, et il répéta en désordre les rares mots anglais qu'il connaissait, grimaçant devant la glace : *Yes, Good Bye* et *My Darling*.

Une autre promenade le conduisit au marché Saint-Martin. Rue Bouchardon, il pénétra dans ce lieu couvert où les brocanteurs faisaient bon voisinage avec les crieurs de fruits et primeurs et les commis de l'alimentation. Aux éventaires des bouchers, il contempla les pièces de bœuf saignantes à la peau ridée marquée d'encre violette, les étalages de moutons ornés de feuilles vertes, les armes redoutables des garçons bouchers aux visages joyeux et pacifiques. Les roses charcutières se déplaçaient parmi des chapelets de saucisses et des cathédrales de saindoux. Les volailles brillaient de toutes leurs plumes et les gibiers laqués de brun-rouge faisaient penser à des forêts.

« M'sieur, je peux prendre des feuilles de salade? C'est pour une tortue...

– Prends-les et file!

– Merci, m'sieur! »

Le retour à l'appartement offrait un contraste. La tante Victoria apparaissait dans une nouvelle robe, inaugurait un nouveau chapeau.

« Henri, comment trouvez-vous mon bibi ?

– Eh bien... Eh bien...

– Je vois : vous n'aimez pas. Mon Dieu, les hommes et les chapeaux... »

Comme elle craignait les jugements de Marceau, elle se rabattait sur Olivier, l'entraînait dans sa chambre, lui tenait un discours sur les impératifs de la mode, lui parlait d'élégance, de tenue, de beauté, et cela sur un ton doctoral en ajoutant :

« C'est bien ton avis ?

– Heu... Oh ! oui, ma tante.

– Ce chapeau, l'aimes-tu mieux comme cela, tout droit ? Ou sur le côté ? »

Le chapeau naviguait rapidement sur ses beaux cheveux bruns et Olivier ne trouvait pas le temps de répondre. Finalement, il jetait à tout hasard :

« Sur le côté, ma tante.

– Mais non. Tu vois bien que ça ne va pas. Tu es agaçant à la fin !

– C'est joli, ma tante.

– Quoi donc ?

– Les cerises sur le chapeau. »

Elle soupirait d'impatience, le poussait vers la porte, le faisait revenir, et quand elle disait : « Tu es quand même gentil, va ! », il sortait rose de bonheur.

« Ce *parle-aux-pommes*, tout de même ! » faisait Marceau. C'était le surnom qu'il avait donné à Olivier depuis qu'il l'avait entendu converser dans sa chambre avec trois pommes posées devant qu'il appelait : « Mesdames. »

Il est vrai que les sobriquets se remplaçaient rapidement. Julienne, après avoir été l'adjudante, le potage et Sidonie Panache, s'appelait, on ne savait trop pourquoi, le panier à salade. Jami devait se défendre d'Olivier :

« Ze... ze t'interdis de m'appeler Bébé-Lune. Ze vais le dire à ma mère.

– Ta mère, elle a fait un singe.

– Ze dirai des gros mots et ze dirai que tu me les as appris.

– Je m'en tamponne!

– Ze dirai aussi que... Aïe! aïe! me pince pas la zoue! »

Ces querelles se terminaient par quelque gage : chacun devait parcourir un espace de tapis en faisant le rouleau avec son corps. Moyennant quoi, on se promettait de ne pas cafarder et on se déclarait « grands frères rouges unis par les liens du sang. »

Marceau faisait le préoccupé, obligeait Olivier à répéter trois fois la même question, répondait d'un ton détaché. Puis il manifestait une activité fébrile, chantait *Pretty Little Baby* en prenant la voix de Joséphine Baker, se coiffait d'un turban, donnait des consultations à Olivier et aux bonnes en affirmant : « Je suis le fakir de Brahma! » Il parlait de se coucher sur un lit de clous, d'avaler des épingles.

« Chiche! » disait Olivier.

Alors, il jetait des sarcasmes, se repentait, expliquait à l'enfant qu'il l'aimait, qu'il était son petit cousin chéri. Olivier reprenait une formule de la tante Victoria :

« C'est la crise juvénile, mon cher Marceau!

– Face de rat!

– Amphibie à roulettes!

– Chinois d'Afrique!

– Mouche ton nez et dis bonjour à la dame!

« A table! A table! » criait Marguerite qui venait d'entendre la sonnette, et c'étaient des galopades dans les couloirs.

*

Pour emmener Olivier en promenade, la tante Victoria trouvait curieusement des biais. Elle lui indiquait son besoin d'un porteur et il jouait au groom. Ainsi il fut invité à revêtir son costume de golf, à se coiffer autrement qu'en chien fou et le chauffeur les déposa à la Chaussée-d'Antin.

L'enfant assimilait un grand magasin à un palais. Il est vrai que les noms : *Palais de la Nouveauté, Maison Dorée, Louvre* sonnaient royal. Et si l'on se glissait vers le *Printemps*, le soleil resplendissait. Les *Trois Quartiers* étaient de noblesse. Le *Bazar de l'Hôtel de Ville* tintait bien. La *Samaritaine* évoquait de bons Samaritains. Et les *Galeries* devenaient *Farfouillettes* où des milliers de taupes creusaient parmi les coupons soldés et les dessous « à profiter ». A chacune selon sa faim dans la grande énumération des colifichets et des perles. Lumières en guirlandes, lampes comme des soleils, rayons de ruches, vendeuses aux mains patientes, emballeuses aux doigts légers, surveillantes corsetées au buste imposant, au sourire digne, chefs de rayon en redingote pivotant comme des mannequins, caisses enregistreuses aux grelots triomphants, escaliers roulants et ascenseurs se souvenant de la devise *Lift* de *L'Ecole des Cocottes.* Le mot *Réclame* comme un aimant, les miroirs ovales de la chapellerie qui reçoivent des mimiques de stars. *Au Bonheur des Dames* réédité, le *Magasin pittoresque* remis au goût du jour. Et l'énorme machinerie de la vente, les paquets glissants sur les toboggans, les étoffes changeant de couleur comme des fleurs selon les saisons, les clientes maniaques, préoccupées, heureuses.

Tout ce spectacle semblait fait pour le seul plaisir de la tante Victoria. « Une cliente de choix ! » disaient les regards des vendeuses. Et pourtant, elle n'achetait guère que des petites choses, broderies et compléments de toilette, se contentant de regarder l'affairement, avec un sourire distingué et affable sur l'arc de ses belles lèvres carminées.

Olivier modelait son attitude sur la sienne, prenait des airs de garçon intéréssé et poli. Il tâchait de se montrer prévenant et galant comme sa tante le lui avait appris. Loin le temps où à la *Maison Dorée*, à Montmartre, il suivait quelque vieille dame inconnue pour se faire admettre par les gens de magasin peu enclins à laisser un Poulbot se promener seul.

Quand la tante Victoria acheta de la passementerie pour les doubles rideaux, une vendeuse au nez retroussé fit une caresse sur la joue de l'enfant et dit :

« Il est charmant votre petit garçon, madame. »

Il recula instinctivement comme s'il usurpait un titre. Mais la tante Victoria ne corrigeait pas, ne disait pas : « C'est seulement mon neveu, un orphelin que j'ai adopté... », et la vendeuse, devant la moue renfrognée d'Olivier, devait penser : « Quel petit sauvage ! »

« Prends donc le paquet, Olivier. »

Au rayon des chapeaux, tandis que l'enfant regardait les têtes de bois, la tante Victoria le coiffa d'une casquette de sport.

« Cela va très bien avec ton costume de golf ! »

Il se haussa sur la pointe des pieds jusqu'au miroir. Cette belle casquette de laine, avec sa partie supérieure élargie et gonflée, comme elle lui allait bien ! Ses cheveux blonds sortant autour de la lisière le faisaient vaguement ressembler au jeune acteur Robert Lynen.

« Je la prends, dit la tante Victoria. Retirez l'étiquette. L'enfant la portera...

– Oh ! ma tante...

– Inutile de rougir pour si peu, Olivier.

– Merci, merci, ma tante. »

Ils quittèrent le magasin pour marcher en direction de la Madeleine. Le soleil éclairait les vitrines. Des hommes, la veste sur le bras, tiraient de temps en temps sur leurs bretelles. Olivier marchait près de sa tante, un peu en retrait cependant car il se sentait intimidé de se trouver auprès d'une aussi belle dame. Il s'attarda pour regarder le bouchon de radiateur d'une Chenard et Walker, un bel aigle de bronze, tandis que le préposé de la station d'essence *Azur* agitait le levier distributeur.

Parfois, dans le reflet d'une vitre, Olivier apercevait son nouveau couvre-chef. Il lui paraissait très lourd et la bordure de cuir lui collait au front. Il se croyait obligé de se tenir très droit, se sentait déguisé. Ses copains de la rue Labat, Riri, Loulou ou Capdeverre l'auraient traité de crâneur, et, rue Bachelet, la « gapette » aurait sauté de main en main pour finir dans l'eau sale du ruisseau.

« Hé ! fais-moi une passe !

— Rendez-moi mon galure !

— Tu parles d'un bitos ! »

Il imaginait la scène et à sa colère se mêlait un peu d'attendrissement. Il murmurait : « Allez, les potes, soyez pas vaches ! » et cela le faisait sourire comme un innocent de village.

« Tu viens, Olivier ? Ne reste pas en arrière. Sors tes mains de tes poches et ne marche pas en canard !

— Oui, ma tante. »

Rue Tronchet, il aperçut la voiturette d'un marchand de glaces, jaune et vert, avec ses couvercles en forme de dômes byzantins, ses peintures représentant le Vésuve et la baie de Naples. Tandis que la tante Victoria s'attardait devant une maroquinerie, il acheta un cornet double, pistache et framboise, les couleurs de la robe de sa tante.

« C'est pour vous, ma tante, un cadeau ! »

Pourquoi eut-elle cet air gêné ? Elle ne prit pas le cornet et il resta là, la main tendue, tout interloqué. Elle lui dit :

« Mais, Olivier, une dame ne mange pas une glace dans la rue... »

Il parut tellement déçu qu'elle ajouta gentiment :

« Cela ne se fait pas, tu comprends... Rue Labat, peut-être... Mais moi, tu n'imagines pas... Mais c'est tout de même très, très gentil. Et pour la peine, je la prends et je te l'offre à mon tour. Tu vas la manger cette belle glace...

– Oui, ma tante. »

Il marcha en regardant la crème glacée qui commençait à fondre. Il finit par lécher sur les côtés à coups de langue de chat. En même temps, il réfléchissait, imaginait sa tante soulevant sa voilette blanche et faisant les mêmes gestes que lui. Brusquement, il comprit : cela n'allait pas du tout. Il ne savait expliquer pourquoi, mais il voyait mal sa tante dans la rue léchant cette glace. Il la mangea gloutonnement jusqu'à ce que le froid lui fît mal à la tête, et il jeta la gaufrette dans le ruisseau. Alors, il se rapprocha de sa tante et lui dit :

« Je, je n'avais pas pensé, ma tante...

– Ton gcstc était très gentil. Mais tu manques encore de manières. Ainsi, ton cousin Marceau... Mais tout cela s'apprend, je pense... »

Ils entrèrent dans un salon de thé où régnait une ambiance feutrée. D'une table à l'autre, les dames se regardaient à la dérobée et, dès que des regards se croisaient, on détournait les yeux bien vite. Olivier avait retiré sa casquette et la portait sous le bras comme un sportsman. Sous la table, il remonta la jambe droite de son pantalon de golf qui avait glissé.

« Je prendrai un doigt de madère et un biscuit, dit la tante Victoria. Et pour l'enfant du sirop de cassis avec de l'eau d'Evian. Montrez-lui les gâteaux, il choisira. »

Le silence se fit car une demoiselle en noir avec un col blanc plaqua quelques accords de piano. Un jeune homme blond et pommadé lut un poème de Rosemonde Gérard qui fut discrètement applaudi. Puis les serveuses circulèrent de nouveau, les conversations à voix basse reprirent dans un murmure.

Tout près d'eux, une jolie maman adressait des reproches à sa fillette qui tentait de faire tournoyer un oiseau multicolore au bout d'un fil.

« Jacqueline, on te regarde. »

Une marchande entra et obtint la permission de montrer de petits jouets : lapins en peluche, oiseaux de métal, yo-yo qu'Olivier regarda avec envie.

« J'imagine que tu aimerais avoir un yo-yo, dit la tante Victoria, mais il existe bien d'autres jeux, et qui ne sont pas ceux de tout le monde. »

Tiens ! Marceau aurait pu dire cela. Comme il ressemblait à sa mère ! Elle tournait la tête et il remarqua le même creux entre les tendons de la nuque, le même menton obstiné. Marceau ! Penser à son cousin l'assombrit. La veille, il avait questionné M. Joly, son instituteur :

« M'sieur, qu'est-ce que c'est un voile au poumon ? »

Et le maître, après lui avoir expliqué que c'était quelque chose de très grave, lui demanda :

« Tu n'as pas ça, au moins ?

— Non, je l'avais entendu dire et je me demandais...

— Tant mieux pour toi, tu sais. Cela se soigne en sana. »

Et le soir, dans la chambre de Marceau :

« Marceau, il paraît que c'est grave, un voile au poumon. Tu devrais le dire...

— T'es zinzin, non ? C'est rien. Et si tu mouchardes, je te ferai jeter dehors par ma mère !

— T'es sûr que c'est rien ?

— Mais non, idiot ! »

Mais Olivier n'avait pas été convaincu et, aujourd'hui, dans ce salon de thé, cela le tracassait. Il faillit parler et se retint. Il finit par se dire que les parents devaient bien connaître ces choses-là. Mieux que les enfants.

« C'est bon le cassis ?

— Oh ! oui, alors ! »

Au-dessus des rideaux plissés de la vitrine, l'église de la Madeleine alignait ses colonnes. Il regarda les

226

fines raies de son gâteau et tenta un vague rapprochement. C'était sans doute pour cela que cette chose exquise s'appelait madeleine et on ne devait en manger nulle part ailleurs. Pourtant, il lui sembla en avoir déjà vu chez le pâtissier du faubourg. Il s'interrogea sans trouver de réponse. Il ne devait apprendre que beaucoup plus tard qu'un monsieur s'était déjà penché sur cette question.

*

Dans les jours qui suivirent, il n'eut pas le temps de s'ennuyer. Les Desrousseaux sortaient et recevaient beaucoup. A l'approche des vacances, la tante Victoria s'était souvenue de maints oublis à rattraper. Elle préparait tout un programme de réceptions, de bridges, de dîners qu'elle inscrivait sur un agenda couvert de cuir grenat.

« Jeudi soir, nous aurons une belle fournée ! »

C'est ainsi qu'Olivier put reconnaître dans l'antichambre des personnages qu'il avait vus au cinéma : Alerme et Junie Astor qui avaient des propriétés à Montrichard, Jules Berry amené par son producteur Saint-Gerans qui avait pris des vacances à Saugues, Alice Field, Rosine Déréan. Ces gens existaient donc ailleurs que sur l'écran, ils parlaient, agissaient « comme tout le monde » mais avec un rien de différent qu'Olivier ne savait définir. Mais quelle source pour les imitations qu'il produirait à l'intention de Jami son fidèle spectateur !

Il venait aussi des industriels, des commerçants, des dames conviées pour le thé. Olivier ne retenait d'eux qu'un détail physique ou vestimentaire. Il disait à Marceau : « Mais si, tu sais bien, l'engoncé, avec son col dur et ses manchettes de celluloïd... » Il y avait aussi Gros-gros, avec ses joues violacées et dont la fumée de cigarette sortait de sa bouche au fur et à mesure qu'il parlait, le zèbre à barbiche qu'il appelait « le bouc » en murmurant « Quinze ! » dès qu'il arrivait, le Méridional à barbe de Tartarin, avec son pantalon de serge jaune s'arrêtant sous la poitrine et maintenant un gros ventre, « tout plein de poissons », disait l'enfant. Et la dame frisée comme un mouton, le Luxembourgeois, le grossiste, et aussi un fondeur que la tante Victoria avait surnommé *Gala Peter* car il ne cessait de croquer du chocolat.

Mais la grande surprise d'Olivier fut l'arrivée de la tante Emilie, « la tante de mon oncle », la sur-tante. Enorme, altière, hommasse, elle fit dans l'appartement une irruption fracassante. Vêtue d'un tailleur noir, d'une chemise d'homme ornée d'une lavallière, elle portait les cheveux à la Jeanne d'Arc et pimentait ses tonitruances d'un savoureux accent chtimi. Elle jeta dans un recoin de l'antichambre une énorme valise à soufflets et posa contre le mur de grands châssis de bois retenant des calicots sur lesquels étaient inscrits des slogans.

« Bonjour, *min garchon*, dit-elle à l'oncle Henri, et à la tante Victoria : N'ayez crainte, ma belle, je repars demain. Je suis là pour la Journée des Femmes. Hé oui ! que vous le vouliez ou non... »

L'oncle Henri et la tante Victoria s'empressèrent, baisèrent les joues flasques. Marceau eut droit à une bourrade dans le dos, Jami fut soulevé par des bras gros comme des cuisses. Olivier fut salué aussi :

« Ah ! c'est le surgeon. Bonjour, l'Oiseau ! »

L'Oiseau : elle ne l'appellerait jamais autrement. Un thé de bienvenue fut organisé au salon. Le corps de la femme écrasa un fauteuil crapaud et elle réclama du rhum pour parfumer son thé. Parfois, elle tapait dans ses mains et partait d'un gigantesque éclat de rire. Jamais Olivier n'avait rencontré une personne semblable et il l'observait, médusé.

« Encore un peu de thé. Et un peu de rhum. Et un peu de sucre. »

Les mouvements rapides de son visage et de ses

mains faisaient contraste avec sa pesanteur. Malgré les bajoues qu'un grand nez bourbonien planté comme un mât semblait retenir, elle avait un visage énergique, intelligent, illuminé par des yeux gris qui lisaient en vous. L'enfant pensa qu'elle ressemblait à la Dame du tableau de François Boucher, et comme il avait entendu dire de cette personne vénérable : « Des comme la tante Emilie on n'en fera plus ! », il l'assimilait à un lointain passé ressuscité.

Tout en buvant son thé alcoolisé, elle posait des questions auxquelles, le plus souvent, elle répondait elle-même.

« Que joue-t-on à Paris ? Comment va Sacha ? Pas divorcé encore ? Et Tristan ? Dites-moi qui a encore de l'esprit ? Non mais... Et qu'en dit Descaves dans L'*Intran* ? Ah ! oui ? L'autre raseur. Hum ! c'est bête, mais ça fait rire. Après tout, j'irai à la Comédie-Française. Comme on dit : on y passe toujours une bonne soirée. Avez-vous lu les prédictions de la comtesse de Beck ? Tous ces charlatans ! *La Paix* d'Aristophane par Dullin. Ça c'est quelque chose !... »

Elle sortit de son sac un étui duquel elle tira un court Havane et l'alluma après un « Je peux ? » auquel elle n'attendait pas de réponse. Puis elle jeta :

« Ça fait luxe ici ! Quand on aime ça... »

La tante Victoria tordit un peu la bouche. La surtante tâta son cigare, ajouta une bonne rasade de rhum pour faire passer le thé, et reprit son monologue :

« ... Ce n'était pas le gros Chéron qui pouvait sauver les finances. Et Paul-Boncour ? Celui-là, j'aime bien sa tête. Dans les mairies, ils ont placé un buste de Marianne à tête de Bécassine. De mieux en mieux, en attendant le prochain ministère. »

Elle buvait, fumait, cessait de parler et murmurait : « Je vous ennuie ? » pour recommencer après avoir ajouté : « A mon âge, on peut tout se permettre ! » Et, se tournant vers Olivier :

« Et toi, l'Oiseau, ne me regarde pas comme si j'avais pondu un œuf carré. Va chercher les panneaux dans l'entrée !

— Oui, madame.

— Appelle-moi donc « tante » !

— Oui, ma... heu, oui, tante. »

Marceau l'aida à porter les panneaux. Au passage, il glissa à l'oreille d'Olivier :

« Elle a l'air comme ça... mais elle est formidable ! Elle est franc-maçonne... »

On disposa les panneaux contre le piano. Et on put lire les slogans : *Droit de vote pour les femmes !* et *La femme est l'égale de l'homme !*

L'oncle approuva avec un léger sourire. La sur-tante indiqua que les panneaux se portaient par deux avec des bretelles de cuir et qu'elle défilerait devant l'Elysée. La tante Victoria était partagée entre sa féminité et le désir de jouer les esprits forts. Elle dit :

« Je suis pour l'égalité des sexes, mais le vote... Cela mettra la brouille dans les ménages.

— Il faut savoir ce qu'on veut !

— De toute façon, cela ne m'intéresse pas, dit la tante Victoria. Henri vote bien comme je le veux !

— Qui sait ? dit l'oncle Henri.

— Mais il y a tant d'idiotes !

— Pas plus que d'ivrognes, rugit la sur-tante, et les ivrognes votent, eux ! »

L'oncle Henri coupa court à la querelle et chacun fut invité à embrasser la vieille femme. Aussitôt, elle fit claquer les mains, parvint à s'extraire de son fauteuil :

« Les enfants, emballez les panneaux. Il faut que je vous quitte. Allez, ouste ! Je serai là pour le dîner. Ou en prison. Mais j'aimerais bien manger du veau aux salsifis. Dites-le aux petites bonnes. »

Olivier attendit le dîner avec impatience. Ce fut

sans doute un des plus amusants qu'il connût. Après avoir donné cours à sa fureur car les passants avaient ricané sur son passage, elle retrouva sa bonne humeur et parla d'abondance. Elle savait tout, connaissait tout le monde, donnait la réplique à l'oncle Henri sur le théâtre, à la tante Victoria sur les affaires ou la mode, à Marceau sur la littérature, et, de plus, elle amusa Jami en taillant un bouchon et en le pinçant sur son nez comme un clown.

Elle resta trois jours à Paris, mais on ne la vit qu'au moment des dîners. Elle parla des séances au Palais-Bourbon où les dames se rendaient comme au Salon d'Automne, répétait des répliques cinglantes, se moquait du langage politicard aux expressions prudhommesques.

« Et les communistes ! Ce sont bien les enfants terribles ! »

Et comme la tante Victoria grimaçait, la sur-tante jetait un regard sur la vaisselle, les bibelots, les tableaux, les tapis :

« Quand viendra le Grand Soir, il faudra tout partager, ma petite fille !

– Pourvu qu'on me laisse mon Boucher... et une brosse à dents ! » dit la tante Victoria en riant.

Et Marceau apporta son grain de sel :

« Ma mère les voit toujours avec une casquette, un foulard rouge et un couteau à la mâchoire. Elle date...

– Mais non, ne me fais pas plus bête que je ne le suis. »

La sur-tante parlait aussi d'un lieu qu'elle appelait « le Faubourg » et qui n'était pas le faubourg Saint-Martin, avec un mélange de considération et de dérision.

« Je suis allée chez les G. Quel kaléidoscope ! Le Faubourg se démocratise. Enfin... à sa manière ! Une cocktail-party, vous vous rendez compte ! Jamais on n'aurait employé ces mots. Quant à la conversation :

on ne parlait que d'union intellectuelle et de freudisme. »

Elle ajoutait :

« Enfin, on verra ! Henri, *min garchon*, ressers-moi donc de ton mercurey.

*

Pour ses réceptions, ses dimanches au pesage, la tante Victoria variait ses toilettes, trichait, faisait copier des modèles de grands couturiers comme Worth ou Violet par de « petites couturières pas chères ». Elle portait des chapeaux de plus en plus extravagants, essayait de nouveaux maquillages, et quand Olivier voyait le visage mat tourner au blanc, les yeux s'agrandir, les sourcils se surélever, les paupières s'humidifier et se pailleter, les cheveux briller comme des miroirs noirs, il l'admirait comme une star.

Un après-midi, tandis qu'elle sortait, vêtue d'une robe à bretelles aux harmonies noir et blanc, coiffée d'une grande capeline de paille grise, il ne put refréner son enthousiasme :

« Oh ! ma tante, comme vous êtes belle !

– Mais... dis donc, toi ! Te voilà galant ? »

Elle sourit de plaisir. Ce compliment lui plaisait davantage que beaucoup d'autres plus ou moins sincères.

Marceau saisit la balle au bond :

« Ah ! Ah ! dit-il à Olivier, t'es amoureux de Victoria !

– T'es fou, non ? »

L'enfant savait que son oncle et sa tante fréquentaient les lieux à la mode d'un Paris dont il devinait mieux les dimensions.

« Je vais à la *Rotonde*, disait l'oncle Henri, on y lit les journaux anglais. »

Olivier savait que c'était à Montparnasse et qu'il s'y trouvait d'autres lieux ronds nommés *Coupole*

232

ou *Dôme*. Il entendit aussi parler de boîtes de nuit dont les noms lui avaient été rendus familiers par Mado et Mac. Il imagina absurdement que sa tante pouvait connaître la Princesse. Quand il lui posa la question, elle répondit du bout des lèvres :

« Non, je ne connais pas de... Mado. »

On parlait du bal de l'Université ou de la réception à l'Hôtel de Ville où il fallait absolument être invité. De degré en degré, de fêtes de charité en bals comme celui des Petits Lits blancs, les échelons de la société étaient gravis.

Mais la conversation roulait de plus en plus sur les prochaines vacances. C'était décidé : Marceau partirait deux mois à Londres. Les parents iraient à Montrichard pour s'occuper des travaux de la propriété, et on enverrait Olivier à Saugues, chez les grands-parents.

Saugues ! Saugues, le pays des ancêtres.

Olivier avait tant de fois entendu ce nom qu'il se revêtait de magie, devenait incantatoire. Et le bon Papa-Gâteau lui avait dit :

« Si tu enlèves les deux U de Saugues, cela fait " sages " et nos Saugains sont des sages ! »

Et il avait fredonné sur l'air du *Sanctus* de Beethoven, des refrains entrecoupés par :

Saugues, Saugues, salut à toi, salut !

avant de chanter *Lis Esclops*, la chanson du pays, en patois.

Ce village, c'étaient pour l'instant encore des imageries mais qui s'animeraient bientôt. Le grand-père maréchal-ferrant, la mémé avec sa coiffe, le tonton, à peine plus âgé que Marceau et qui soulevait une enclume comme un oreiller... Et le souvenir d'une phrase de Bougras : « C'est là qu'il faut que tu ailles ! »

« C'est Bath ! lui confiait Marceau. Tu iras à la

pêche à la truite. Tu prendras des écrevisses dans des balances, avec une tête de mouton et de l'huile d'aspic ou du Pernod. Tu attraperas des vairons dans la Seuge : on perce le cul d'une bouteille, on met du pain, on passe une ficelle... Ils parlent patois. Tu n'y comprendras rien. Mais je voudrais bien être à ta place...

— Raconte cela !

— Il y a trois vaches : la Marcade, la Dourade et la Blanche, et un chien qui s'appelle Pieds-Blancs. Lui aussi il ne connaît que le patois.

— Encore, encore !

— Il y a la forge, le métier pour tenir les vaches quand on les ferre. Le tonton t'emmènera dans les foires aux bestiaux, les fêtes patronales. Il te prêtera son vélo. C'est un monde à part, mais il y a le hic !

— C'est quoi ?

— Tu iras garder les vaches dans un pré à côté du gour de l'Enfer. C'est un trou sans fond, avec le Diable !

— Je ferai gaffe !

— Je suis sûr que ça t'ira très bien de garder les vaches. Peut-être qu'ils te garderont à Saugues. Comme vacher. Ouf ! on ne te verra plus ici. Tu deviendras un vrai cul-terreux !

— C'est pas vrai ? »

A la pensée de ne plus revoir Paris, de ne plus sentir, assez proche, sa rue, même s'il n'osait s'y rendre, il ressentait une peur affreuse.

« Je reviendrai, ma tante ?

— Mais bien sûr, à la fin des vacances. N'écoute pas ton cousin. Il te taquine. Et c'est très amusant de garder les vaches. Quand j'étais petite, je partais avec ma mère en emportant un goûter.

— Vous, ma tante !

— J'ai fait bien des choses, tu sais. Et garder les vaches est une condition essentielle pour la réussite dans l'existence. »

234

Elle le disait sans rire tandis que l'enfant pensait :
« Quelle peau de vache, ce Marceau ! » Il décida de
lui poser une question. Il choisit le moment où son
cousin s'apprêtait à rejoindre sa bande au Floréal :

« Dis, Marceau, pourquoi t'es peau de vache avec
moi ? »

Marceau prit une brosse dans chaque main et,
avant de répondre, se frotta vigoureusement les cheveux.

« Que veux-tu dire ?
– Tu me lances toujours des boniments ! »

Marceau refit trois fois son nœud de cravate avant
d'accorder une attention quelconque à son cousin. Il
regarda au plafond pour y chercher l'inspiration,
secoua doctement la tête, et dit sur un ton las :

« Mon petit, personne dans la maison ne se pré-
occupe vraiment de ton éducation. Il n'y a que moi.
Et la tâche n'est pas aisée... »

« Quel schnoque ! » pensa Olivier.

« ... Petite âme populaire et sentimentale, j'essaie
de faire de toi un homme ! »

Et Olivier qui depuis des semaines ne prononçait
plus un gros mot faillit à la promesse qu'il avait
faite à Marguerite. Il prit un air grave, regarda lui
aussi vers le plafond, fit mine de nouer sa cravate et
prononça :

« Ducon marchand de frites, c'est toi ! »

Après quoi, il s'enfuit prudemment et s'enferma
au petit endroit.

Mais Marceau pensait surtout à ses vacances.
Tout l'après-midi, il avait préparé des tenues
insulaires : blazers en jersey sans revers, pantalon
gris, cravates club. Il irait dans la famille d'un fabri-
cant de pâtes à papier, une villa dans un endroit
nommé Hampstead, près de Londres. C'était,
paraît-il, très chic.

« Le climat n'est peut-être pas idéal pour toi, risqua sa mère.

– Mais ça va très bien ! Je suis en pleine forme ! »

Olivier baissait la tête avec gêne. Il savait que parfois Marceau sortait pour qu'on n'entendît pas sa toux.

« Et je vais perfectionner mon anglais.

– Ils ont un fils de ton âge. Et deux filles. Tu joueras au croquet. Je vais te faire lire un manuel de politesse anglaise.

– Deux filles ? Tiens, tiens !

– Jeune fat ! »

Olivier se précipiterait sur le Larousse pour voir ce que signifiait le mot « fat ».

Déjà, Marceau prenait le thé dans un parc devant la plus jolie pelouse du monde, Jami faisait des pâtés de sable sur une plage au bord du Cher, Olivier s'approchait timidement des vaches.

A l'office, Blanche continuait de vivre sa tragédie tout en tricotant de la layette. Elle irait passer une semaine dans son village et cela l'effrayait.

« Mon père me tuera !

– Mais non, disait Marguerite, je serai avec toi. Ça bardera au début puis il comprendra. Et puis, tu reverras ton ancien fiancé. Je lui parlerai. On ne sait jamais. Il te reprendra peut-être. S'il t'aime vraiment... »

Elle s'était rendue aux Trains Bonnet pour louer leurs places et celle d'Olivier pour Langeac où il trouverait le car de Saugues.

Marceau appelait Olivier « L'Auverpin » et chantait à son intention :

> *Tous les Auvergnats*
> *Y z'ont la barbe fine,*
> *Tous les Auvergnats*
> *Y z'ont du poil aux bras.*

Olivier, effrayé et ravi à la pensée de faire seul un tel voyage, se sentait pris de bougeotte.

« Pas de commission, mon oncle ? »

Et l'oncle en inventait une :

« Si, veux-tu aller m'acheter *Le Temps* ?

– Oui, mon oncle. »

Il dévalait l'escalier à toute vitesse pour gagner du temps de flânerie. Il adorait s'arrêter devant un kiosque à journaux. La marchande les rangeait soigneusement dans des casiers de bois après les avoir pliés pour qu'ils puissent tenir dans la poche. La mode était alors de dresser son chien à aller chercher le journal et on voyait parfois un quadrupède qui courait avec *L'Excelsior* ou *Le Matin* dans sa gueule.

« M'dame, *Le Temps* !

– Regarde sous l'élastique, à droite. Non, j'ai vendu le dernier.

– Zut alors ! »

En fait, il était ravi : cela lui donnait l'occasion de courir jusqu'à la gare de l'Est. Il traversait la grande cour en se glissant entre les autos et les taxis, lisait le menu du *Relais Paris-Est* en faisant miam-miam, pénétrait dans le hall encombré de voyageurs et de valises. Il imaginait qu'il demandait au guichet :

« Une troisième classe pour Strasbourg, s'il vous plaît ! »

Il s'approchait de l'éventaire de presse et lisait les noms des publications : *L'Œuvre, Comœdia, le Journal, le Figaro, Cinéregards, Eve, l'Humanité, Vu, le Miroir, Dimanche illustré, Marianne, le Populaire...* Il feuilletait à la dérobée. Les journalistes trouvaient toujours des faits extraordinaires à raconter. Et même s'il ne se passait rien, ils trouvaient toujours quelque chose à dire. L'arrivée du printemps à Paris, la première chute de neige, les roses à Bagatelle donnaient lieu à des numéros spéciaux, tout fleuris, avec de belles dames qui souriaient sur fond de paysage. En été, on montrait les bouquinistes délaissant leurs boîtes pour aller se baigner dans la Seine ou des jolies filles en maillot faisant de l'aquaplane.

« T'as pas fini de lire, le môme, tu veux que je t'aide ? »

Il filait à l'autre bout du hall et, devant un autre marchand, reprenait ses lectures. Des photographies en bistre ou en bleu montraient des choses extravagantes : une partie de golf en armure du Moyen Age, un violoniste jouant dans une piscine, un maquilleur pour chiens, une baleine de soixante-cinq tonnes présentée à l'Olympia Circus, une chatte qui allaitait des lapins, et toujours on indiquait *Incroyable mais vrai !* Olivier regarda une photo représentant Miss Paris rendant visite aux clochards sous les ponts; sur une autre, Joan Blondell, en manteau de léopard, tenait un léopard en laisse.

« Tu veux pas aussi un fauteuil pour lire à l'œil ?
— Excusez-moi, m'sieur, je voudrais *Le Temps*.
— A la bonne heure ! T'as des sous au moins ? »

Olivier consultait la grande horloge. Aïe ! Et l'oncle Henri qui attendait son journal ! Il revenait d'un pas gaillard en rythmant ses pas avec une chanson d'Alibert :

> *Elle finit au bout de la terre,*
> *Notre Cane... Cane... Canebière !*

Le gronderait-on ? Il était prêt à affirmer avoir couru tout Paris pour trouver *Le Temps*.

Neuf

A L'OFFICE, tout étincelait : casseroles de cuivre, boîtes d'épices, écumoires et louches, robinets, accessoires du fourneau, et on aurait pu se croire dans une de ces cuisines immortalisées par les peintres flamands.

« Attention à ton nez ! »

Olivier se tenait près du ventilateur qui bourdonnait comme un insecte, pour recevoir l'air frais sur son visage. Il aimait le moment où l'on branchait l'appareil, où les pales tournaient de plus en plus vite jusqu'à devenir invisibles.

Devant la mise en garde de Marguerite, il recula, pinça ses narines entre le majeur et l'annulaire repliés, y glissa son pouce et montra le bout comme si c'était son nez qu'il venait d'arracher.

La bonne haussa les épaules. Elle frotta une allumette soufrée sur un pyrogène conique et tint la tête en arrière jusqu'à ce que la flamme devînt rouge. Elle l'approcha alors d'une lampe à alcool et il en jaillit une autre flamme, bleue cette fois, sur laquelle elle posa un fer à papillotes.

« Mais si, dit-elle à Blanche, je vais te coiffer. Ça te fera une économie. »

Installée sur un tabouret, une serviette-éponge autour du cou, la petite rousse avait un aspect ridicule et touchant. Elle semblait dire : « A quoi bon ? » et reniflait encore d'avoir trop pleuré. Elle soupira et dit :

« J'ai pris un billet du... »

Et suivit un mot incompréhensible qui tenait de « bifteck » et de « Suisse Tchèque ». Olivier se retourna et dit précieusement :

« Du *Sweepstake* !

– Enfin bref », dit Blanche.

Elle pensait au coiffeur Bonhoure, premier gagnant de la Loterie nationale. A cette image succéda celle d'une chambre à coucher en bois sculpté éclairée par une suspension rustique avec des abatjour rouges.

Marguerite mesura la chaleur du fer à friser sur des morceaux de papier journal. Elle alluma une Naja et commença à coiffer son amie en plissant les paupières.

« Moi, dit-elle, j'aime bien Germaine Lix.

– Qui c'est ? demanda Olivier.

– Une chanteuse.

– Connais pas.

– Tu ne connais rien. Laisse ce coco. C'est dégoûtant ! »

Olivier achetait de minuscules boîtes de coco en métal et, plutôt que de les dissoudre dans l'eau, il y glissait sa langue, suçotait, se teignait les lèvres de poudre ocre.

Il quitta la cuisine pour aller se laver à la salle de bain et chiper un peu de brillantine cristallisée à son oncle.

Dans sa chambre, il s'installa devant les *Voyages de Gulliver* mais quitta bientôt Lilliput. Un souci le tenaillait. A l'école, le troisième trimestre avait été déplorable et le livret allait arriver avec sa case rectangulaire à droite et l'inscription : *Signature des parents.*

Jami traversa la chambre. Il tenait le bras gauche en l'air et on avait glissé dans son dos un trousseau de clefs pour arrêter un saignement de nez. Cela ne l'empêchait pas de chanter :

> *Au p'tit bois, p'tit bois charmant*
> *Quand on y va on est à l'aise...*

Olivier lui adressa une vilaine grimace et dit :
« Ferme ta boîte à sucre, les mouches vont rentrer dedans ! »

La veille, Julienne était venue. Toujours guindée, une poudre de riz trop blanche lui donnait un air anémique. Elle ne se séparait pas de ses gants blancs et adressait à Marceau des regards de chien battu. La pauvre, comme elle était éloignée des vamps populaires du café *Le Floréal* ! Il ressentait de la pitié pour elle, Olivier, et il aurait voulu lui dire des choses gentilles mais il savait qu'elle ne l'aurait pas écouté.

Sans le savoir, il s'efforçait de lui plaire, soignait sa tenue, son langage, avait de petites attentions, s'efforçait de parler de choses qui pussent l'intéresser. En contre partie, elle avait remplacé son dédain par une froideur aimable.

> *Au p'tit bois, p'tit bois charmant*
> *Quand on y va on est content.*

« Quel œuf, ce Jami, avec ses chansons à la gomme ! » Et Marceau, dans la chambre voisine, qui toussait. Une toux sèche, tranchante comme une lame. Olivier porta la main à sa poitrine. Il éprouvait la sensation d'être lui-même déchiré par cette toux. Il se répétait que c'était peut-être la coqueluche. Et parmi le linge de Marceau, il connaissait l'endroit où était cachée la lettre du médecin suisse. Mais qui sait si Marceau n'avait pas inventé tout cela pour faire l'intéressant ? Olivier se répéta : « Il est guéri, il est guéri, il tousse exprès, il est guéri... »

En face, la vieille couturière changeait ses rideaux. La fenêtre grande ouverte, debout sur une chaise, elle écartait les bras. Une vision rapide : elle tombait dans la cour. Il ferma les yeux sur son propre vertige, les rouvrit. Non, la dame était toujours là qui descendait de sa chaise en admirant ses beaux rideaux bien propres.

« Oh ! là ! là ! Quelle baraque, bon sang ! »

Il donna un coup de poing sur sa table. Blanche qui chialait tout le temps, l'illustre Marceau qui toussait, le livret avec de mauvaises notes. Tout allait mal. Il se flanqua une gifle, puis rangea ses livres pour se donner l'impression de mettre de l'ordre dans ses idées.

Il erra ensuite de pièce en pièce, contemplant les beaux meubles vernis, la dame du tableau de François Boucher, sa tante en robe 1925, les panneaux laqués, les vitrines étincelantes, les bibelots.

A la salle de bain, Marceau avait craché dans le lavabo et l'eau qu'il faisait couler se teintait de rouge.

« Marceau, Marceau, je voudrais te parler, en ami !

— Accouche, face de rat ! »

Olivier suivit son cousin dans sa chambre, mais la porte se referma sur lui et il entendit le bruit du verrou. A travers la porte, il dit :

« Y'avait du sang quand t'as craché !

— C'est mes gencives. J'ai trop frotté mes dents.

— Fais voir !

— La barbe à la fin, pot de colle ! »

A l'office, Blanche se regardait dans un miroir que Marguerite tendait devant son visage. Plus tard, elles transvasèrent dans un pot de grès une mère de vinaigre. Olivier grimaça devant cette chose dégoûtante en pensant vaguement à des poumons. Il repoussa Jami qui lui criait : « Rodrigue, as-tu du cœur ? » pour susciter la réplique et s'enferma dans les cabinets. Là, la tête contre le mur, il se mit à pleurer. Il resta assez longtemps prostré, les larmes refroidissant sur son visage.

Il finit par lever la tête. Il venait de prendre une décision. Il tira la chasse d'eau et sortit.

*

Il passa devant Blanche qui grattait des crosnes, ouvrit la porte de l'escalier de service par laquelle Marguerite était sortie quelques instants auparavant et monta au sixième étage.

Sur le palier, une femme en peignoir, un jardin de bigoudis sur la tête, emplissait un broc à la fontaine. Il suivit le couloir sale, à la peinture chocolat écaillée, et frappa à la porte de la chambre de Marguerite.

« C'est Olivier !

— Qu'est-ce que tu veux ? Je déteste qu'on monte ici. Allez, entre ! »

Elle était en combinaison rose et ses bas de fil tombaient sur ses chevilles. Sous le toit, il faisait une chaleur étouffante, insupportable.

« Laisse la porte entrouverte, ça fera courant d'air », dit-elle en soulevant le vasistas.

Elle mit sa main droite contre sa poitrine et tira sa combinaison sur ses cuisses.

« T'as pleuré.

— Oui. »

Elle s'assit au bord du lit et lui sur une chaise paillée. Il avala sa salive péniblement et finit par demander avec sérieux :

« Quand on crache du sang, c'est grave ?

— Qu'est-ce que tu racontes encore ?

— C'est grave ?

— Oui, c'est grave. Pourquoi ? »

Après un silence, il dit sur le ton de quelqu'un qui commence une longue histoire :

« Heu... et bien voilà...

– Mais parle donc !

– C'est un secret. Il faut me jurer de ne jamais en parler à personne. A personne !

– Je ne jure jamais.

– Alors, tant pis. »

Il fit le mouvement de se lever mais Marguerite, intriguée, le retint.

« Reste là. Tiens : je le jure !

– Tends la main et jure sur la tête de ta mère.

– Ah ! ça, non.

– Mais tu jures ? »

Elle jura et Olivier se libéra en lui livrant faits et inquiétudes. Il parla de la lettre du médecin suisse, de l'eau rouge dans le lavabo, de la manière dont il détournait l'attention des parents quand Marceau toussait, des menaces de ce dernier s'il parlait.

Marguerite l'écouta gravement. De la sueur perlait à leurs fronts et ils se tendaient une serviette pour s'essuyer. Des temps de silence s'étendaient entre chaque propos.

Le lit de métal, le second lit-cage replié, la table de toilette avec le plat de porcelaine, le broc et le seau hygiénique au rebord arrondi, les vêtements derrière le rideau à fleurs, tout cela ajoutait une note misérable, pathétique.

Marguerite entoura les épaules d'Olivier, le fit s'asseoir près d'elle sur le lit, le serra contre sa poitrine, lui baisa le visage. Un débat se livrait. Elle aussi, depuis quelques semaines, elle se disait bien que Marceau n'allait pas, mais il était tellement habile qu'il profitait de ses moments de bonne forme pour rassurer tout le monde. Et pourquoi Olivier lui confiait-il tout cela à elle ? Pour qu'elle le répétât, bien sûr !

« Il faut en parler à Madame.

– Non ! Justement, j'ai juré. Et toi aussi.

– C'est vrai. »

Elle n'imagina pas que l'enfant avait parlé parce que le secret était trop lourd pour lui et qu'il avait simplement besoin qu'on l'aidât à le supporter. Elle mentit :

« Ce n'est peut-être pas si grave... »

Elle sourit, se leva, ouvrit son armoire de bois peint et en sortit une boîte ovale avec des dragées roses, bleues et blanches reposant sur du papier dentelé.

« Prends-en une !

— Merci. Je peux prendre la petite perle aussi ?

— Oui.

— C'est bon. Un jour, j'en ai mangé une grosse comme ça. Elle changeait de couleur au fur et à mesure qu'on la suçait. »

Marguerite choisit une dragée rose et dit qu'il ne fallait pas croquer. Elle posa la main sur la nuque d'Olivier et le secoua avec une tendresse brusque. Ils sucèrent leurs dragées en regardant les taches du plafond.

« Dis-moi, Olivier, pourquoi que tu me l'as dit ?

— Parce que... je t'aime bien.

— C'est gentil ça. Peut-être que ta tante s'en apercevra d'elle-même.

— Tu ne diras rien ?

— Mais non... et puis il ne faut pas en faire un drame. La maladie, ça va, ça vient. »

Elle lui offrit une seconde dragée et, pour montrer son insouciance, fredonna :

> *C'est un vieux moulin*
> *Parmi les champs de lin*
> *Qui jase au trémolo*
> *De l'eau.*

Et elle dit : « On serait bien au bord de l'eau !

— C'est bientôt les vacances.

— Mais oui, mais oui. Et ne te fais pas de bile.

Marceau, c'est un comédien. Il se porte mieux que toi et moi. »

Olivier se sentit rassuré. Il avait envie de dire tout plein de choses affectueuses à Marguerite. Pour lui, ce n'était pas « la boniche » comme disait Marceau, mais une gentille personne. Il hésita, puis finit par dire sur un ton comique :

« Au revoir, ma chère !

– Va-t'en, vilain barbouillé. »

Il descendit l'escalier en riant. Il pouvait revenir à sa chambre et rejoindre Gulliver, tour à tour nain et géant, dans ses *Voyages*. Et il y avait encore en réserve le *Docteur Dolittle* et *Le Livre de la jungle*. Il se frappa la poitrine en imitant le cri du grand homme-singe nommé Tarzan.

*

Pour signer, l'oncle Henri usait d'un paraphe inimitable. Dès son plus jeune âge, il avait donné lieu à d'importantes recherches. Avant de le tracer, il faisait tourner trois ou quatre fois sa plume au-dessus du papier, et c'est en plusieurs temps que s'accomplissait le chef-d'œuvre, illisible mais personnel, et qui ressemblait à une grosse écrevisse.

A l'école, cela n'allait pas très bien pour Olivier. Une tendance naturellement rêveuse le conduisait à oublier le lieu où il se trouvait. La voix de M. Joly ne constituait plus qu'une musique lointaine et son esprit s'égarait, vagabondait dans les rues et les livres.

Pendant une leçon d'arithmétique, il se mit à orner les signes d'une division à trois chiffres de carrés qui furent surmontés de tiges où naquirent des fleurs, des papillons, et des hirondelles faites d'un accent circonflexe à l'envers arrivèrent sur la page. Le malheur fut que le maître circulait entre les rangées en regardant les copies.

« Chateauneuf ! Vous vous fichez de moi ?

– Non, m'sieur.

– Au piquet, les mains sur la tête ! »

Les écoliers gloussaient tandis qu'Olivier allait au coin, les doigts croisés sur ses cheveux blonds.

De tels méfaits n'auraient pas été graves s'ils ne s'étaient renouvelés. Il fut surpris en train de lire un *Bicot* dissimulé dans sa case. Il y eut aussi les armes de projection : une sarbacane de carton où il glissait des fléchettes en papier, un élastique fixé au pouce et à l'index qui servait à lancer des tickets de métro pliés en forme de V. Pourquoi fallut-il que visant son copain Susset il atteignît le tableau noir ?

Un incident pendant la leçon de dessin : il fallait tracer le dessin linéaire d'un vase, et Olivier, après avoir gommé et regommé une symétrie défectueuse, dessina un litre de vin. Durant la leçon de gymnastique, alors qu'il se retournait aux anneaux, le contenu d'une pochette de bigorneaux tomba de sa poche.

« Elève Chateauneuf, vous me copierez cent fois : *On ne mange pas de bigorneaux pendant la leçon de gymnastique.* »

Olivier effectua son pensum avec des rires étouffés car la phrase lui paraissait absurde.

Finalement, le livret reçut un 3 en *Conduite*, un 3 1/2 en *Arithmétique*, un 0 souligné de rouge pour la *Gymnastique*, un 2 en *Instruction morale et civique*, un 4 en *Solfège*. Seuls un 8 en *Rédaction* et un 7 en *Histoire et Géographie* sauvèrent du désastre. Il n'était pas le dernier de la classe et il pensa qu'il y en avait huit pires que lui.

Mais pourquoi était-il devenu un si mauvais élève ? A l'école de la rue de Clignancourt, il était toujours dans les cinq premiers, et ici... Les *Pourrait mieux faire* se succédaient. Aussi, quand il reçut le livret, feuillet de papier bulle difficilement protégé par une couverture bleue cousue, il se sentit accablé.

« Regarde ! dit-il à Marceau.

– Qu'est-ce que tu vas prendre ! »

Et, avec désinvolture, le cousin ajouta :

« Fais comme je faisais. Signe toi-même... Veux-tu que je le fasse ? J'imite très bien la signature de mon père. »

Cela n'alla pas sans hésitations, mais Marceau traça la fameuse écrevisse, à peine tremblée à certains endroits. Comme c'était facile !

*

Le mois de juillet était maintenant entamé. Dans le faubourg, bruyant, il était rare que les fenêtres fussent ouvertes. Ce n'est qu'aux soirs d'été qu'on voyait la tête des voisins d'en face. Les messieurs ne se gênaient pas pour apparaître en pyjama, et même en maillot de corps, ce qui faisait dire à la tante : « Quel quartier ! Enfin... c'est près du bureau. » Et elle ajoutait :

« Olivier, ne te mets pas à la fenêtre. Cela ne se fait pas.

– Oui, ma tante. »

Olivier avait beau se dire que tout allait bien, il ne se sentait pas la conscience tranquille. Pour Marceau, Marguerite était la première à le rassurer :

« Ce n'est qu'un gros rhume. Moi, je lui ferais le remède des quatre chapeaux... »

Et puis, cette signature imitée... Olivier ne se sentait pas très content de lui et essayait de l'oublier. Une nuit, il en rêva et se réveilla couvert de sueur. Dans son sommeil, des doigts accusateurs s'étaient tendus vers lui.

« A table, les enfants, à table ! »

Un rayon de soleil traversait la pièce, et Julienne, qui était du déjeuner, dut se déplacer. Elle avait délaissé son uniforme pour un ensemble bleu marine à vareuse qui lui allait bien.

« Alors, Julienne ? dit aimablement la tante Victoria.

— Je suis si heureuse d'être parmi vous ! »

Quand elle souriait, elle était presque jolie et Olivier la regardait béatement. Durant le repas, elle ne devait guère parler, mais ses regards et ses gestes étaient si éloquents qu'on avait toujours l'impression qu'elle venait de dire quelque chose.

Olivier la voyait glisser un œil triste du côté de Marceau et il trouvait cela agaçant. Alors, il se tortillait sur sa chaise dans l'espoir qu'elle remarquât qu'il était bien coiffé, avec un cran sur le devant et une barrette.

Après un succulent repas — œuf Mornay, ris de veau, glace à l'ananas —, comme à l'accoutumée on se dirigea vers le salon où les bonnes avaient séparé les parties d'une table gigogne. Jami se lança à l'escalade d'un pouf, Marceau étouffa un bâillement, la tante Victoria parla à voix basse avec Julienne, près de la fenêtre, tandis que l'oncle Henri se choisissait un Monte-Cristo qu'il fit craquer près de son oreille.

« Olivier, donne-moi donc du feu... »

Il savait qu'il fallait d'abord allumer la pellicule de bois mince qui protégeait le cigare pour que l'oncle Henri dirigeât lui-même le Monte-Cristo tout au long de la flamme avant de choisir le moment favorable pour tirer les premières bouffées de fumée ambrée.

La tante Victoria et Julienne revinrent au centre de la pièce. Dans la lumière, leurs cheveux brillaient et elles formaient un contraste : la femme brune en robe claire, dans l'épanouissement de sa beauté; la jeune fille habillée de sombre, mince comme une tige.

« Cette année scolaire a donc été bonne pour toi, ma Julienne.

— J'ai été inscrite au tableau d'honneur. Cet été, je potasserai les maths, mon point faible. »

Olivier baissa brusquement la tête et fixa les pédales du piano. Pourquoi fallut-il que les yeux de la tante Victoria se fussent posés sur lui juste à ce moment-là ? Elle dit négligemment :

« A propos d'année scolaire, il me semble que je n'ai pas vu ton livret. Comment cela se fait-il ? »

Jamais l'expression « rouge comme une écrevisse » n'aurait pu trouver un meilleur emploi. Après un lourd silence qui le perçait de toutes parts, Olivier chercha un secours du côté de Marceau. Les regards le clouaient. Et voilà que Marceau, avec un cynisme absolu, jeta :

« Oh ! il a dû le signer lui-même... »

Le traître ! Olivier en eut le souffle coupé. Depuis quelques jours, ce salaud de Marceau professait être allé au-delà du Bien et du Mal, être au-dessus de la Morale et des contingences. Il le montrait bien.

« C'est pas vrai. C'est toi qui as signé... » Voilà ce que faillit dire Olivier mais qu'il retint. Il cacha son visage dans ses mains, se laissa glisser sur le sol et resta allongé sur le tapis, se recroquevillant sur lui-même comme une bête. Il entendit sa tante :

« J'ai justement rencontré son directeur d'école, mais je ne supposais pas... »

Une foule d'idées traversèrent Olivier. En pareille circonstance, qu'aurait fait le chevalier de Pardaillan ? Pardaillan, *la terreur des insolents, des hobereaux pillards, des spadassins et des capitans !* Sans doute aurait-il rossé ce faquin de Marceau, ce félon. Oui, il aurait dégainé son épée Giboulée en jetant : *Par Pilate et par Barrabas !*

Hélas ! Olivier mesurait son indignité. Le félon, c'était aussi lui. Il releva la tête, rampa jusqu'au divan, se hissa, s'assit et pour opposer à sa faute une attitude grandiose, il toisa Marceau jusqu'à ce qu'il fût gêné. Alors, il proféra d'une voix blanche :

« Oui, c'est moi. Je l'ai signé. »

L'oncle Henri, qui tenait entre les mains la dernière livraison de *La Revue des Deux Mondes*, jeta la publication à couverture saumon en direction d'Olivier. Il avait l'air d'un gros chat furieux. Le visage décomposé par la colère, il rugit :

« Quoi ? Quoi ? Faire une chose pareille...

– Quelle honte ! Quelle honte ! » jeta la tante Victoria.

Marceau se leva et sortit. Le mépris de Julienne se lisait sur son visage et Olivier reçut en pleine face une expression de dégoût. Marguerite qui venait d'apporter un plateau le posa et s'en alla précipitamment.

Olivier ne respirait plus. Le chevalier de Pardaillan était loin, Victoria saisit le bras de l'enfant, le secoua et il crut qu'elle allait le battre. Ce fut pire. Elle le poussa vers la porte, du bout des doigts :

« Tu vas t'enfermer dans ta chambre et méditer sur ton acte. Défense à tous de lui parler : cet indélicat est en quarantaine. Allez, dehors ! En attendant que je prenne une décision, à l'eau et au pain sec... »

Tandis qu'il marchait dans le couloir, les jambes flageolantes, il entendit encore :

« Un faussaire ! Pire qu'un voleur. Voilà ce qu'il fallait attendre d'un gosse des rues, un petit voyou ! »

Il alla se jeter à plat ventre sur son lit, tira l'édredon rouge sur sa tête et se mit à gémir et à pleurer. Il était un misérable !

*

La soirée fut interminable. Une pluie fine tombait. Olivier, assis devant sa table, fixant la page d'un livre qu'il ne lisait pas, ne levait la tête que pour voir des larmes sur la vitre. La chambre était devenue une prison. Sur les claies, il ne restait que de rares pommes tachées. Au-dessus d'un bahut, on apercevait des bocaux et des pots de confiture vides.

Il avait beau ouvrir la porte de son placard, regarder ses trésors d'hier, ses livres bien alignés, rien ne pouvait le consoler. Les gens qui se suicidaient après avoir entendu la chanson fatidique *Sombre Dimanche* devaient se trouver dans le même état d'esprit que lui. Comme il se sentait mal dans sa peau avec son forfait qui l'escortait.

Il sortit d'une boîte de *Valda* la chevalière de Bougras et l'enfila à son doigt. Il la regarda et les souvenirs de la Rue remontèrent à la surface.

Un an bientôt. Un an qu'il avait quitté ce lieu chaud. O les soirs d'été de la rue Labat, les causeries devant les portes cochères, les jeux avec la bande !... Des êtres défilèrent dans sa pensée. Ils venaient, en désordre, jetaient des bribes de phrases, lui souriaient ou lui tapaient sur l'épaule avant de repartir comme des marionnettes.

Il vit ainsi le vieux Samuel, le boucher juif, avec son chapeau sur la tête, qui réprimandait son petit-fils Ramélie. La précieuse Madame Papa rentrait chez elle avec un long paquet de spaghetti à la main. La grosse Albertine Haque s'installait à sa croisée pour la conversation. Mme Chamignon et Mme Vildé allaient au-devant de la bonne Mme Rosenthal qui soignait tous les enfants malades du quartier. La mère Grosmalard se disputait avec ses locataires.

« Eh ! l'Olive, tu fais une partie de tique et patte ?
– Oui, les gars, ça marche... »

On voyait Mac avec son costume clair et son chapeau mou sur l'œil, la belle Mado qui promenait ses Ric et Rac, Jean et Elodie qui contemplaient avec envie un tandem nickelé.

« Eh ! vise le gros Machillot qui astique son side-car ! »

L'Araignée grignotait un morceau de pain tandis que Gastounet se parfumait les moustaches à l'anis, que Lucien allait faire ses maigres courses et que les copains revenaient de l'école.

Il revit une gigantesque course à pied autour du pâté de maisons avec ses copains : Loulou, Riri, Jack Schlack, Ramélie, Lopez, Ernest, Anatole, Capdeverre... Il était arrivé cinquième et Bougras lui avait dit : « Si un jour tu arrives premier, je te file mon cochon d'Inde ! »

Et puis, brusquement, tout s'effaçait et il ne restait plus que cette chambre où il était consigné. Il étouffait, il avait envie de crier au secours. Et quel silence !

A la tombée de la nuit, il sentit une main qui tordait son estomac. Il avait entendu les bruits de vaisselle. Blanche et Marguerite servaient. Il se coucha. Il ne lirait même pas. Il n'en éprouvait aucune envie. Il avait trahi ses héros.

Nul ne pourrait le secourir. Il évoqua la promenade avec son oncle sur les grands boulevards, le Petit Casino, le café des artistes, la sucette à la menthe. C'était bien fini tout cela.

Il errait ainsi dans un demi-sommeil éprouvant comme un cauchemar quand la porte s'ouvrit. Il ferma les yeux et simula le sommeil. Quelqu'un avançait dans le noir. Il entendit tout près de lui :

« Dégourdi sans malice, je t'ai apporté quelque chose à manger, mais chut ! pas un mot à la reine-mère ! »

C'était Marguerite.

Il se sentit gonflé de reconnaissance. Pouvait-il savoir que tout cela était en accord avec tante Victoria ?

« Portez-lui ce plateau, mais surtout qu'il ne sache pas que cela vient de moi. Il doit être puni. »

Il se redressa et voulut toucher Marguerite mais elle recula :

« Mets-toi à ta table. N'allume pas la lumière...

– Oh ! merci, Marguerite. Tu ne m'en veux pas, toi ?

– Tais-toi. Quand tu auras mangé, glisse le plateau sous le lit. Je le prendrai demain.

– Ça va mal, hein ?

– Tu l'as bien cherché. »

Il se leva et alla manger dans l'obscurité. Il y avait un cœur de côtelette de mouton avec de la purée et un yoghourt. Il trouva aussi un verre de limonade.

Il commença à manger. C'était bon. Pourtant au bout de quelques bouchées, il eut du mal à avaler. Il pensa que s'il avait un petit chat, il lui donnerait le reste.

Il finit par se coucher, un peu plus calme, mais quand il s'endormit, une grosse larme coulait encore sur sa joue.

*

Le lendemain, il se rendit à l'école, la tête basse, serrant son cartable contre ses reins, entre ses mains croisées. Dans sa poche se trouvait une enveloppe mauve avec des initiales gravées en blanc : *V.D.* Marguerite la lui avait remise en indiquant « De la part de ta tante pour ton instituteur ! » En effet, sur l'enveloppe on lisait « Monsieur Joly, E.V. » d'une grande écriture qui couvrait toute la largeur du papier.

Après sa toilette à la cuisine, Olivier avait aperçu Marceau dans le couloir mais le traître avait filé rapidement. Chacun s'ingéniait à ignorer l'enfant, même Jami, même les bonnes. Il avait trouvé sur la table un bol de Phosphatine et deux tartines. Il avait quitté l'appartement bien avant l'heure de l'école.

Il erra dans le quartier. Que contenait cette lettre ? Sans doute la tante Victoria narrait-elle le méfait en réclamant une punition exemplaire. Pourvu que le maître ne l'envoie pas chez le redoutable « dirlo » ! Il s'assit sur un banc du canal Saint-Martin. Sur le quai, deux hommes tiraient une péniche. A cause des écluses et des règlements, les chevaux de halage étaient interdits dans Paris. Olivier se pencha. Il avait envie de les aider en faisant « Oh ! hisse ! Oh ! hisse ! » et il pensa à l'air des *Bateliers de la Volga*.

Il sortit l'enveloppe de sa poche. Elle n'était pas cachetée. Il pourrait la lire ! Mais il se souvint de son indignité en même temps que d'un précepte de bonne éducation inculqué par sa tante. Il cacheta l'enveloppe et la remit dans sa poche.

Dès qu'il aperçut les premiers écoliers, il se précipita à l'école, saluant ses camarades mais évitant le plus possible de leur parler.

Un peu plus tard, M. Joly, après avoir lu la lettre de Mme Desrousseaux, disait à Olivier : « C'est du joli ! » puis il se reprit :

« C'est du propre, oui, du propre ! »

Mais il ne paraissait pas tellement en colère. Les vacances étaient proches et sur son bureau se trouvaient des accessoires de pêche. Son regard alla de la lettre aux crins, aux hameçons dans leurs poches de papier cristal, aux bouchons de liège et aux plumes. Cette histoire de signature imitée ne l'inspirait guère.

Dans la classe, les élèves musardaient car le maître avait annoncé :

« Aujourd'hui, lecture libre ! »

Des illustrés avaient aussitôt jailli des cartables et des gibecières : *Les Belles Images, Cri-Cri, L'Epatant, Le Petit Illustré*, et des albums : *Charlot, Les Pieds-Nickelés, Bibi Fricotin, Zig et Puce, Bicot président de club*.

Quand l'écolier Nicolle leva le doigt, M. Joly dit :

« Oui, tu peux y aller...

— Non, m'sieur. C'est pas pour ça. On peut échanger des illustrés ?

— Oui, mais en silence. »

Cela lui donna une idée de punition :

« Bien, bien, Chateauneuf, vous serez privé de lecture libre ! »

L'instituteur ouvrit la porte de son armoire et en tira *De Goupil à Margot*, livre de Louis Pergaud d'où il tirait ses dictées. Çà et là, des passages étaient marqués au crayon rouge. Olivier pensa : « Chic alors ! » M. Joly ajouta :

« C'est très mal ce que tu as fait. Tu vois, la paresse... mène à tout ! »

Et pour préciser sa pensée, il trouva une maxime : *L'oisiveté est la mère de tous les vices !* Puis il retourna à ses accessoires de pêche tandis que les écoliers lisaient, dessinaient, regardaient voler les mouches ou mâchaient du chewing-gum.

*

Quand Olivier rentra à l'appartement, il n'était pas loin de penser qu'on finirait, un jour, par lui pardonner. Il irait trouver sa tante (pas son oncle : il n'osait pas) et lui demanderait pardon.

Par malheur, bien des événements s'étaient produits en son absence.

Tout le monde parcourait l'appartement à pas rapides. La tante Victoria promenait ses doigts sur les meubles et trouvait de la poussière partout. Les bonnes, houspillées, ronchonnaient, faisaient la tête.

« Oh ! celui-là, lui jeta Marguerite, toujours dans les jambes !

– Quelle engeance ! » ajouta rageusement Blanche.

Il alla porter sa gibecière dans sa chambre, bien décidé à s'y enfermer, quand, au passage, Marceau lui assena un coup de poing dans le dos qui lui coupa le souffle, en lui jetant :

« Barre-toi, enfant de salaud ! »

« Ça alors, ça alors... », se dit Olivier. Décidément, il n'y avait rien à comprendre. Pour sa propre satisfaction, il chercha une injure et jeta :

« Quelle bande de cinoques ! »

De sa chambre, il entendit des éclats de voix. Tous s'en mêlaient : l'oncle, la tante, Marceau. La porte de la salle de bain était entrouverte et il vit sa tante Victoria qui essuyait son rimmel sur sa joue, passait de l'eau fraîche sur son visage ravagé. Puis on entendit Jami qui poussait des cris. Dans la chambre de Marceau, tous parlaient à la fois. L'oncle Henri criait : « Quelle bêtise ! Quelle bêtise ! », la tante Victoria : « Qu'ai-je fait au bon Dieu ? » et Marceau au bord de la crise de nerfs :

« Fichez le camp. Ma chambre est à moi, non ? »

Les portes claquèrent. Il jeta d'une voix lamentable :

« Ils veulent se débarrasser de moi, ces sales types. Je me tuerai, je me tuerai ! »

Olivier fut invité par Marguerite à venir manger en vitesse à l'office. Blanche, debout, avalait une soupe épaisse avec voracité, en faisant du bruit. Marguerite fouillait en vain dans ses boîtes en émail alignées par rang de taille : *Gros sel, Sel fin, Café, Chicorée, Riz, Semoule...* car aucune d'elles ne contenait le produit annoncé.

Elle posa devant l'enfant une assiette de viande froide avec de la mayonnaise :

« Mange et va te coucher. Moi je n'ai pas faim. »

Pourquoi évitait-elle son regard ? Etait-ce parce que Marceau avait imité cette signature que tout l'appartement se trouvait désemparé ? Avait-il avoué ? En coupant sa viande, il risqua :

« Marguerite, ça fait longtemps qu'on n'est pas allés au cinéma...

– C'est pas demain la veille ! »

Olivier se remémora ses relations avec son cousin. Bien souvent, Marceau s'était montré fraternel, l'avait aidé, lui avait appris beaucoup de choses. A d'autres moments, il devenait irritable, faisait des rosseries. « C'est parce qu'il a été malade ! » pensa Olivier. Et il décida d'être Pardaillan jusqu'au bout.

Si Marceau n'avait pas avoué, il ne cafarderait pas, prendrait tout sur lui.

Dans sa chambre, il alluma la lumière. Dans cette pagaille générale, on l'oublierait et il pourrait lire *Vingt ans après*. Il s'assit en tailleur sur son lit et essaya de se rappeler les noms des valets de chacun des quatre mousquetaires.

Il lut très tard. Les bruits de l'appartement s'étaient apaisés. Il pensa à Marceau et se plut à l'imaginer en proie au remords et venant lui demander un pardon qu'il accorderait avec dignité.

Au moment où il commençait à s'endormir, la porte s'ouvrit et Marceau apparut. Il alla éteindre la lumière, empoigna Olivier par les revers de son pyjama, le secoua brutalement, lui cracha en pleine figure :

« Pour toi, fumier ! »

Il ajouta des gifles à la volée. Stupéfait, Olivier ne songeait même pas à se protéger. Il hoqueta :

« T'es dingue ? Je t'ai rien fait !

— Tais-toi ou je te zigouille. »

Rue Labat, après la mort de Virginie, deux voyous l'avaient agressé : « Ta mère est clamsée. C'est bien fait pour toi ! » Ainsi les sales coups en appelaient d'autres. Plus tard, le beau Mac lui avait appris à boxer, mais là, écroulé sur son lit, comment se mettre en garde ? Il saisit les poignets de Marceau, mais cela décupla la fureur de son cousin. Abruti par les coups, l'enfant entendit :

« Mouchard, sale mouchard !

— J'ai pas dit que c'était toi !

— Moi, quoi ?

— La signature... »

D'un ton amer, Marceau, que la vue du sang coulant du nez de son cousin semblait apaiser, lui dit :

« Je me fiche bien de ta signature. Tu sais de quoi je veux parler. Tu le sais très bien.

— Mais non ! Je te jure...

– Quel faux jeton. Tu me dégoûtes... »

Et, lui donnant une dernière gifle, il repartit dans sa chambre. Ce fut le silence, l'obscurité. Le carillon sonna douze fois. Un chat miaula quelque part sur les toits.

Olivier se leva, entra dans la chambre de Marceau, et raide comme la statue du Commandeur, il jeta une phrase qu'il avait entendue et qui s'adaptait à la situation :

« J'exige une explication. »

Marceau fit un geste menaçant mais une quinte de toux le courba en deux. Il cracha dans son mouchoir, des larmes lui vinrent aux yeux et il dit d'une voix monocorde :

« Grâce à toi, je ne vais plus à Londres, mais en Suisse, au sana. Au sana. Si tu savais ce que c'est ! Grâce à toi.

– Mais non...

– Grâce à toi ! Tu as voulu te débarrasser de moi pour prendre ma place. Tu as réussi. Salaud !

– Non, Marceau, je vais t'expliquer...

– Tais-toi. Tu diras que c'est pour mon bien, mais tu as renié ta parole ! Je ne te parlerai plus jamais. Sors ! »

Olivier bredouilla :

« Je l'ai dit... mais pas à ma tante !

– Sors ! »

*

Il revint à sa chambre, s'assit à sa table, son front serré entre les mains pour apaiser la tempête. Ainsi, Marguerite avait trahi le secret.

« Même Marguerite ! »

Il rencontrait l'injustice, et dans l'impossibilité de se justifier, de dire qu'il n'était pas un faussaire, ni un rapporteur, qu'il aimait bien tout le monde, il trembla d'impuissance. Toujours il sentirait peser sur lui des regards chargés de suspicion. On lui tournerait le dos, on le montrerait du doigt. Il finit par se demander s'il n'était pas réellement coupable.

Il s'habilla lentement, chercha à tâtons la chevalière de Bougras. Il marcha à pas feutrés dans l'appartement.

La salle à manger avec sa longue table, le grand lustre de cristal, le tapis de Chine, le tableau de Boucher, les philodendrons sous la boîte à rideaux. L'antichambre avec sa moquette à damiers, les miroirs biscornus du porte-manteau de bronze, le canapé de cuir et les panneaux laqués, les animaux de la jungle, la vitrine aux objets de théâtre. Il regardait tout cela dans la demi-pénombre et la tristesse l'envahissait.

Il s'arrêta devant le placard aux chaussures et se souvint qu'il n'avait pas ciré les bottines de son oncle. Il soupira et ce soupir était un adieu. Sa vie était faite d'arrachements successifs, il en serait toujours ainsi, il appartenait à la race des Bougras, ceux qui prennent le trimard.

Il allait abandonner tant de choses : cet appartement auquel il s'était habitué, les livres de l'Araignée, la canne de jonc, l'ours en peluche, les aiguilles à tricoter, les tickets de métro. Il ne pleurait pas. Tout en lui était sec. Son front brûlait, ses tempes battaient, du sang séchait sous son nez.

Il sortit par la porte de l'escalier de service et descendit les marches craquantes avec précaution.

« Cordon s'il vous plaît ! » demanda-t-il d'une voix changée.

Il entendit le déclic et sortit dans le faubourg. L'air du soir était frais. Il frissonna, remonta la fermeture Eclair de son blouson, serra les dents et pénétra dans la nuit avec une résolution tragique.

Dix

UNE pluie d'été, légère comme une gaze, semblait doucement vaporisée par un ciel discret. Tout endormi, le faubourg Saint-Martin offrait le silence. Les portes cochères fermées, les rideaux de fer baissés, l'absence des gens et des cris de la rue lui donnaient un aspect sinistre. Les immeubles noirs, aveugles et muets, s'alourdissaient. De rares attardés qui venaient de la station de métro Louis-Blanc rentraient les épaules. Un chien jaunâtre courait, la truffe au ras du sol, s'arrêtait, reniflait et repartait un peu plus vite.

Olivier aussi rentrait la tête dans son blouson. Les mains fourrées dans les poches latérales, des poches « à la mal au ventre », il allait droit devant lui, tassé, sans se retourner, résolu comme quelqu'un se préparant à une route sans fin.

Après avoir enfilé la rue Louis-Blanc en direction de la Chapelle, il s'arrêta au carrefour des rues de Château-Landon et de l'Aqueduc, derrière les grilles du chemin de fer de l'Est. Une locomotive poussive, crachant de la fumée et de la vapeur, tirait ses wagons sur la voie de garage. Il eut la vision rapide de la gueule rouge du four infernal d'où jaillissaient des étincelles tandis qu'un diable noir se penchait sur le côté de la machine.

Une grosse chenille, et qui pouvait devenir papillon, pensa-t-il, c'est-à-dire un avion ou une fusée comme dans les illustrations de Jules Verne. Il compta les wagons : treize après le tender, et il énuméra : *1ʳᵉ classe, 2ᵉ classe, 3ᵉ classe, wagon-lits, wagon postal, wagon de marchandises.* Il fit tchch-tchch et s'éloigna en frottant ses semelles contre le trottoir. Il cessa brusquement, comme interdit de son jeu.

La marche nocturne reprit. Parfois, il passait ses mains sur ses cheveux humides, levait la tête pour recevoir la pluie sur son visage, ouvrait la bouche pour tenter de la boire. Comme il arrivait à la hauteur du théâtre des Bouffes du Nord, la pluie cessa. Il se glissa sous le métro aérien. A la station La Chapelle, un employé de la T.C.R.P. tirait les grilles par à-coups en bâillant bruyamment.

De l'autre côté du boulevard, c'était l'endroit mal famé, avec ses apaches, des maisons dont il avait entendu parler rue Labat, et qu'on appelait *106* ou *Panier fleuri.* Très tôt, il avait été renseigné sur ces lieux et l'idée vague qu'il en gardait était effrayante. Les hôtels étroits aux façades lézardées se succédaient, d'apparence provinciale, avec des noms de villes et de départements peints en noir sur un fond misérable.

Instinctivement, Olivier évita cette rive famélique et resta bien au centre, à l'abri du long pont déserté par les rames. Contre les énormes piles, dans des encoignures, il apercevait des tas de haillons desquels émergeaient une cheville violacée, une main recroquevillée, un visage cramoisi et sale, des cheveux hirsutes, de la chair exténuée et vineuse de clochard, avec le litre de rouge où téter entre deux sommeils un semblant de réconfort.

Les gens marchaient à pas feutrés, le regardaient venir de loin, par en dessous, s'arrêtaient parfois à sa hauteur et, tandis qu'il les dépassait en hâtant le pas, il sentait leurs regards dans son dos. Sans doute y avait-il de tout : de simples flâneurs, des garçons de café qui rentraient du travail, des employés, des ouvriers de nuit, des sans-logis, mais aussi le monde inconnu de la pègre, des obsédés, des criminels, et la nuit les réunissait dans un manteau d'effroi, les préparait à l'hebdomadaire *Détective* avec ses malles sanglantes et ses crimes crapuleux.

Une peur insidieuse faisait frissonner Olivier. Il allait droit devant lui en direction du *Dupont-Barbès* dont l'enseigne était encore allumée. Quand il vit un vieil homme en casquette de cuir surveillant les besoins d'un chien bâtard, noir, blanc et fauve, il s'arrêta. Pour se sentir moins isolé, il fit mine de caresser l'animal et demanda :

« Il est gentil. Comment y s'appelle ?

– Y s'appelle pas, y se siffle, bougonna le vieux. Et toi, t'as pas honte d'être dehors à une heure pareille ? T'as bien un chez-toi ? »

Il cracha un jet de salive noire sur le côté. Son accent parigot plaisait à Olivier.

« Oui, m'sieur.

– Ta mère doit t'attendre. Où t'habites ?

– Rue Labat, répondit Olivier à tout hasard, mais je me suis perdu. »

Le vieil homme cala sa chique du côté de la joue gauche, souleva sa casquette, se gratta le front et lui désigna une rue oblique :

« Par là, c'est le boulevard Barbès. Ça doit pas être loin... »

Olivier remercia avec un salut militaire de fantaisie, hésita, puis traversa le boulevard. Rue de Chartres, le trottoir était étroit. Devant des boutiques, des couloirs étriqués, se tenaient des femmes alignées, des blondes, des brunes, des rousses, maigres, grosses, âgées, jeunes, collant à la lèpre des murs, dans une odeur de moisi et de parfums bon marché, guettant leurs proies comme des araignées au coin de leurs toiles. En face, des marlous en casquettes ou en chapeaux mous les surveillaient. « Des macs ! » se dit Olivier et il imagina leurs poches pleines de couteaux à cran d'arrêt et de coups-de-poing américains.

Il marcha en bordure du trottoir. Les filles, violemment fardées, jupes plissées en satinette noire serrées à la taille et s'évasant sur les cuisses, corsages moulants en rayonne, cachaient leur fatigue ou leur dégoût derrière des poses alanguies. Les logis de plaisir répandaient des lueurs glauques d'aquarium, avec parfois une ampoule rouge pendant au bout d'un fil électrique comme une grosse goutte de sang. C'était un univers de spectres, pitoyable, mais où les monstres de l'imagination déréglée prenaient figure réelle.

« Hé ! petit, viens avec nous ! »

Elles l'interpellaient pour s'amuser, par vice ou parce qu'un obscur sentiment maternel les habitait. Au fur et à mesure qu'il avançait, de porte en porte, elles semblaient se donner le mot.

« Est-y mignon, ce petit blond ! Eh ! sauvage, viens ici ! »

Une grosse Fréhel aux cheveux en frange sur le front le saisit par le bras et le tira dans le couloir où d'autres prostituées se tenaient. Elles l'entourèrent, lui caressant les cheveux et les joues, le palpant, lui donnant des baisers mouillés, et lui luttait de toutes ses forces pour se dégager de leurs étreintes.

« On va pas te manger ! »

La peur multiplia ses forces. Il devint une boule de nerfs, joua des pieds et des poings, s'arrachant sans cesse à leurs prises.

« Laissez-moi ! Laissez-moi ! »

Il finit par se dégager, trébucha, maintint difficilement son équilibre et se retrouva au milieu de la rue, sur le pavé, tandis que les femmes riaient encore de ce moment de distraction.

Alors, il courut éperdument, bousculant des grap-

264

pes de traînards au passage en jetant de vagues
« Pardon ! ». Un Arabe moustachu l'arrêta :

« Hé, qu'est-ce que ti as ? T'i fou ? »

Il traversa la rue de la Charbonnière. Assis sur le
rebord du trottoir, d'autres Arabes jouaient aux dés.
Des groupes se livraient à d'obscurs commerces. Au
bout de la rue, sur la droite, il devait y avoir une
rixe car on entendait des cris et des galopades.

Il atteignit la rue de la Goutte-d'Or dont le nom
lui était familier. Là, un panier à salade stationnait,
ce qui ne le rassura pas pour autant. Devant cet
autre danger, il marcha plus lentement, les mains
derrière le dos, comme quelqu'un prenant le frais.
Un agent en pèlerine lui dit :

« Rentre vite te coucher. C'est pas un endroit
pour toi.

— J'y vais, m'sieur.

— Il y a des parents qui... vraiment ! »

Ce n'est que boulevard Barbès, en reconnaissant
la masse du *Palais de la Nouveauté*, qu'il se sentit
rassuré. Les garçons de la brasserie *La Bière*
balayaient la sciure sale. La nuit était claire. Il pensa
rapidement à son lit de cuivre où chacun devait
croire qu'il dormait. Et s'il revenait sur ses pas,
montait chez les bonnes, obtenait la clef de la porte
de l'office ? Il se coucherait en silence. Ni vu ni
connu.

Cependant, des images passèrent devant ses yeux :
la case rectangulaire du livret scolaire, le visage
coléreux de l'oncle Henri, Marceau qui criait : « Tu
as voulu te débarrasser de moi ! » Il répéta
mentalement : « C'est pas vrai, c'est pas vrai... » et il
se sentit étreint par l'angoisse : nul ne le croirait
jamais.

Il se sentit plus seul que jamais. Boulevard Barbès. Il y avait distribué des prospectus avec Bougras,
le *Barbès-Pathé* où on jouait *Le Capitaine Crad-
dock*, la pharmacie en face du métro Château-

Rouge, la *Maison Dorée* où on donnait du Guignol le jeudi. Sous les grandes tables rectangulaires laissées devant la façade du magasin, des clochards dormaient. Encore des clochards. La population nomade de Paris était alors considérable. Et s'il se couchait là avant le jour ?

Au-dessus du *Glacier de Montmartre*, une seule fenêtre éclairée semblait sourire. Il dépassa l'école de la rue de Clignancourt, s'arrêta sous la boule de cuivre ornée de longs cheveux du coiffeur *Vite et Bien*, se rappela l'épisode de la gomina qu'il avait fabriquée lui-même et se passa machinalement la main sur la tête. Plus loin, la pharmacie vivait par les deux ampoules clignotantes, rouge et jaune, du pèse-personnes. Il monta sur la bascule, l'aiguille bougea, s'immobilisa sur le cadran muet. Pour connaître son poids, il fallait glisser une pièce trouée de cinq centimes et arrivait un ticket imprimé. Il fouilla dans sa poche, sortit la boîte métallique Kalmine contenant ses économies, y prit une pièce qu'il glissa dans la fente, mais elle tomba par une autre ouverture. L'appareil ne fonctionnait pas.

Au tabac *L'Oriental*, les chaises paillées, empilées tant bien que mal, étaient restées dehors. Il tira l'une d'elles et s'y assit, en retrait du trottoir. Il resta ainsi longtemps, regardant passer une automobile, écoutant des chiens qui s'appelaient dans l'ombre. Des groupes de jeunes passèrent en chahutant et il reconnut des accents typiquement montmartrois. Puis ce furent de joyeux noctambules qui descendaient de la place du Tertre. Une jeune femme aux cheveux dorés dansait en fredonnant le *Tango de Lola* que les autres reprenaient en chœur.

Sur la chaussée, à la limite du pavé et du macadam, un bruit d'essieux le fit sursauter : une voiture chiffonnière tirée par un maigre bidet dont les sabots faisaient clac-cloc, bruit qu'il imita en faisant claquer sa langue contre son palais.

Se décidant à se lever, il traversa la rue Labat, n'osant jeter qu'un rapide coup d'œil sur le petit bout de rue délimité par les rues Bachelet et Lambert où il avait vécu. Les becs de gaz avaient été remplacés par des lampadaires électriques et la lumière sur le trottoir était plus crue. Devant la poissonnerie de la rue Custine, des caissettes répandaient une odeur forte et il pensa à l'huile de foie de morue qu'on faisait avaler le matin à Jami.

Les escaliers Becquerel lui parurent étonnamment abrupts. Il passa la main sur la rampe des glissades, monta un étage et ne put se retenir de se laisser glisser sur le ventre jusqu'en bas, mais il n'y prit aucun plaisir. Il gravit de nouveau les escaliers, s'arrêta sur le premier palier en face d'une porte d'immeuble qu'il reconnut : c'est là qu'il se réfugiait dans un cagibi à balais quand sa tristesse devenait trop intense et faisait brûler l'une après l'autre ses allumettes. Il pensa à l'incendie, à Bougras, sauveteur joyeux qui le juchait sur ses épaules, dégringolait les escaliers en lançant des quolibets aux locataires scandalisés.

En se promenant autour du sommet de la Butte, il vit que les terrains abandonnés d'hier, terrain des Souterrains, des Tuyaux, des Colombins, de la Vieille maison, étaient cernés par des palissades avec l'indication *Chantier interdit*. Où pouvaient donc se réfugier les romanichels, les clodos, les poulbots et les amoureux ?

Sur la place du Tertre déserte, le drapeau de la Commune libre de Montmartre flottait. Des chats couraient sur le sommet des murs et le clair de lune projetait des ombres froides. Là, on réunissait chaque année les enfants de Montmartre autour de la clique, on distribuait le gros raisin vert des vignes proches, on donnait des colis aux vieux, et chacun se coiffait d'un bonnet phrygien en papier rouge.

Un soir, il s'était couché devant le restaurant de la

Mère Catherine. Un chansonnier déclamait un poème triste. Une belle dame avait conseillé à l'enfant de rentrer chez lui. Plus tard, il avait fait sa connaissance, elle l'avait emmené goûter chez elle, puis dans un salon de thé de la rue Caulaincourt. Mado. Mado qu'on appelait la Princesse.

La lassitude le gagna. Rue Saint-Rustique, une baignoire écaillée était posée près des poubelles devant une porte. Il se dit qu'il pourrait prendre un bain. Un bain sans eau. Il s'y glissa pour dormir. Maintenant, il était dans un bateau dont il croyait sentir les mouvements. Il dormait auprès de Virginie. Il dormait dans la petite alcôve de Jean et d'Elodie. Demain, la jeune femme lui reprocherait d'être rentré tard.

« Hou ! Hou ! Mais tu deviens un vrai voyou ! »

Il lui sembla que dans sa baignoire il échappait à ses craintes, qu'il voguait, libre, adulte. Plus bas, il y avait *sa* Rue qui, demain, serait toute blanche de soleil. Par une crainte quasi religieuse, et aussi pour ménager son plaisir, il l'avait évitée, il voulait y pénétrer avec le jour. Ses misères appartenaient à la nuit. Au matin, le sommeil les dissiperait et ce serait une apothéose. Bonne nuit, tout le monde !

Il finit par s'endormir dans sa barque heureuse avec un léger sourire sur les lèvres.

*

Montmartre n'était noctambule qu'à demi : aux couche-tard faisant la grasse matinée s'opposait le petit peuble laborieux des lève-tôt par force.

Tout d'abord, un apprenti en béret et musette sur l'épaule passa en sifflant à tue-tête *Le Chasseur et son chien*. D'une croisée, une vieille appela : « Minou, minou, minou... » Elle aperçut l'enfant dans la baignoire, pensa vaguement à un fait divers et referma la fenêtre avec effroi. Dans une cour pavée, une femme agitait un gros balai de branchages. Un homme s'étira devant sa fenêtre et se gargarisa à grand bruit. On entendit des chocs de casseroles, le crépitement d'une motocyclette, et, couvrant le tout, le gémissement sur plusieurs tons du rideau de fer que le boulanger soulevait avec une longue perche à crochet.

Olivier saisit les bords de sa baignoire et se redressa. Tout étonné d'être là, il pensa à son lit de cuivre, aux gestes du matin : toilette à l'office, savonnette ovale, brosse à dents, verre en celluloïd rose sur la planchette près du compteur à eau, vêtements, bonne odeur de pain grillé et de café. Il regarda autour de lui, frissonna, se frotta les yeux, s'étira, passa ses doigts écartés comme des peignes dans sa chevelure et fit quelques mouvements de gymnastique pour effacer une douleur vers l'épaule droite.

Comme il enjambait la baignoire, un peintre passa, à bicyclette, une longue échelle sur son épaule. Surpris, il fit un écart et eut du mal à retrouver son équilibre. Alors il cria : « Patate, va ! » et Olivier répondit : « Eh ! va donc... » Ainsi commença cette mémorable journée.

Il marcha vers le Sacré-Cœur, levant les yeux vers les grosses coupoles blanches. Il était tout embarrassé de sa liberté. Il se surprit à regarder en arrière. Que se passait-il au faubourg Saint-Martin ? Marguerite criait : « Monsieur, madame, madame, Olivier a disparu ! » et tantôt on répondait « Tant mieux ! Bon débarras ! », tantôt on s'affolait, on disait : « Quel voyou ! », on téléphonait au commissariat de police du quai de Jemmapes. Il se délivra de ces pensées en secouant fortement la tête.

Au square Saint-Pierre, il appuya sur le bouton rond de la fontaine et se passa de l'eau sur le visage. Il prit le gobelet au bout de sa chaîne et avala un verre d'eau. Paris s'éveillait. Son panorama s'étalait devant les yeux, interminable, monstrueux. Que de monuments ! Les hauteurs de Belleville, Notre-Dame, le Panthéon, le Louvre, la tour Eiffel... Et que de gens ! Des millions répartis dans ces immeubles, ces rues, sous terre dans le métro. A droite, les funiculaires montant et descendant se croisaient. Des cousettes, des dactylos, des ouvriers dévalaient rapidement les marches pour se jeter dans l'activité de la ville. Au bord du bassin, un employé de la Ville de Paris était assis. Entouré de moineaux, il dévorait un gros casse-croûte et Olivier lui cria : « Bon appétit ! » La bouche pleine, il remercia en agitant sa main au-dessus de son képi.

Par les escaliers de la rue du Mont-Cenis, Olivier atteignit la rue Caulaincourt. Au coin de la rue Bachelet, son cœur battit plus fort. Il revint en arrière, traversa la rue, entra au *Balto* et, au comptoir, commanda :

« Un p'tit crème ! »

On lui servit un verre brûlant dans lequel il mit trois sucres. Les croissants dans les corbeilles étaient dorés, croustillants, et répandaient une bonne odeur de beurre chaud, mais Olivier craignait de manquer d'argent. Il se contenta de respirer les odeurs du bistrot. Le délicieux café-crème lui donnait des forces. Il regarda la vapeur s'échapper du percolateur, les bouteilles de spiritueux colorés, les rangées de verres. Les mouvements du garçon étaient vifs et précis. Il augurait la commande du client : un crème, un noir, un blanc, un blanc-Vichy ? Non, un demi. Et la bière partait à l'assaut du verre. Le garçon écartait la mousse avec une règle plate en buis, laissait juste ce qu'il fallait de faux col et servait en disant : « Un demi, boum ! »

Autour d'Olivier, les conversations portaient sur le temps, le P.M.U., le Tour de France. Il reconnut des visages familiers : Lulu, l'aveugle, et aussi une naine avec un gros chignon roux piqué d'une multi-

tude d'épingles, et qui semblait lui demander :
« Qu'est-ce que tu fais là, toi ? » Et Olivier redressait
sa taille, s'accoudait au comptoir comme un vieil
habitué.

Plus tard, après qu'il se fut décidé à aborder la rue
Labat, il rencontra, au coin de la rue Bachelet, son
ami Loulou, Loulou tête-à-poux, un carton sous le
bras. D'une voix embuée, il l'appela :

« Eh ! Loulou...

– Tiens ! Chateauneuf-du-Pape ! T'es revenu,
l'Olive ?

– Oui, j'ai mis les bouts de bois.

– Où t'étais ?

– Pas loin. »

Mais Loulou avait à faire. Après quelques mots de
convenance, il ajouta : « Bon, je m'barre... » et Olivier en fut tout déconfit. D'autres anciens copains se
hâtaient pour l'école et il n'eut droit qu'à quelques
signes rapides. Jack Schlack, le fils du *Taylor*,
observa :

« T'es sapé, hein ?

– Ben... oui. »

A la fenêtre de Bougras, une cage à serins était
accrochée à la persienne. Une femme inconnue vint
secouer un tapis. De l'Entreprise Dardart, Olivier
regarda la boutique de sa mère. On avait repeint la
façade avec un vert acide. Devant la porte, il y avait
des caisses de vin marquées G.R.A.P. et sur le fron-
ton, on lisait *Epicerie-Buvette.* Il flâna dans les ruel-
les proches à la recherche de rencontres et de souvenirs. Les volets du sans-filiste étaient clos et il pensa
à Mme Lucien qui toussait comme Marceau. Il aperçut bien Gastounet, avec son béret basque et sa
canne, mais il craignit d'entendre les paroles de
l'homme et il passa rapidement, fixant sur le trottoir
les traces de craie des marelles.

Il dit à une fillette : « Salut, Mimi ! » mais elle ne
le reconnut pas. Leibowitz qui cardait un matelas lui

fit un signe. Le drapeau de métal du lavoir avait disparu. Rue Lambert, devant le commissariat, les gros pavés ronds avaient été remplacés par des rectangulaires, plats et bien alignés, et il ne poussait plus d'herbe entre eux.

Après avoir fait plusieurs fois le tour du pâté de maisons, il se décida à entrer au 77, rue Labat où il sonna à la porte de Jean et Elodie. Il remarqua un paillasson tout neuf. Pas de réponse. Il frappa en vain avant de monter chez Mado, ému comme un soldat qui va retrouver sa promise. Il tira sur le gland de la sonnette. Un marmot vint lui ouvrir suivi de sa mère qui demanda :

« Qu'est-ce que c'est ?

– Pardon, madame, Mado n'est pas là ?

– Qui Mado ? Ah ! Mlle Madeleine. Elle a déménagé. Elle vit à Nice maintenant.

– Excusez-moi.

– Y'a pas de mal. »

Il redescendit, cogna plus fort à la porte de ses cousins et la porte du voisin s'ouvrit.

« Tu vois bien qu'il n'y a personne. Ah ! c'est toi...

– Bonjour, m'sieur.

– Ils sont en vacances.

– A Saint-Chély ?

– Oui. Ils ne te l'ont pas dit ? »

Toute la matinée, Olivier se tint dans la rue. A onze heures et demie, il alla attendre ses camarades à la sortie de l'école, plus bruyante, plus animée que rue Eugène-Varlin.

« Salut, Loulou. Salut, Capdeverre !

– Salut.

– Salut, les gars.

– Salut, Chateauneuf. »

Il marcha avec eux, les écoutant parler de faits inconnus de lui. Au fur et à mesure que le temps passait, il ressentait une impression d'abandon. Il essayait de se tenir entre Loulou et Capdeverre, mais toujours un garçon le repoussait pour parler à ses amis. Et Capdeverre le regardait par en dessous. Milou, dit Pladner, prenait un air gêné. Seul, Loulou manifestait une sorte de cordialité, posant des questions sur sa nouvelle vie, mais c'était le seul sujet qu'il ne voulait pas aborder.

« Tu te rappelles, dit-il, la bagarre, rue Lécuyer... »

Ils évoquaient deux ou trois souvenirs qui n'intéressaient pas les autres. Olivier ne savait plus que dire « Tu te rappelles ? » mais il s'était passé tant de choses depuis...

Ses amis rentrés chez eux, il s'assit sur le brancard de la voiture à bras du bougnat et attendit. Quand quelqu'un de connu passait, il jetait un chaleureux bonjour et on lui répondait avec une indifférence telle qu'il se retenait de préciser : « Vous ne me reconnaissez pas ? Olivier, le fils de Virginie, la mercière... »

Soudain, son visage s'illumina. La grosse Albertine Haque ouvrait ses volets. Ronde et fardée, elle n'avait pas changé. Il se précipita :

« Madame Haque, madame Haque !

– Ah ! c'est toi, garnement... Entre ! »

Dans la loge, ils s'embrassèrent trois fois comme à la campagne. Reprenant ses vieilles habitudes, elle commença par lui préparer une tartine de beurre qu'elle saupoudra de Phoscao. Elle était heureuse de le revoir :

« Ce que tu étais voyou ! Des comme toi et les petits oiseaux, on n'en fait plus. Et maintenant, te voilà devenu un vrai petit monsieur. Bien habillé. Bien poli. Et tu as grandi. Tu travailles bien à l'école ?

– Pas tellement.

– Et ton oncle, ta tante, ils sont gentils avec toi, ils ne te font pas de misères ?

– Oui, heu... non. »

Affairée, remuante, avec son visage rouge et ses maigres cheveux noués au sommet du crâne, elle évoquait une tomate. Olivier répondait à ses questions par oui ou par non, cherchant à lui faire plaisir. D'ailleurs, elle ne l'écoutait pas, continuait à dérouler les images toutes faites qu'elle portait en elle.

« Alors, tu as deux cousins, je suis sûr que... »

Elle jetait ses clichés et Olivier, tout en ayant conscience qu'il disait ce qu'on dit dans ces cas-là, participait à ce jeu. Il regardait autour de lui, caressait le chien, et tout lui paraissait petit, même l'armoire bressane et l'horloge qu'autrefois il jugeait monumentales.

Mme Haque expliqua que sa fille voyageait en Egypte et lui montra un timbre-poste représentant les Pyramides. Olivier se souvint qu'elle lui avait déjà raconté la même chose et montré le même timbre plus d'un an auparavant. Parfois, elle soupirait d'attendrissement et son corsage se soulevait, montrant la naissance de sa poitrine, une masse de chair fendue comme un pain de quatre livres.

Olivier ressentait une curieuse impression. Par rapport au passé, il manquait quelque chose. Il comprit : Mme Haque ne le rudoyait plus, ne le soumettait plus à une douche écossaise de gentillesses et de réprimandes. Parfois, elle tapotait le blouson de suédine et le complimentait de sa tenue, de sa bonne éducation. L'enfant, quant à lui, ne se sentait pas tellement transformé et ne comprenait pas.

Il mangea sa tartine avec appétit et elle lui servit du vin allongé d'eau du robinet. Il se demanda s'il ne se confierait pas à elle, mais il craignit d'être mal compris, ou même qu'elle ne le crût pas. Et puis, elle paraissait tellement contente de le savoir établi et sans problèmes. Elle s'empêtra dans une phrase :

« Au fond, la mort de ta mère, c'est... Je ne dirai

pas que c'est une chance, bien sûr, une mère, ça se remplace pas, mais pour ton avenir... Tu vois ce que je veux dire ? »

Olivier toussota. Son avenir. Ses soucis remontèrent à la surface. Il les avait oubliés.

« T'as l'air triste. Ça va pas bien ? C'est ce que je t'ai dit ?

— Oh ! si. Ça va bien. Et même, drôlement bien !

— Tu reviendras me voir ?

— Oui, madame Haque. »

De nouveau, trois baisers claquèrent et il la quitta, descendit la rue Labat tandis qu'elle lui faisait au revoir de sa fenêtre. Après la rue Lambert, il s'arrêta devant la vitrine de M. Poupon, le marchand de couleurs. Le couteau suisse était toujours là, à la même place, mais il n'en avait plus envie.

Comme il atteignait la rue Custine, brusquement, il éclata en sanglots.

*

Il pénétra dans Paris comme on s'enfonce dans un souterrain. Il marcha longtemps, fixant le bout de ses semelles et ne pensant à rien. Au milieu de l'après-midi, il errait du côté de l'Odéon, sous les arcades du théâtre où des gens fouillaient dans les boîtes à bouquins. Il ne s'arrêta pas. Parfois, le nom d'une station de métro lui avait indiqué l'endroit où il se trouvait. Il connaissait bien Paris, mais sous terre, dans les rames, à cause de ses livraisons, toilette sur l'épaule.

Il se promena dans les jardins du Luxembourg. Des enfants en costumes marin poussaient des voiliers sur le bassin et parfois un gardien venait avec une perche pour ramener l'un d'eux, naufragé, vers le rivage.

A Montparnasse, il contourna la gare, puis atteignit une rue qui n'en finissait pas. Pour se donner du courage, il acheta un paquet de cigarettes *Parisiennes* et fuma. Plus tard, il regarda le tableau de bord d'une automobile et se répéta le numéro d'immatriculation de la voiture de son oncle qu'il avait appris par cœur : *7850 RJ 6.* Il levait les yeux vers les têtes de bœufs ou de chevaux ornant les boucheries, les enseignes, la clef géante du serrurier, les larges ciseaux d'un tailleur, la grosse montre d'un horloger, la botte d'un chausseur. Un peintre traçait de fines veines claires sur un panneau de bois pour lui donner l'apparence du marbre. « C'est joli », lui dit-il, et l'homme haussa les épaules.

Dans une crémerie, de belles mottes de beurre recouvertes de gaze, avec un fil à couper le beurre dentelé, des œufs en bocaux de verre, des fromages pleurant sous les cloches. A l'auvent d'un cordonnier, un battant de zinc peinturluré représentant des semelles. Une parfumerie avec toutes les nuances de rouges et de fards représentées. Il entendit Blanche qui murmurait interminablement *Pomme, Poire, Prune, Pêche, Pomme, Poire...* pour se faire une jolie bouche. Il caressa un cheval de trait gris pommelé, suivit un chat blanc dans une cour. Des terrassiers en pantalons de velours serrés par une ceinture de flanelle piochaient le sol et cela sentait le gaz, la terre pourrie.

Après six heures, les rues s'animèrent et Olivier fut distrait par de nouveaux spectacles : balayeurs de rues, sergents de ville, garçons de recettes à bicornes, concierges plantureuses, ménagères traînant leurs cabas, bouchers suspendant des viandes, volaillers passant des poulets nus à la flamme, garçons de café balançant leurs plateaux, militaires, titis en danseuse sur les pédaliers grinçants de lourds triporteurs, cyclistes lâchant le guidon, maçons tout blancs, mécaniciens maculés de cambouis, crieurs de *L'Intransigeant* et de *Paris-Soir,* charbonniers coiffés de sacs, marchands de mouron, chanteurs de rue, *vitrr-*

rriers ambulants, grainetiers enfonçant leurs pelles rondes dans des sacs aux bords retroussés...

Olivier pressa le pas. Il atteindrait la banlieue avant la nuit. Peut-être que demain il se trouverait à la campagne. Il s'imagina chemineau, avec un long bâton et une besace au bout comme sur les caricatures. Il traverserait les villages, peut-être rencontrerait-il un chien errant qu'il dresserait, comme dans *Sans Famille*, ou un petit copain qui s'appellerait Mattia et jouerait du violon.

Cependant, son estomac le tenaillant, il acheta dans une boulangerie viennoise un gros pudding noir, bien « bourratif ». Il s'arrêta à une fontaine Wallace pour boire. Quand il repartit, ses jambes lui faisaient mal, il avançait de plus en plus lentement. « Le coup de pompe ! » se dit-il.

Il finit par atteindre une porte de Paris et il se dirigea vers les buttes de terre des fortifs. Là, il trouverait un abri. Il grimpa sur ces hauteurs. Des vagabonds avaient allumé un feu de détritus et faisaient cuire une soupe composée de déchets rapinés sur les marchés. Cela sentait bon cependant. Plus loin, des romanos rempaillaient des chaises ou jouaient de la guitare.

Près d'une bobine à tuyaux, un vieillard solitaire étalait soigneusement du camembert sur une large tranche de pain. Une énorme barbe blanche dévorait une face de faune au nez épaté, laqué de violet, qu'éclairaient des yeux vifs. Le traditionnel litron de rouge était posé près de lui et il y buvait de religieuses goulées.

Olivier s'assit en face de lui, dans l'herbe souillée, et alluma une cigarette, l'avant-dernière du paquet de quatre. Le vieux mâchait avec ses gencives et déglutissait péniblement. Il avait délacé ses godillots et rejeté en arrière un chapeau noir aux bords gondolés. Entre deux bouchées, il soliloquait avec des signes d'affirmation ou de négation qui ne s'adressaient qu'à lui-même.

L'enfant l'observait. Pourquoi éprouvait-il l'envie de crier : « Eh ! Bougras, c'est moi, Olivier, ton copain... » puisqu'il savait que ce n'était pas lui. Mais il avait peut-être changé, Bougras. Si c'était lui, plus maigre, plus blanc ? Mais non, Bougras l'aurait reconnu.

– Une cigarette, m'sieur ? »

C'était la dernière. Il s'était levé et lui avait tendu le paquet.

« Hmmm ! fit le clochard en glissant l'offrande sur son oreille. Je la fumerai après souper. »

Olivier s'assit près de lui, contre la bobine qui lui faisait penser à un yo-yo géant. L'homme lui tendit un morceau de pain.

« Non, merci. J'ai croûté. Vous n'êtes pas Bougras ?

– Ça non, je ne suis pas *trop gras.* »

Il n'avait pas compris. Il aurait fallu expliquer, raconter tant de choses. C'était trop compliqué. Et puis, le vieillard parlait tout seul, bougonnait, radotait. Olivier le vit reboucher sa bouteille en gémissant, et parce qu'il évoquait son ami perdu, il eut envie de se confier. Il le fit sous forme lapidaire :

« Ça n'allait pas à la maison. Alors, je vais faire le trimard. »

Le clochard ne paraissait pas entendre. Il essayait de se curer les dents avec l'ongle de son index. Pourtant, il se déplaça d'un mètre et grogna quelque chose en direction d'Olivier. Il devait agiter tout un monde de pensées secrètes car brusquement il se leva et se mit à jeter des injures. Olivier entendit encore :

« Rentre chez toi, rentre chez toi... »

Le vieux s'avançait, menaçant, et jetait d'une voix graillonneuse, mais forte, cette fois :

« A ton âge... A ton âge... Rentre chez toi ! »

Et comme Olivier ne s'éloignait pas assez rapidement, il hurla :

« Ma botte aux fesses, ma botte aux fesses. Allez, ouste ! »

Olivier dut déguerpir. En se retournant, il vit le vieux qui ramassait une pierre.

Alors, l'enfant chercha une palissade. Comme dans Bicot. On écarte deux planches et le Club des Ran-Tan-Plan trouve un terrain de jeux. Une niche se présenta sous forme d'un tonneau de métal dans lequel il se glissa. Il se mit sur le dos, puis sur le côté. L'endroit sentait le chien et Olivier se demanda si ce n'était pas sa propre odeur. Il commençait sa deuxième nuit à la belle étoile. Il croisa ses bras sur sa poitrine et s'endormit d'un coup, assommé par la fatigue.

*

La pluie frappant sur la paroi de métal le réveilla. Il se glissa hors de sa couche. Il faisait grand jour. Comme la veille à Montmartre, il s'étira, s'ébroua, mais se sentit très sale. Ses vêtements étaient couverts de poussière et il ne parvenait pas à démêler ses cheveux.

De l'autre côté des fortifs s'étendait la banlieue. Elle était peu engageante. S'il avait eu des bottes de sept lieues, il aurait sauté à pieds joints ces maisons ternes, ces usines, ces ateliers, ces dépôts, et se serait retrouvé à la campagne, dans un pré, au bord d'une rivière. Là, il aurait enlevé ses bottes, attrapé un perroquet et serait devenu Robinson Crusoé.

Une idée lui vint. Et s'il achetait un ticket de métro, pour voyager sous terre, interminablement ? Il trouva la station *Porte de Vanves*, changea successivement à *Montparnasse-Bienvenüe*, à l'*Etoile*, alla jusqu'à la *Nation*, revint vers *République* où, lassé de voir défiler tant de stations toutes semblables, il retrouva l'air libre.

Le soleil faisait sécher la pluie et, par endroits, le trottoir fumait. Olivier retira son blouson, le secoua et le posa sur ses épaules. Il prit un boulevard, au hasard semblait-il, et c'était le boulevard de Magenta. Encore une fois, il se laissa distraire par le spectacle : un hôtel orné de carreaux de faïence, avec des indications dorées sur une plaque noire : *Eau et gaz à tous les étages. Chambres à la journée.* Il se demanda : « Pourquoi *à la journée.* On ne dort pas le jour. » Il regarda le plan du métro *Lancry,* une porte dont la peinture écaillée formait un bateau, une épicerie de luxe qui sentait le poivre, un étalage de cosy-corners.

Il s'arrêta devant la vitrine alléchante d'un boulanger-pâtissier. Il chercha s'il y avait des tompouce, mais, par sagesse, acheta une baguette de pain et une tablette de chocolat Moreuil. Plus loin apparut la façade sérieuse d'un magasin de chaussures qui présentait de belles bottes de vénerie en cuir souple, des mocassins indiens, des escarpins vernis, des leggins, des guêtres à boutons de nacre, des bottines en chevreau comme celles de l'oncle Henri. Il leva les yeux et lut en lettres romaines : *Bottier Rivière,* et se souvint d'être venu là. C'était le bottier de son oncle et il fabriquait à la forme ces chaussures qu'Olivier avait tant de fois cirées.

Mais alors, où se trouvait-il ? Plus haut, c'étaient les gares de l'Est et du Nord, Barbès-Rochechouart, à droite le faubourg, la mairie du Xe arrondissement...

Comme un pigeon voyageur, il était revenu à son point de départ.

Il tricha avec lui-même, se dit qu'il voulait revoir une dernière fois le faubourg Saint-Martin, le Canal, avant de reprendre sa longue marche. Une phrase lui revint, celle qu'avait prononcée l'oncle Henri lors du départ de la rue Labat : *Au faubourg. Et après, au canal !*

Sur le canal, à hauteur du *Café de la Marine*, sur une péniche arrêtée, une grande fille blonde accrochait du linge multicolore. Du quai, Olivier lui cria, les mains en porte-voix :

« Vous avez pas besoin d'un marin ? »

Elle crut à une plaisanterie, se mit à rire, ramassa sa bassine et descendit dans la cabine en chantant *Les Goélands*. A un pêcheur à la ligne, Olivier posa la question traditionnelle : « Ça mord ? » et l'homme, engoncé sous un chapeau de paille, ne répondit pas. De l'autre côté du quai, Olivier lut *Papeteries Desrousseaux* et cela le détermina à enfiler la rue Alexandre-Parodi.

Il ne devait pas être loin de midi. On le sentait à l'animation du marché, à l'intensité de la lumière. Au bout de la rue, le faubourg grouillait de monde. Le loueur de voitures à bras, assis sur le bord du trottoir, faisait des mots croisés. Plus loin, à côté du garage, le grand Bédossian dédiait des amabilités à une gamine blonde.

Olivier passa sans rien dire. Il se sentait pétri de lassitude. Il marchait de plus en plus lentement, se sentait sale et abandonné. Arrivé au faubourg, il dut s'appuyer contre un arbre, puis contre une porte d'immeuble. Il attendit, repartit misérablement. A son accablement moral et physique s'ajoutait celui de la chaleur et le bruit lui parut insupportable.

Sa poitrine se soulevait, il respirait avec difficulté, ouvrait la bouche comme un poisson hors de l'eau. Il alla tant bien que mal, les bras ballants, bousculé par les ménagères, ne prenant plus garde à ce qui se passait autour de lui. Il finit par se laisser choir sur un banc qu'il enjamba pour s'affaler contre le dossier, la tête cachée dans son coude. Il était devenu une pauvre chose brisée, maladive, rien du tout.

Une heure plus tard, ce fut Marceau qui le découvrit, un Marceau bien changé, celui des bons jours, transformé par le meilleur de lui-même.

En voyant Olivier sur son banc, il poussa un soupir de soulagement, s'assit près de lui et posa sa main, délicatement, sur son épaule. La masse des cheveux blonds bougea, Olivier montra ses yeux rouges, mais se cacha de nouveau dans son coude.

Ils restèrent immobiles, le soleil leur chauffait les épaules. Une vieille qui s'était assise à côté d'eux tricotait un fichu. Un enfant cria à un autre : « C'est toi qui t'y colles ! »

Puis, Marceau répéta : « Olivier, Olivier... », releva la tête de son cousin et la serra contre sa poitrine comme un oiseau blessé. Il lui caressa les cheveux, l'embrassa avec une douceur de mère. En silence, il passa ses doigts sur le visage humide de l'enfant, l'obligea à le regarder en face, lui tapota les joues.

« C'est fini, Olivier, c'est fini. Tout ce qui s'est passé, ça compte pour du beurre, tu sais. Viens, on t'attend à la maison. »

Marceau entoura les épaules de son cousin, l'obligea à se lever et le guida en direction de l'immeuble. Puis il le prit par le bras pour le diriger parmi les passants étonnés avant de chercher sa main pour la prendre dans la sienne.

Ils marchèrent ainsi unis. Leurs ombres s'allongeaient sur le trottoir ensoleillé. Arrivés devant le 208 *ter*, Olivier hoqueta. Ils se regardèrent gravement. Les paroles étaient bien inutiles : leurs yeux se racontaient tout et, dans une sarabande de pensées, de regrets, de remords, de pardons, naissait une aurore fraternelle.

« Tu dois avoir faim ? dit Marceau.

– Non », répondit Olivier d'une voix à peine audible.

Marceau avait tellement eu peur ! Depuis la veille, il allait de rue en rue à la recherche de son cousin. Rue Labat, il avait trouvé sa trace pour la perdre aussitôt. La fatigue se lisait sur son visage amaigri et ses longues mèches pendantes lui donnaient l'aspect d'un Bonaparte triste.

Devant la cage de l'ascenseur, il s'arrêta en face d'Olivier, lui tint le menton comme à « je te tiens par la barbichette » et finit par prononcer une petite phrase qui ne lui ressemblait guère : « Fais risette, va ! » Il lui arrangea les cheveux et l'enfant tenta de sourire.

Alors, Marceau, pour effacer sa phrase attendrie, et aussi pour ne pas se laisser aller à trop d'émotion, dit :

« Ducon la Joie ! »

Et Olivier, mi-riant, mi-pleurant, se serra contre lui en répondant :

« Du... Du... Duchnoque ! »

QUELQUES jours plus tard, toute la famille partait à pied, en promenade. C'était le moment des vacances et Paris se vidait. Les Desrousseaux avaient différé les départs de quelques jours et, avant qu'on se séparât pour aller, les parents et Jami à Montrichard, Marceau au sanatorium Sylvana, près de Lausanne, où on le soignerait à la tuberculine, les bonnes en Limousin, et Olivier à Saugues, ils avaient décidé de marcher, d'aller vers les Tuileries.

Le retour d'Olivier n'avait provoqué aucun drame. Marceau, en tirant la corde de l'ascenseur, avait dit à Olivier : « Tu verras, dans les grandes occasions, Victoria est formidable ! » En effet, la tante Victoria s'était contentée d'embrasser Olivier, de le retenir un instant contre elle, de lui ébouriffer les cheveux et de lui dire :

« Tu dois être fatigué, Olivier. Marguerite, tirez-lui donc un bain. »

Et l'oncle Henri l'avait serré contre ses longues jambes en lui tapotant amicalement l'épaule sans rien dire. Marguerite, tout en lui savonnant le dos, avait murmuré : « Tu comprends, il fallait que je le dise, tu comprends ? » Oui, il comprenait. Et Marceau, par un brusque retour des choses, ne parlait plus que de la Suisse et des plaisirs de la montagne.

Jamais personne ne demanda à Olivier ce qu'il

avait fait durant ces deux jours. Ce n'est que plus tard, par bribes, qu'il apprendrait par quelles angoisses étaient passés les membres de la famille et quelles recherches ils avaient tentées.

En s'arrêtant devant les baraques de la chiffonnière, au coin de la rue du Terrage, là où fleurissait encore un de ses vieux chapeaux, la tante Victoria adressa un signe malicieux à Olivier.

Elle portait un ensemble blanc, tout simple, avec un léger plissé à la jupe, et ses cheveux formaient une grosse natte de jais descendant jusqu'au milieu du dos. Elle tenait légèrement le bras de l'oncle Henri en costume d'alpaga clair avec un canotier posé sur le côté. Marceau en fil-à-fil beige faisait l'élégant et Jami inaugurait avec orgueil son premier costume marin à béret Jean-Bart.

A la hauteur de la gare de l'Est, un chauffeur de taxi apostropha une grosse dame tassée dans une 5 CV Rosengart : « Eh ! Miss France, tu la gares, ta brouette ? » et cela fit sourire.

Avec ses arbres verts, ses terrasses pimpantes, ses joueurs de yo-yo, ses flâneurs, son soleil, Paris prenait un air de fête. Ils marchaient côte à côte, Olivier en costume de golf et en casquette, toujours quelque peu en retrait. Parfois l'enfant se prenait à rêvasser et traînait le pas. Où était-il ? Dans sa rue, à Saugues, dans ses livres ? Nul ne le savait. Alors, l'oncle Henri ou la tante Victoria se retournaient. Marceau disait : « Quel Jean de la Lune ! » et chacun semblait dire, avec fatalisme : « Que veux-tu ! Il est fait comme ça... »

« Olivier ! Olivier ! »

Il paraissait sortir d'un rêve, son visage s'illuminait d'un sourire plein de bonne volonté, et il courait, courait, pour reprendre sa place parmi les siens.

« Quelle belle journée ! » dit l'oncle Henri.

Chacun souriait. Marceau présenta galamment son bras à sa mère et elle y posa légèrement sa main gantée de blanc. Olivier et Jami se firent une petite grimace gentille.

Boulevard de Strasbourg, l'oncle Henri entra dans une confiserie et acheta trois sucettes à la menthe, une pour chacun de *ses* enfants.

FIN

Septembre 1969-novembre 1971.

DU MÊME AUTEUR

Aux Éditions Albin Michel :

Romans :

LES ALLUMETTES SUÉDOISES.
TROIS SUCETTES À LA MENTHE.
LES NOISETTES SAUVAGES.
LES FILLETTES CHANTANTES.
ALAIN ET LE NÈGRE.
LE MARCHAND DE SABLE.
LE GOÛT DE LA CENDRE.
BOULEVARD.
CANARD AU SANG.
LA SAINTE FARCE.
LA MORT DU FIGUIER.
DESSIN SUR UN TROTTOIR.
LE CHINOIS D'AFRIQUE.
LES ANNÉES SECRÈTES DE LA VIE D'UN HOMME.

Poésie :

LES FÊTES SOLAIRES.
DÉDICACE D'UN NAVIRE.
LES POISONS DÉLECTABLES.
LES CHÂTEAUX DE MILLIONS D'ANNÉES.
ICARE ET AUTRES POÈMES.
L'OISEAU DE DEMAIN.

Essais :

HISTOIRE DE LA POÉSIE FRANÇAISE (8 volumes).
L'ÉTAT PRINCIER.
DICTIONNAIRE DE LA MORT.

IMPRIMÉ EN FRANCE PAR BRODARD ET TAUPIN
58, rue Jean Bleuzen - Vanves - Usine de La Flèche.
LIBRAIRIE GÉNÉRALE FRANÇAISE - 14, rue de l'Ancienne-Comédie - Paris.

ISBN : 2 - 253 - 03491 - 6 ✠ 30/5958/1